Sherlost

oder

Hast du dich schon mal gefragt, wohin du willst?

Zumla Chen

Für Jo-Chen

INHALT

1 ENGLAND, IRLAND, BEIDES?

Julia warf einen Blick auf ihre Uhr, fluchte kurz und kramte dann in ihrer Tasche nach dem Handy. Sie tippte: ›Liebe Mama, Flug geht gleich los, alles prima, freu mich aufs Praktikum, melde mich, wenn ich angekommen bin. LG J.‹ und drückte dann senden. In diesem Moment donnerte ein Kleinflugzeug über den Parkplatz und verschluckte mit seinem Lärm die Geräusche der Autobahn. Der Flughafen konnte nicht weit sein, dachte Julia, welcher auch immer das wäre.

Sie wusste nicht wirklich, wo sie sich genau befand, nur dass sie vor ungefähr einer Stunde über die belgische Grenze gefahren war und jetzt weiter Richtung Brüssel musste. Sie war zufrieden mit ihrer bisherigen Leistung. Es war noch nicht einmal Mittag und sie war schon in Belgien! Das konnte doch für jemanden, der noch nie in seinem Leben an einer Straße gestanden und den Daumen rausgehalten hatte, nicht so schlecht sein, oder? Okay, der Anfang war eher harzig gewesen. Geschlagene zwei Stunden hatte sie stehen und warten müssen und dabei elendig gefroren. Es war zwar Anfang Juni, aber im Morgengrauen und als Straßenrandstandfigur war ihr ziemlich schnell ziemlich kalt geworden.

Unendlich viele Pendler waren an ihr ohne anzuhalten vorbeigefahren. Jedes einzelne Auto war bis auf den Fahrersitz leer gewesen. Und alle, die auf diesem Platz gesessen hatten, hatten beflissentlich an ihr vorbeigeschaut. Julia war erst voller Hoffnung gewesen und hatte sich zu ihrer Idee gratuliert, in aller Herrgottsfrühe aufzubrechen. Ein bisschen später begann sie die Kälte, die Fahrer und ihre Ideen generell und an sich zu verfluchen. Und noch ein bisschen später machte sich Verzweiflung in ihr breit. Was sollte sie machen, wenn bis - sagen wir neun Uhr - niemand hielt? Den Zug nehmen? Dann würde mehr als die Hälfte des Geldes, das sie für die nächsten Wochen zum Leben brauchte, draufgehen. Scheiße, hatte sie gedacht, und begonnen, nervös auf ihrem Daumennagel herum zu beißen.

Ein lautes Hupen hatte sie dabei aufgeschreckt und sie war schnell einen Meter zurückgesprungen, denn sonst wäre der beigefarbene VW-Transporter, der das Geräusch verursacht hatte, fast über ihre Füße gerollt. Das Beifahrerfenster wurde geöffnet und über Xavier Naidoo, der gerade »Dieser Weg wird kein leichter sein« sang, hatte der ziemlich junge Fahrer ihr zugerufen: »Schmeiß den Rucksack hinten rein. Und beeil dich!«

Er hatte halb auf der Straße und halb auf dem Randstreifen gehalten, der hier an der Autobahnauffahrt ziemlich schmal ausgefallen war. Hinter ihm mussten schon drei andere Autos abbremsen und anhalten, da für sie kein Vorbeikommen möglich war. Einer hatte ungeduldig gehupt. Julia hatte nicht lang nachgedacht, ihre Sachen auf die Ladefläche geworfen, auf der diverse kleine Büsche standen und die Beifahrertür aufgezogen. Kaum dass sie halb saß, hatte der Fahrer schon Gas gegeben, so dass sie Mühe gehabt hatte, die Tür zuzukriegen. Der VW war die Autobahnauffahrt hochgeknattert und hatte sich zwischen zwei Brummis geklemmt, um dann kurz vor einem Mercedes auf die Mittelspur zu ziehen. Dessen Fahrer war auf die linke Spur ausgewichen, an ihnen vorbeigefahren und hatte ihrem Fahrer dabei einen Vogel gezeigt. Der hatte inzwischen sein Fenster hochgekurbelt, da von Xavier kein Wort mehr zu verstehen gewesen war.

Julia hatte es ihm gleich getan, um dann ein Klemmbrett und ein paar Kataloge unter ihrem Hintern hervor zu ziehen und sich schließlich anzuschnallen.

»Hi«, hatte der Fahrer gesagt und zu ihr rüber geschaut. »Du machst das wohl zum ersten Mal?«

»Was?«

»Na, trampen?«

»Wieso? Wie kommst du darauf?«, hatte Julia verblüfft wissen wollen. Sie hatte ihn nur ganz kurz angeschaut und dann wieder den Blick auf die Straße vor ihnen geheftet. Einer von ihnen sollte das tun, hatte sie gedacht, obwohl ihr nicht klar gewesen war, was sie hätte tun sollen, wenn irgendwas ihren Weg gekreuzt hätte und er es nicht bemerkt hätte, da er die ganze Zeit zu ihr herüber sah. Tatsächlich, sie hatte kurz zu ihm geschaut, - er musterte sie immer noch. Endlich hatte er den Kopf nach vorn gedreht, so dass sie ihre Hände, die das Klemmbrett samt Katalogen umklammert hatten, etwas entspannen konnte.

»Da, wo du gestanden bist, hätte höchstens ein Motorrad problemlos halten können«, hatte er geantwortet.

»Echt?«, hatte sie gefragt und sich dabei instinktiv zu der Stelle, an der sie so lange hatte ausharren müssen, umgedreht. Gleichzeitig war ihr einiges klargeworden. Wie blöd von ihr!

»Danke!«

Er hatte nur leicht die Schultern hochgezogen. »Und wohin soll's gehen?«

»Calais.«

»Calais?« Wieder hatte er sie angeschaut. Dieses Mal mit fragend nach oben gezogenen Augenbrauen und gerunzelter Stirn. »Also England?«

»Jaja, genau«, hatte sie sich beeilt, ihm zu versichern und gehofft, er würde die Straße gleich wieder interessanter finden als sie.

»Ah!« Er hatte begonnen, zur Musik mit zu summen. Inzwischen sang Adel Tawil etwas über weinende Männer.

»Benedikt«, hatte dann ihr Fahrer plötzlich gerufen. Er hatte aufgehört gehabt zu summen und ihr die rechte Hand hingehalten. Nur hatte sie das nicht bemerkt, da bei seinem Ausruf der Stapel auf ihrem Schoß ins Rutschen geraten war. Mit hochrotem Kopf und klopfendem Herzen hatte sie sich in den Fußraum gebeugt und die Papiere zusammen geklaubt. Als sie wieder richtig saß, hatte sich ihr Puls etwas normalisiert und sie war in der Lage gewesen, einigermaßen gefasst fragen zu können: »Was meinst du mit ›Benedikt‹?«

»Na den Papst«, hatte er gelacht, »also den letzten.« Er hatte breit gegrinst, dann aber gesehen, dass sie seinen Witz nicht kapiert hatte und ihr wieder die rechte Hand hingehalten. Julia hätte sich am liebsten an den Kopf gegriffen, hatte dann aber seine Hand geschüttelt und ihm mitgeteilt, dass sie Julia wäre. Dann hatte sie sich etwas über ihre Dämlichkeit geärgert.

Sie musste grinsen, als sie an diesen Benedikt dachte. Ein Typ mit dem Kopf voller Rastas und anscheinend einem Faible für deutsche Popmusik, der als Gärtner bei irgendwelchen reichen Leuten Buchsbäume pflanzte. Besonders schnell waren sie mit seinem alten Bus nicht vorwärtsgekommen. Das hatte noch nicht einmal an dem armen T4 gelegen, sondern daran, dass Benedikt nicht gleichzeitig fahren und dabei ihr einen Vortrag über das Einmaleins des Trampens hatte halten können. Versucht hatte er trotzdem beides. Sie kniff entsetzt die Augen zu, als kurz die Erinnerung an den Beinahezusammenstoß mit einem Mercedes Sprinter in ihr hochkam. Dann packte sie ihr Handy weg und schulterte ihren Rucksack. Sie fasste die LKWs ins Auge, die dicht an dicht auf diesem Parkplatz standen. Einen der Benediktinischen Tipps, der in einer der wenigen für sie entspannten Augenblicken ihrer gemeinsamen Fahrt tatsächlich auch zu ihr durchgedrungen war, gedachte sie jetzt anzuwenden. Benedikt hatte ihr praktisch garantiert, dass sie damit noch heute Abend englischen Boden betreten würde.

»Um den küssen zu können?«, hatte sie von ihm wissen wollen.

»Was immer du magst!«, hatte er gesagt.

Trafalgar Square.

Julia blieb stehen, so dass sie wie ein Pfosten die Touristenflut, die sie von allen Seiten umgab, teilte. Ein paar kräftige Rempler und Knuffe an ihrem voluminösen Rucksack brachten sie nicht ins Wanken. Am liebsten hätte sie sofort und auf der Stelle Jana, ihrer Freundin, die daheim im Nordschwarzwald saß, dieses Ereignis getextet. Aber, ach, das ging nicht. Für Jana befand sie sich, wie auch für den Rest ihres Dorfes, nicht auf der britischen, sondern auf der irischen Insel. Wie blöd, wie blöd, das sie hier niemand kannte, mit dem sie das bisher Erreichte teilen konnte!

Ein kräftiger Stoß in ihren Rücken brachte wieder Bewegung in ihre Gedanken. Hostel, dachte Julia, wo ist das verdammte Hostel? Ich muss den verdammten Rucksack loswerden und dann auf nach Hampstead.

Als sie endlich ihren inzwischen gefühlt mehrere Tonnen wiegenden Rucksack vor der Rezeption des Hostels fallen lassen konnte, war ihre Euphorie schon merklich gedämpft. Sie hatte sich verlaufen, den falschen Bus genommen und am Ende länger als eine Stunde für die - ursprünglich - knapp zwei Meilen vom Trafalgar Square bis hierher gebraucht. Draußen dämmerte es schon und dazu knurrte auch noch ihr Magen. Die Londoner empfand sie generell gerade als extrem unhöflich. Permanent war sie fast mit Entgegenkommenden zusammen geprallt und alle paar Meter unsanft angerempelt worden.

Zusammengefasst: sie war müde, verschwitzt, hungrig und genervt. Und als sie jetzt einen Blick auf den Schlurfi, der sich hinter dem Anmeldetresen aufhielt, werfen konnte, hob das ihre Laune auch nicht. Eher im Gegenteil - und das traf anscheinend auf sie beide zu. Der lange, schlaksige Typ mit den roten Haaren schien ihr Auftauchen an seinem Arbeitsplatz als persönliche Beleidigung auffassen zu wollen. Er hatte ihr einen kurzen Blick zugeworfen und tat dann so, als hätte er genau das eben nicht getan. Nachdem sie inzwischen geschlagene fünf Minuten erfolgreich von ihm ignoriert worden war, begann sie Nerv tötend laut und langsam mit den Fingern auf die Theke zu trommeln. Der Rotschopf dahinter klappte aufseufzend die Zeitung, in der er die Sportdoppelseite studiert hatte, zu und drehte sich um. Immerhin wurde sein Blick etwas weicher, als er ihn nun ausgiebig auf Julias wirrem Lockenkopf ruhen ließ.

Sie buchte ein Bett für eine Woche.

»Vorerst.«

Darauf erhielt sie keine Reaktion. Der Typ tippte stattdessen etwas in den Computer ein, warf kurz einen Blick auf ihren Ausweis, tippte wieder, sah sie dann an und sagte: »149 Pfund. Bar oder Karte?«

Julia atmete langsam aus. Sie bemerkte erst jetzt, dass sie die Luft angehalten hatte, bis sie den Preis gehört hatte. Dann musste sie feststellen, dass der Schlaksi hinter dem Tresen sie abwartend anstarrte. Warum...? Ach so, bar oder Karte. Julia versuchte kurz im Kopf die Ausgaben des bisherigen Monats zu überschlagen und entschied sich dann.

»Karte«, sagte sie forscher, als sie sich fühlte. Es dauerte etwas, bis sie die Karte aus ihrem Geldbeutel gekramt hatte und ihm reichen konnte. Aber die Anmeldung war wie ausgestorben, so dass nur der Sportteil der Zeitung auf den Rothaarigen zu warten schien. Immerhin war es ein wunderschöner Londoner Frühsommerabend. Wahrscheinlich hingen sämtliche Hostelbewohner in einem Pub ab, dachte Julia.

»Hier, bitte.« Dankbar nahm sie ihre Karte nach erfolgreichem Zahlungsvorgang zurück und damit war auch das Gefühl vom Trafalgar Square wieder da, so dass der Rothaarige die volle Wirkung ihres strahlenden Lächelns testen konnte. Das hatte unmittelbare Konsequenzen, denn er kam um seinen Arbeitsplatz herum gelaufen, warf sich ihren Rucksack mit Schwung auf die Schulter und ging mit großen Schritten voran zu einem altersschwach aussehenden Lift. Julia war erst verblüfft stehen geblieben, dann griff sie sich ihre Tasche und rannte ihm hinterher. Die Lifttüren hatten sich ruckend geöffnet.

»Julia«, sagte der Typ und machte eine Geste in Richtung Lift, als präsentiere er die Gemächer der Queen. »Bitte nach dir.« Dann grinste er und entblößte dabei eine ganze Reihe ziemlich schief stehender Schneidezähne. Oben und unten.

»Ich bin übrigens Jake«, sagte er, als sich die Lifttüren ruckend wieder geschlossen hatten und sie in den 5. Stock fuhren.

Julia fragte sich, ob das hier zum normalen Service gehörte. Wenn sie sich ein bisschen wohler mit ihrem Englisch gefühlt hätte, hätte sie diesen Gedanken auch gern in eine ironische Frage gepackt und laut geäußert. So aber blieb sie still, lehnte sich an die metallene Wand, starrte auf die rot leuchtende Stockwerksanzeige und fragte sich, ob sie jetzt endlich der hochgelobten und weltbekannten englischen Freundlichkeit begegnet war. Bisher hatte sie eher den Eindruck gehabt, dass die Briten ein äußerst unhöfliches und rüpelhaftes Volk waren.

Die vorige Nacht hatte sie in einer winzigen Pension in Dover verbracht. Deren Besitzer war kein Freund vieler Worte gewesen. Immerhin war sie voller Freude und Stolz am Abend in Dover von Bord der Fähre gegangen. Einen Tag hatte sie nur gebraucht - vom Herzen des Schwarzwaldes bis auf die britische Insel und nun war sie knapp am Ziel angekommen! Aber der Schlafpantoffel von Pensionsbesitzer war selbst für Julias sonst so sonniges Wesen zu viel gewesen. Kein freundliches Wort hatte er übrig gehabt, nicht mal ein Lächeln. Am nächsten Morgen hatte sie sich genauso matt und leer wie der nebelverhangene und milchig aussehende Tag gefühlt. Den Rest hatte ihr ein anderer Gast gegeben, der gemeinsam mit ihr im Frühstücksraum gesessen und dort dreimal laut und gut vernehmbar für jeden der Anwesenden gefurzt hatte.

Ihr wurde gerade wieder richtiggehend schlecht, wenn sie nur daran dachte. W i d e r l i c h! Erschreckend dazu war, dass der pupsende Typ kaum älter als sie selbst und zudem noch respektabel aussehend schnieke in Anzug und Krawatte gekleidet gewesen war. Obwohl man sich natürlich fragen konnte, warum gerade dieser Punkt so erschreckend für sie gewesen war. Wäre ihr weniger übel geworden, wenn ein Bauarbeiter im Blaumann unbeeindruckt von seinen Blähungen genüsslich sein Frühstück eingenommen hätte? Und was, bitte schön, sagte das wohl über sie selbst aus?

Der Fahrstuhl hielt, schwankte kurz, dann schoben sich die Türen auf und öffneten den Blick auf einen schmalen, spärlich beleuchteten Gang. Jake schulterte Julias Rucksack und lief wieder mit ausladenden Schritten, die ihm mühelos mit seinen langen, dürren Beinen gelangen, vorne weg. Julia, die fast zwei Köpfe kleiner als er war, musste fast rennen, um mit ihm Schritt zu halten. Jake öffnete die dritte Tür, die vom Gang abging und trat in einen Raum, der überraschend groß und hell war. Er stellte ihren Rucksack neben einem Doppelstockbett am Fenster ab und schaute sie an. Aber Julia hatte weder für Bett, noch ihn, einen Blick übrig, sondern stand begeistert am Fenster. Der Fluss war in der Ferne noch gut im Dämmerlicht zu erkennen. Dahinter erhob sich die Silhouette einer riesigen Fabrik, die ihr vage bekannt vorkam. Jake war neben sie getreten und öffnete die Balkontür.

»Battersea Power Station«, sagte er und trat auf den schmalen Balkon.

Ach genau, dachte Julia und erklärte dann Jake etwas umständlich, dass sie Battersea aus einer Fernsehserie her kannte.

»Ja, ja«, erwiderte der etwas gelangweilt und schloss energisch die Balkontür wieder hinter sich, »Sherlock. Nie gesehen, aber wir haben eine Menge Fans hier gehabt. Gehörst du auch dazu?«

Julia wollte es sich mit Jake nicht gleich verscherzen - er konnte ihr schließlich mal nützlich werden - und log deshalb, dass es ihr fast das Herz abdrückte. »Nein. Total kindisch. Interessiert mich überhaupt nicht.«

Jake hatte sich auf das gegenüber liegende Bett gefläzt und legte dann auch noch die Beine hoch. Julia fragte sich, was wohl erstens die derzeitige Bewohnerin dieses Bettes davon halten würde und zweitens, wie sie ihn schnell wieder loswurde.

»Soll ich dir nachher mal ein echtes englisches Pub zeigen?«, fragte Jake jetzt gerade und puhlte dabei gedankenverloren in der Matratzenunterseite des über ihm befindlichen Bettes herum, so dass Staub und Fussel auf ihn herab regneten.

Julia wühlte auf der Suche nach ihrem Telefon in ihrer Tasche herum. »Ich interessiere mich nicht für Pubs«, war das Erstbeste, was ihr als Antwort einfiel.

»Echt?« Jake hatte mit dem Puhlen aufgehört und sah sie an.

»Und sowieso. Ich muss telefonieren.« Sie hatte ihr Telefon gefunden und hielt es Jake triumphierend hin.

»Danke, dass du so nett warst, mir mit meinen Sachen zu helfen.« Sie strahlte ihn an, entsperrte dann ihr Telefon und begann, sinnlos darauf herum zu tippen. Zwischendurch warf sie einen forschenden Blick zwischen ihren langen, braunen Locken auf Jake. Der gewünschte Effekt trat ein. Jake quälte sich stöhnend aus seiner liegenden in eine stehende Position und ging zur Tür.

»Bis später«, sagte er. Dann schloss sich die Tür hinter ihm und seine Schritte entfernten sich Richtung Fahrstuhl.

Julia atmete auf, stieg die Leiter zu ihrem künftigen Schlafplatz hoch, legte sich auf den Bauch und sah kurz auf die Skyline mit den Lichtern Londons. Dann begann sie zu tippen:

›Liebe Mama, Irland ist schön. Und so grün. Bin gut in Killarney angekommen. Morgen geht's los. Ach ja, es regnet. LG Julia‹

Julia stand an einer elend breiten Straße und hielt den Daumen raus. Es war Nacht, aber auf den beiden von ihr am weitesten entfernten Spuren war viel los. Nur nützte ihr das wenig, da zwischen ihr und den befahrenen Streifen mindestens fünfzig Meter Asphalt lagen. Niemand würde sie hier im Dunkeln stehen sehen. Niemand würde anhalten. Aber sie konnte sich wohl auch schlecht mitten auf die Straße stellen, oder? Bevor der Gedanke zu Ende gedacht war, hatte sie bereits einen Schritt auf die Fahrbahn gemacht. Plötzlich rief jemand etwas und ein greller Scheinwerfer schien ihr direkt ins Gesicht. Sie riss die Arme schützend hoch und war mit einem Schlag hellwach.

Jemand hatte das Licht im Schlafraum angemacht und die Neonröhre an der Decke über ihr schien Julia unbarmherzig direkt ins Gesicht. Jetzt wusste sie wieder, wo sie war und ihr Puls beruhigt sich etwas. Drei ziemlich betrunkene, englisch sprechende Mädchen waren hereingekommen, verteilten kichernd und gackernd ihre Habseligkeiten im Raum und waren völlig unbeeindruckt von der Tatsache, dass sie Julia ziemlich unsanft geweckt hatten. Julia schaute auf ihre Uhr. Halb eins. Sie krabbelte von ihrem Bett, nahm sich ihre Tasche und suchte ihre Waschsachen zusammen. Dann verzog sie sich in den stillen Waschraum und trank erst einmal einen halben Liter Wasser direkt aus dem Hahn. In ihrem Rucksack fand sie eine schon stark angebräunte Banane, die sie auf dem Klo sitzend mit leichtem Widerwillen in sich hinein stopfte. Dann starrte sie sich im Spiegel an und fand sich unausstehlich. Das Neonlicht ließ ihre Haut grünlich aussehen und hob jeden Mitesser plastisch hervor. Sie streckte ihrem Spiegelbild die Zunge raus und machte die Lampe aus. Vom Gang fiel genug Licht herein, um sich auch so zurechtzufinden. Im Dunkeln putzte sie sich energisch die Zähne und stellte sich vor, sie wäre ein Meter fünfundsiebzig groß, hätte lange, glatte, blonde Haare, blaue Augen und einen richtigen Busen.

Immerhin bin ich in London, dachte sie dann, spülte sich den Mund und ging zurück in ihr Zimmer. Dort herrschte inzwischen wieder Stille und Dunkelheit. Allerdings stank der ganze Raum trotz offenem Fenster wie eine Kneipe.

Morgens gegen acht konnte Julia ihren knurrenden Magen nicht länger ignorieren. Leise stand sie auf, kramte frische Klamotten zusammen, um duschen zu gehen. Dabei fragte sie sich, wieso sie eigentlich Rücksicht nahm. Schließlich hatte es letzte Nacht auch niemandes Gewissen gekratzt, als man sie aus ihren Träumen katapultiert hatte. Nachdenklich hielt sie ihren Zimmerschlüssel in der Hand, der groß und unhandlich war. Der würde einigen Krach machen, wenn er auf den Tisch fallen würde. Andererseits müsste sie wahrscheinlich noch ein paar Nächte mit ihren Zimmerkolleginnen auskommen. Und überhaupt, die befanden sich wahrscheinlich eh noch im alkoholischen Delirium, aus dem sie wahrscheinlich nicht mal die Explosion einer Granate herausreißen würde.

Eine knappe Stunde später musste sie feststellen, dass die englischen Mädels aus anderem Holz geschnitzt waren, als sie angenommen hatte. Sie studierte gerade den Stadtplan in der Lobby, als die drei aus ihrem Zimmer lärmend in den Frühstückraum stürmten. Sie erkannten sie sogar.

Eine große Blonde blieb neben ihr stehen und sagte: »Hi, ich bin Rhianon. Sorry für die Störung gestern Nacht.« Julia lächelte freundlich zurück und stellte sich vor. Sie unterhielten sich kurz und tauschten dabei die üblichen Informationen aus. Julia war begeistert, als sie hörte, das Rhianon und ihre Freundinnen aus Irland kamen.

»Echt?«, rief sie erfreut. »Hat's da gestern geregnet?« Ihr war heute Morgen eingefallen, das sie ihrer Mutter viel zu detaillierte Informationen gegeben hatte. Wie leicht konnten diese als Lügen entlarvt werden! Bei Rhianon stieß ihre Frage allerdings auf absolutes Missverständnis. Sie runzelte leicht die Brauen und zuckte mit den Schultern. »Woher soll ich das denn wissen? Ich war hier. In London!« Damit drehte sie sich um und ging frühstücken.

Julia zuckte ebenfalls mit den Schultern und wandte sich zum Stadtplan zurück. Keine Chance, sich auf diesem spontan allein zurecht zu finden, dachte sie. Sie schaute zur Anmeldung und stellte aufatmend fest, das Jake anscheinend frei hatte. Er mochte ja nett sein, aber für ihre Verhältnisse war er ein bisschen zu intensiv *nett*.

Hinter dem Tresen stand eine dunkelhaarige, junge Frau mit Nasenpiercing, die gelangweilt in einen Monitor starrte. Julia konnte gerade noch einen Blick auf Sugar Crunch Saga erhaschen, bevor die Frau sie bemerkte und mit einem wahrscheinlich lang trainiertem schnellen gleichzeitigen Drücken von zwei Tasten dieses Fenster vom Bildschirm verschwinden ließ.

Ein paar Minuten später war sie nicht mehr gelangweilt, dafür aber genervt. Vorher hatte ihr Kaugummikauen dem gemächlichen Kieferbewegungen einer Milchkuh geglichen, jetzt dagegen biss sie fast schon wie eine gefräßige Hyäne auf eben diesem Gummi herum.

»Okay«, begann sie noch einmal und sprach dabei besonders langsam. »Mit dem Londonpass stehen dir sozusagen alle Türen offen. Zusammen mit der Travelcard hast du alles, was du für eine Woche in London brauchst. Einzeltickets sind unterm Strich viel teurer und eine Alternative hab ich nicht.«

Das sollte Julia wohl als Beendigung ihres Gespräches ansehen, denn ihr wurde ein Flyer zu den gerade erläuterten Möglichkeiten des öffentlichen Transports in London hingeschoben. »Aber«, sagte Julia und die Frau, die sich schon wieder ihrem Bildschirm zugewandt hatte, atmete geräuschvoll aus. »Aber«, fing Julia noch einmal an und beugte sich über den Tresen, um das Namensschild besser lesen zu können. »Aber, Lucy, kann man hier irgendwo ein Fahrrad leihen?«

Lucy starrte sie zwischen zusammengekniffenen Augen an, ließ ihre wieder erwachte Aggressivität an ihrem Kaugummi aus und wiederholte: »Fahrrad?«

»Genau!« Julia strahlte sie freundlich an.

»Ernsthaft?«

Julias Strahlen büßte trotz Lucys nicht sehr schmeichelhaften Tonfalls nicht ein Watt ein. Also begann diese in den Flyern, die neben ihr in einem Karton lagen, zu wühlen. Julia nahm dankbar an, was ihr dann wortlos in die Hand gedrückt wurde und zog sich auf das Sofa, das in der Lobby stand und gerade leer geworden war, zurück. Lucy, nahm sie an, würde wohl jetzt endlich wieder damit fortfahren können, wo sie vor knapp zwanzig Minuten von ihr schnöde unterbrochen worden war. Sie sah zu ihr rüber, als diese im gleichen Moment kritisch in ihre Richtung blickte. Fahrradfahren in London, konnte Julia ihre Gedanken lesen, bescheuert, die Deutschen.

Julia begann die Flyer zu studieren. Ging Lucy doch nichts an, dass ihr Geld niemals drei Monate reichen würde, wenn sie es für Touristenattraktionen und Ähnliches aus dem Fenster werfen würde. Sie klappte den kleinen Stadtplan auf, den ihr Lucy freundlicherweise auch überlassen hatte und suchte Hampstead.

2 HACKNEY IST DAS NEUE NOTTING HILL

Matt King stieg in Hampstead aus der U-Bahn und trat auf die High Street. Als Erstes zog er sich seinen Sweater, den er vor einer Stunde gewohnheitsmäßig angezogen hatte, über den Kopf. Dann beschattete er mit seiner rechten Hand die Augen und sah die High Street runter. Es war ein für Londoner Verhältnisse ungewöhnlich warmer Junitag. Die Leute, die auf der Straße flanierten, hatten ihre Kleidung - im Gegensatz zu ihm, der die letzten Tage in der kühlen Uni-Bibliothek verbracht hatte - an die Gegebenheiten angepasst und liefen herum, als befände sich hinter dem Heath der Meeresstrand. Es roch nach Abgasen, Sonnenmilch und frittiertem Fisch. Matt lief Richtung Westen und kurvte dabei um die mit sonnenhungrigen Londonern vollbesetzten Tische, die beim ersten Sonnenstrahl vor die Cafés und Pubs auf den Bürgersteig gestellt worden waren. Matt war frustriert. Es ärgerte ihn, heute nicht wie jeden der vergangenen zehn Tage lernen zu können. Die Examen standen vor der Tür und er hatte wahrlich besseres zu tun, als einem dämlichen elfjährigen Jungen mit noch dämlicheren Eltern, die sich einbildeten, aus ihrem faulen Knaben könnte mal ein Arzt werden, Latein beizubringen.

Gleich bei seinem ersten Besuch dort hatte er sein Urteil gefällt. Alexanders Mutter mochte ja beeindruckt gewesen sein, dass er es zum Medizinstudium gebracht hatte. Nichtsdestotrotz schaute sie aus den Höhen ihrer viktorianischen Hampsteader Wohnung auf ihn hinab als wäre er ein kleiner, dreckiger und nasser Hund, der es wagte, ihr Hosenbein zu beschmutzen. Wenn er wenigstens für diesen Job richtiges Geld bekommen würde. Aber wer war er denn, seiner Mutter diese eine Bitte abzuschlagen? Schließlich war sie unglaublich stolz darauf, dass ihr Sohn in London Medizin studierte. Das das irgendeine ferne und noch flüchtigere Bekannte - aber eine, die in Hampstead wohnte, wohlbemerkt - auf die Idee bringen würde, ihn als glorreiches Vorbild für ihren an-nichts-und-niemanden-interessierten Sohn hinzustellen, hätte auch Mum nicht ahnen können. Dass Alexander, wie der Knabe angesprochen werden sollte, in ihm alles andere als ein Vorbild sah, interessierte seine Eltern leider nicht. Matt seufzte, als er in eine ruhigere Wohnstraße abbog. Wenn es mit dem Job in Barts klappte, hätte er zumindest eine Ausrede, die nicht abzuweisen wäre, um von diesen ungeliebten Ausflügen nach Hampstead erlöst zu werden.

Er lief in Gedanken versunken weiter. Trotzdem er gerade darüber nachgrübelte, ob sich heute schon ein Anruf auf der Station in St. Barts, bei der er sich vor ein paar Tagen als Aushilfe vorgestellt hatte, lohnen würde, registrierte er, wie jemand auf einem Fahrrad schwungvoll in die Straße, die er gerade entlanglief, einbog und dann auf der falschen Seite weiterfuhr. Reflexartig drehte er sich um und sah noch vor dem Radfahrer, dass ein LKW dabei war, sich auf Konfrontationskurs zu begeben. Der LKW-Fahrer stellte diese Tatsache auch fest und trat auf die Bremse, da ein entgegenkommendes Auto Ausweichen für ihn unmöglich machte. Die Radfahrer-in, wie Matt inzwischen feststellen konnte, hatte ihren Fehler bemerkt und musste sich nun rasch entscheiden. Eigentlich blieb nur ein Ausweg, den sie schließlich auch wählte. Leider befand sich zwischen Straße und Bürgersteig, auf den sie ausweichen wollte und auch musste, ein niedriges Geländer, das ihre Fahrt abrupt bremste. Das Rad krachte auf den glücklicherweise leeren Gehweg und die Fahrerin flog ziemlich unelegant über den Lenker und landete auf ihren Knien. Matt war stehen geblieben und schloss jetzt seinen Mund, den er eigentlich aufgerissen hatte, um irgendetwas zu rufen. Aber am Ende war ihm der Schrei in der Kehle stecken geblieben. Vielleicht hatte er sie auch bei ihrem Manöver nicht ablenken wollen. Er kam sich jedenfalls ziemlich dämlich vor, so untätig zugeschaut zu haben. Ein toller Arzt kann ich mal werden, dachte er und setzte sich endlich in Bewegung.

LKW und Auto waren verschwunden, die Straße lag wieder so ausgestorben da wie zehn Sekunden zuvor. Matt rannte auf die andere Seite. Das Mädchen hatte sich aufgerappelt und zerrte fluchend ihr Fahrrad in eine stehende Position. Als Matt endlich bei ihr angelangt war, stand ihr Fahrrad wieder aufrecht und sie selbst schaute ihn überrascht an, als er direkt vor ihr zum Stehen kam.

»Alles in Ordnung? Ich hab gesehen wie, ähem...«, er stockte verlegen, da ihm gerade klar geworden war, wie peinlich ihr dieser Sturz sein musste.

Aber sie schüttelte nur den Kopf. »Mir ist nichts passiert«, versicherte sie ihm und untersuchte dabei weiter ihr Rad.

Keine Engländerin, dachte Matt und sah jetzt auch auf das Fahrrad. Ein schweres, unhandliches Teil, das anscheinend als Werbeträger für Barclays fungierte. Zusammengefasst ein Verkehrsmittel, auf dem er für keinen Preis der Welt London hätte erkunden wollen. Er fühlte sich plötzlich reichlich überflüssig und peinlich berührt, wie er hier neben ihr ungefragt Anteil an einem anscheinend harmlosen Unfall nahm.

»Mit dir ist wirklich alles okay?«, erkundigte er sich der Form halber noch einmal.

»Oh ja«, antwortete sie und ließ dabei ein rasches Lächeln über ihr Gesicht huschen. »Mir und dem Rad ist nichts passiert.«

Matt hatte sich schon halb weggedreht, um seinen Weg endlich fortzusetzen, war nun aber noch einmal stehen geblieben.

»Kann ich dir sonst irgendwie helfen?«

Sie machte Anstalten, wieder ihr Gefährt zu besteigen, lächelte ihn aber noch einmal dankbar an und schüttelte den Kopf, so dass die braunen Locken flogen.

»Nein, wirklich, danke! Nicht das ich wüsste.« Dann stieg sie auf und fuhr ein Stück auf dem Fußweg weiter.

»Hier ist übrigens Linksverkehr«, rief er ihr hinterher und hätte sich sogleich gern in den Hintern getreten für diese überflüssige Bemerkung.

Sie hatte angehalten und drehte sich um. »Ich weiß«, lachte sie. »Es ist nur wie ein Reflex. Sobald eine Kurve kommt, fahr ich wieder rechts.«

Matt hob kurz die Hand im stummen Gruß und wollte sich zum Gehen umdrehen, als sie weiterredete: »Hey, weißt du zufällig, wo der nächste Bahnhof ist? Ich muss das Fahrrad wieder abgeben.«

Die Lateinstunde war dieses Mal keine Bürde für Matt, so dass er sich schon beinahe fragte, warum er sie bisher geradezu verabscheut hatte. An diesem Tag störte ihn weder der Umstand, gefühlte hundert Mal das gleiche Wort erklärt zu haben, noch Alexanders hassenswerte Mutter. Er saß neben Alex in der Bibliothek (natürlich hatten Alex' Eltern eine Bibliothek) an einem blank polierten Eichentisch (natürlich ein Erbstück und auf keinen Fall neu - auch wenn die Holzwurmlöcher darin viel zu gleichmäßig verteilt für ein angeblich jahrhundertealtes Möbelstück waren) und genoss den Blick auf die blühende Kastanie draußen vor dem Fenster.

Sonst sann er in diesen nicht enden wollenden neunzig Minuten meist über den Umstand nach, dass er Alexanders Mutter abscheulich fand. Nicht nur ein wenig, sondern zu hundert Prozent. Das gehörte sich nicht - schon gar nicht für einen Pfarrerssohn - aber sein schlechtes Gewissen verflüchtigte sich immer sofort, sobald er wieder die zweifelhafte Freude hatte, mit Mrs. Goswell direkt zusammen zu treffen. Sein Vater versuchte ihm immer weiszumachen, dass jeder Mensch in irgendeiner Weise liebenswürdig wäre - keiner kann von Grund auf böse sein. Solche Ansichten mochten Matt vielleicht vor seiner Pubertät beeindruckt haben, aber seitdem er daheim ausgezogen war, erschien ihm das väterliche Verständnis menschlichen Zusammenlebens so weit entfernt von der Realität, wie es das elterliche Dorf von London auch räumlich war.

Mrs. Goswell schaffte es jedenfalls immer wieder, das ihm die Galle hochkam. Ihre unverhohlene Abneigung gegen alle Emporkömmlinge - zu denen er in ihren Augen natürlich genauso zählte wie jeder andere, der es wagte, aus der Schublade steigen zu wollen, in die sie ihn gesteckt hatte - war das Eine. Ihre Art zu sprechen, das Andere. Sie hatte sich die englische *stiff upper lip* auf die Fahne geschrieben und zur Perfektion gebracht. Sie reden zu hören, bereitete ihm geradezu körperliche Schmerzen. Anschauen mochte er sie genauso wenig, da ihr schmales, knochiges Gesicht durch zwei bleistiftminendünne, geschwungene Augenbrauen regelrecht entstellt wurde. Fand zumindest Matt. Was war schön daran, permanent erstaunt auszusehen? Warum taten sich Frauen das an und wieso fragten sie nicht einen Mann um Rat, wenn das Ganze doch - so nahm er jedenfalls an - darauf abzielte, genau denen gefallen zu wollen?

Matt nickte brummelnd, als Alex ihm seine Übersetzung zeigte und schaute wieder aus dem Fenster. Ihm fiel die Touristin auf ihrem Rad und ihr grandioser Sturz wieder ein und er musste grinsen. Alex sah in diesem Moment auf und stutzte.

»Wunderbar«, sagte Matt, nickte ihm aufmunternd zu und grinste noch breiter. Das tat er immer noch, als die schwere Eichentür mit dem Türklopfer in Löwenkopfform in seinem Rücken mit einem satten Ton zufiel. Was auch immer es war, das seine Laune so beflügelt hatte - die Aussicht, wahrscheinlich nie wieder hierherkommen zu müssen, das Wetter oder ein paar strahlend braune Augen - er würde heute den Tag genießen und mal nicht in der Bibliothek versacken. Er begann, Van Morrisons »Brown Eyed Girl« zu pfeifen und schlug den Weg Richtung Parliament Hill ein.

Nachdem er mehr als eine halbe Stunde zwischen sonnenhungrigen Menschen herumgeschlendert war, hatte er es schon restlos satt, sinn- und ziellos seine Zeit zu verschleudern. Wie dämlich war es auch, zu denken, in einer Millionenstadt wie London könnte man zufällig mit einem ganz bestimmten Menschen zusammentreffen?

»Idiot«, brummte er, beschleunigte seine Schritte und ging zügig in Richtung des nächsten Bahnhofes in Camden. Kurz bevor er den Fahrradweg queren wollte, hörte er einen Mann irgendetwas laut rufen, dann rauschte ein Radfahrer direkt vor ihm um die Ecke, verlor das Gleichgewicht und fiel in den nächsten Rhododendron, dessen lila Blüten schon vor einiger Zeit begonnen hatten, braun zu werden. Matt blieb zunächst wie angewurzelt stehen. Er brauchte aber nicht lang, um sich von der Erkenntnis zu erholen, dass manche Menschen sich tatsächlich zweimal im Leben begegneten. Und so rasch hintereinander! Dem anderen Fahrradfahrer, der gerade um die Ecke gebogen war und Anstalten machte, abzusteigen, hielt er für den Ausrufer und winkte nur ab.

»Ich kenne sie«, sagte Matt. Mehr brauchte es nicht und der andere fuhr weiter.

Das Mädchen lag auf dem Boden unter dem Rhododendron und starrte in den Himmel.

»Hallo«, sagte er und grinste ein bisschen, als er von oben auf sie herabschaute.

»Du wieder?«, rief sie überrascht und griff nach seiner ausgestreckten Hand. Während er das Fahrrad aus dem Busch zerrte, klopfte sie sich die Jeans ab.

»Wohnst du hier in der Gegend?«, fragte sie ihn unverblümt.

»Äh, nein«, antwortete er ausweichend und stellte ihr das Rad hin. »Ich frage besser nicht nach, was genau passiert ist, oder?«

»Besser ist das«, stimmte sie zu und begann in ihrer Tasche zu kramen.

Er hielt immer noch ihr Fahrrad und hatte deshalb Muße, sie genau zu mustern. Am meisten gefielen ihm ihre Haare - lange, braune und ziemlich wilde Locken. Einige Rhododendronblätter hingen noch zwischen ihnen und er wünschte, er hätte den Mut, sie aus ihrem Haar zu zupfen.

Sie war fündig geworden und hielt ihm jetzt einen Stadtplan von London unter die Nase. »Kannst du mir sagen, welche von den Leihstationen am nächste ist?«

»Das wäre die in Camden drin«, antwortete Matt, nachdem er einen kurzen Blick auf den Flyer geworfen hatte. »Wohnst du denn da?«

»In Camden? Nein«, sagte sie und nahm ihm das Fahrrad aus der Hand. »Ich habe gar keine Ahnung, in welchem Stadtteil ich wohne. Aber es ist in der Nähe von Battersea.«

»Power Station?«

Sie nickte.

»Und wie kommst du dann von Camden dorthin?« Die Frage war raus, bevor ihm klar geworden war, dass ihn das herzlich wenig anging. Aber irgendwie hatte sie den Beschützer in ihm geweckt.

Sie zuckte mit den Achseln, ungerührt ob seiner Indiskretion. »Laufen, denk ich«, sagte sie.

»Laufen?« Er war entsetzt. »Das sind mindestens fünf Meilen! Mitten durch die Stadt!«

Sie zuckte wieder nur lapidar die Schultern und begann das Fahrrad Richtung Parkausgang zu schieben.

»Na und«, sagte sie, als er sie ein paar Sekunden später eingeholt hatte und neben ihr lief. »Ich hab Ferien.«

Er brauchte eine Weile, um diese Information zu verdauen. Er hätte gern eine ganze Menge neuer Fragen gestellt, fand aber, dass er schon mehr als genug hatte von ihr wissen wollen. Also formulierte er die nahe liegende mit Bedacht: »Und warum nimmst du dann nicht das Rad bis«, er studierte kurz den Flyer, den er immer noch in der Hand hielt, »Chelsea Bridge?«

»Für heute ist mir die Lust am Radfahren vergangen«, sagte sie nur.

Aha, er nickte. »Wieder rechts gefahren?«

»Nein«, antwortete sie fast schon stolz. »Dieses Mal war's die verdammte Bremse.« Mit diesen Worten gab sie der Nabenschaltung einen wütenden Tritt. Der Blick, mit dem Matt erst das Fahrrad und dann sie bedachte, forderte sie zu weiteren Erklärungen heraus. »Hey, ich kann Rad fahren!«, rief sie empört. »Wenn du's genau wissen willst - ich arbeite sogar als Fahrradkurierin. Ich bin einfach solche Krücken nicht gewöhnt.«

Er brauchte einen Moment, um zu verstehen, was sie meinte. Dann hellte sich sein Gesicht auf. »Du magst das Fahrrad nicht?«, rief er.

Sie schaute ihn etwas verwundert an und schüttelte leicht den Kopf dabei. Aber bevor er sich unangenehm berührt fühlen konnte und Zeit hatte, wieder in seinem Schneckenhaus zu verschwinden, lachte sie auf. »Ach so! Wie würdest du so was denn nennen?« Bei dieser Frage bekam das arme Fahrrad wieder einen kräftigen Tritt gegen den Rahmen ab.

Matt grübelte. »Wenn du ein anderes Fahrrad hättest, hättest du keine, ähem, Probleme?«, fragte er dann.

Das Mädchen nickte lächelnd - verdammt, er wünschte, er wüsste einen Vorwand, um sie nach ihrem Namen fragen zu können - und sagte: »Ein richtiges Rad wäre großartig!«

Am Abend des gleichen Tages stand Julia wieder vor dem Stadtplan, der im Hostel aushing. Wo sie sich befand, konnte sie unschwer an dem dicken, roten, inzwischen ziemlich verwischten Punkt auf der Karte erkennen. Bevor sie noch länger suchen musste, bekam sie Hilfe von Jake, der sich zu ihr gesellt hatte. »Irgendwelche Pläne für heute Abend?«

»Ja«, sagte sie und schaute auf den Zettel, auf den der Typ aus Hampstead Heath ihr eine Adresse gekrizzelt hatte. Jake las den ihm hingehaltenen Schrieb und runzelte die Brauen.

»Stimmt was nicht?«, wollte Julia wissen.

»Hackney?«, brummelte Jake. »Was willst du denn in Hackney?«

Julia rollte innerlich mit den Augen, da sie längst hatte losgehen wollen, antwortete aber geduldig: »Ein Fahrrad borgen.«

»Fahrrad? Was willst du denn mit einem Fahrrad?«

Sie hätte am liebsten den Kopf in den Stadtplan gerammt - genau dahin, wo sich der rote Punkt befand - sagte aber stattdessen: »Radfahren natürlich.« Bevor Jake die nächste Frage über die Lippen bringen konnte - und sie lag ihm schon auf der Zunge, das konnte Julia ganz deutlich an seinem Gesichtsausdruck erkennen - redete sie schnell weiter: »Du kannst mir also nicht mit der Adresse helfen?«

Das konnte er natürlich nicht auf sich sitzen lassen. »Hier musst du hin.« Sein Zeigefinger schwebte über einem Gebiet, das weit entfernt von der Gegend lag, in der sie vorher vergeblich gesucht hatte.

»Alles klar, Jake. Danke, Jake.« Sie rannte auf die Straße, orientierte sich kurz an ihrer eigenen Karte und lief - hoffentlich - in die richtige Richtung los. Julia fühlte sich zwar ein bisschen schlecht, Jake so abgefertigt zu haben, war aber gleichzeitig froh, dass er keine Gelegenheit bekommen hatte, sie wieder nach einem Date zu fragen. Ob es stattdessen besser war, einen ihr völlig fremden Londoner zu besuchen, von dem sie nicht einmal den Vornamen wusste? Aber der Typ hatte einfach etwas Vertrauenswürdiges ausgestrahlt. Merkwürdig nur, wieso er ihr, als sie sich beim Abschied vorgestellt hatte, nicht seinen eigenen Namen verraten hatte.

Engländer halt, dachte Julia, als sie an dem unauffälligen Haus, dessen Adresse er ihr gegeben hatte, angekommen war und die Klingelschilder mit ihrem Zettel verglich. Sein Nachname war also wahlweise Gerrit, King, Morrison oder Ngyen. Letzteres erschien ihr unwahrscheinlich, da zu exotisch für einen klassisch nordeuropäisch aussehenden Typen. Sie drückte den Klingelknopf neben dem Namensschild und schob die schwere Tür auf, als ein Summen ertönte.

Das Treppenhaus war genauso unscheinbar wie die Außenansicht. Von ihrer Vorstellung, in London auf Schritt und Tritt viktorianischer Eleganz beziehungsweise geschmackvoller Moderne zu begegnen, hatte sie sich aber schon kurz nach ihrer Ankunft in dieser Stadt verabschiedet. London mochte zwar eine sehr große Großstadt sein, vieles unterschied sie aber nicht von anderen, möglicherweise etwas kleineren Metropolen der Welt. Julia wäre zwar nicht so mutig, London mit Stuttgart (die einzige Großstadt, mit der sie ziemlich gut vertraut war) zu vergleichen - aber gewisse Parallelen waren doch vorhanden. Und wenn es nur die Fußmatten vor den Wohnungstüren waren, an denen sie gerade vorbei lief.

Als sie im ersten Stock angekommen war, hörte sie, wie sich eine Etage über ihr eine Wohnungstür öffnete. Sie lief mit raschen Schritten den Rest der Treppe hoch und sah, wie ihre Bekanntschaft aus dem Park in der rechten der beiden Wohnungstüren, die auf den kleinen Treppenabsatz führten, stand.

»Guten Abend, Julia«, begrüßte er sie förmlich und hielt ihr die Tür auf.

»Hallo«, antwortete sie etwas atemlos.

Sie war sich nicht sicher, ob von ihr erwartet wurde, die Schuhe auszuziehen. Nach einem kurzen Blick auf seine Füße, an denen immer noch die gleichen Turnschuhe saßen, die er im Park getragen hatte, behielt sie ihre Sandalen an. Er hatte die Wohnungstür hinter ihr geschlossen. Sie standen in einer Art Flur. Julia konnte nicht viel erkennen, da dieser nur durch das Licht, das aus der geöffneten Tür der Küche fiel, erhellt wurde. Viele Türen - mindestens vier - gingen von diesem Raum ab. Der Typ stand in der Küchentür und rang sich ein Lächeln ab: »Komm rein.«

Julia war allerdings völlig unempfindlich für seine Unsicherheit und fragte dreist: »Wie heißt du eigentlich?«

Zu behaupten, das sein Gesichtszüge bei dieser Frage entgleisten, wäre eine Übertreibung gewesen - allerdings keine maßlose. Selbst Julia fiel seine Reaktion auf.

»Sorry! Hab ich was Falsches gefragt?«, sagte sie erschrocken. »Es ist nur so peinlich, wenn man nicht weiß, wie der andere heißt. Findest du nicht?«

»Matt«, antwortete der Typ, also Matt und räusperte sich. »Du hast natürlich recht, es ist unangenehm, wenn man nicht weiß, mit wem man es zu tun hat.«

Julia war beruhigt und hatte jetzt Zeit, sich die Küche näher anzusehen. Auch hier fehlte das typisch Englische, von dem sie aber nicht hätte sagen können, was genau sie darunter verstand. Es war ganz einfach eine stinknormale Küche, die sie in jeder WG von Stuttgart hätte finden können. Okay, der Herd war etwas überdimensioniert, aber es gab sogar eine Kaffeemaschine - ein Umstand, den sie im Land des Tees nicht erwartet hatte. Das Küchenfenster war riesig, trotzdem blieb der Raum relativ dunkel, da die Küche auf einen Hof führte. Man hatte von hier oben einen guten Blick auf sämtliche Hinterhöfe und Hausrückansichten sämtlicher Nachbarn. Das Fenster war ein bisschen nach oben geschoben, so dass man ein paar Kinder, die in einen der engen Höfe versuchten, Fußball zu spielen, schreien hören konnte. Dann fuhr in der Nähe ein Zug vorbei. Matt schien die Stille in seiner Küche aufzufallen, denn er stellte ihr einen Stuhl am Tisch bereit und sagte: »Setz dich doch!« Dann setzte er sich selber und verschränkte auch noch die Hände auf der Tischplatte.

Julia wäre lieber stehen geblieben - das hätte ihr wenigstens etwas zu tun gegeben - aber so einer deutlichen Aufforderung nicht nachzukommen, wagte selbst sie nicht. Also sank sie stumm seufzend ihm gegenüber auf den Stuhl und fühlte sich wie eine Bewerberin vor ihrem künftigen Chef. Wenn er ihr wenigstens etwas zu trinken anbieten würde. Selbst einen Tee würde sie begeistert annehmen - den konnte man immerhin mit Milch und Zucker zu einer kleinen Mahlzeit aufpeppen. Seit sie in London war, hatte sie permanent Hunger, was nicht zuletzt an der angespannten Lage ihres Geldbeutels lag.

Aber Matt waren körperliche Bedürfnisse anscheinend gleich. Er schaute auf die Wand hinter ihrer linken Schulter, so dass Julia den Drang unterdrücken musste, sich umzudrehen.

Dann räusperte er sich wieder. »Und wie lang brauchst du das Rad?«

Julia versuchte seinen Blick aufzufangen. Leider vergeblich. »Den ganzen Sommer?«

Jetzt kreuzten sich ihre Blicke, allerdings nur kurz, da er nun zur Abwechslung aus dem Fenster schaute. Und dann doch wieder zu ihr hin.

»Machst du hier ein Praktikum oder so?«

»Nein«, Julia überlegte kurz. »Es ist mehr das ›oder so‹.«

Matt zog die Augenbrauen hoch und sah sie auffordernd an.

Jetzt sah Julia kurz aus dem Fenster, stülpte ihre Unterlippe vor und biss auf ihr herum. »Ok«, sagte sie schließlich. »Ich suche jemand. Das heißt, es ist eher so, dass ich jemanden treffen muss. Will. Was auch immer.«

Matt strich sich nachdenklich mit der Hand über das Kinn. Sein erster Gedanke war ›Häh?‹, aber den sprach er nicht aus, das wäre schließlich unhöflich gewesen. »Du suchst jemanden, den du kennst?«, wiederholte er sorgfältig und langsam ihre Worte.

»Kennen wäre eventuell zu viel gesagt«, platzte Julia heraus und bremste sich dann. Meine Güte, war es schwer, in einer fremden Sprache vage Andeutungen zu machen! »Also es ist so: ich will, muss die Person treffen. Das ist wichtig für mich, verstehst du?«

»Nein«, antwortete Matt prompt wenig hilfreich. »Aber vielleicht würde es helfen, wenn ich wüsste, wer diese Person ist - wenn du sie schon nicht wirklich kennst.«

Diese Frage hatte Julia befürchtet. Sie sah kurz an die Zimmerdecke, an der schon seit Ewigkeiten nicht mehr die Spinnweben entfernt worden waren, dann nahm sie die Hürde mit einem Sprung: »Benedict Cumberbatch.« Als sie in Matts verständnisloses Gesicht sah, redete sie schnell weiter: »Der Schauspieler? Sherlock?«

Matt nickte langsam, schaute sie aber immer noch an wie ein Deichschaf die Nordsee - frei von jeglichen Emotionen.

»Ich weiß, es klingt verrückt - deswegen hab ich's ja auch noch niemanden erzählt. Aber das ist der Plan.«

Matt stand so plötzlich auf, dass sein Stuhl über den Boden schrammte. Er nahm den Wasserkocher, ging zur Spüle und füllte ihn. »Willst du auch einen Tee?«

»Klar, gern!« Julia freute sich - einerseits über die Aussicht, etwas Warmes in den Magen zu kriegen und andererseits darüber, endlich eines der Klischees bestätigt zu bekommen.

Matt schwieg, als er den Tee zubereitete. Nicht, das er das absichtlich tat, aber er brauchte Zeit, um seine Gedanke über die Offenbarung, die ihm gerade präsentiert worden war, zu sortieren. Verrückt sah sie wahrlich nicht aus, dachte er und sah verstohlen zu Julia rüber, die ebenfalls aufgestanden war und am Fenster stand, um raus zu sehen.

Er stellte Tassen, Löffel, Zucker und Milch auf den Tisch und goss dann den Tee auf. Julia füllte sich ihre Tasse, obwohl der Tee noch nicht durchgezogen war. Dann löffelte sie eifrig Zucker dazu und goss so viel Milch hinein, dass die Tasse überlief. Sie sprangen beide fast gleichzeitig auf, so dass der Tisch wackelte und auch noch der Tee aus seiner Tasse überschwappte. Er musste lachen.

»Wirklich? Benedict Cumberbatch?«

Sie nickte und holte den Lappen, um den Tisch abzuwischen.

»Du bist also ein Fan? Wie heißen die noch mal?«, überlegte er.

»Quatsch«, unterbrach ihn Julia rüde. »Ich bin keine Cumberbitch. Ich weiß nicht mal, ob ich ein Fan bin. Heißt das nicht, dass man alles kennt von jemanden, alles sieht, hört, liest?« Sie nahm ihren Tee und trank einen Schluck. »Ich hab nur eine Staffel Sherlock gesehen und ein Interview mit ihm gelesen.«

»So«, sagte Matt und fuhr sich ratlos mit beiden Händen durch seine kurzen, dunkelblonden Haare. »Warum dann? Ich mein, was versprichst du dir davon, ihn zu treffen. Zu treffen?« Ihm war ein Gedanken gekommen. »Hast du eine Ahnung, was hier los ist, wenn Sherlock gedreht wird? Hunderte wollen das Gleiche wie du!«

Sie sah ihn geknickt an. »Ich weiß - so will ich ihm ja auch gar nicht begegnen. Ich mein, so sieht er doch nur eine Horde Fans und nicht die einzelnen Menschen, oder?«

Matt zog die Schultern hoch. Klar, wahrscheinlich hatte sie Recht. Nur hatte er gerade keine Ahnung, wie dieses Gespräch hier weiter verlaufen sollte. Er hatte zwar eine ältere Schwester, eine Ex-Freundin und derzeit auch noch zwei katastrophale Mitbewohnerinnen, aber allesamt erschienen ihm mit dieser Situation und Julia verglichen harmlos. Oder langweilig?

Er massierte sich wieder die Kopfhaut und stellte fest, dass sein Tee gerade kalt wurde. »Selbst wenn du diesem, ähm, Schauspieler in diesem Sommer in London über den Weg laufen solltest - was genau soll da passieren? Der Donnerschlag?« Er war ratlos. Dann fiel ihm ein, wie er erst gestern aus völlig irrationalen Gründen in Hampstead Heath spazieren gegangen war. Hmm.

Julia zuckte mit den Schultern. »Ich weiß es nicht. Ehrlich«, sagte sie ebenso ratlos wie er. »Ich glaube nicht, dass ich den Donnerschlag erwarte. Nur, hmm, irgendwas?« Sie sah ihn forschend an, trank dann ihre Tasse leer und goss sich neuen Tee ein. »Ich mein, ich habe Ferien, ich bin in London. Warum also nicht? Man könnte seine Zeit sinnloser verbringen.«

Matt nickte wenig überzeugend. »Wenn du meinst«, stimmte er ihr vorsichtig zu. »London ist halt auf die Dauer ziemlich teuer.«

Damit hatte er den wunden Punkt getroffen. Julia seufzte. »Da hast du sowas von Recht. Deswegen auch das Fahrrad, verstehst du?«

Matt hob nichtsagend die Schultern. Er konnte sich Schöneres vorstellen, als mit dem Rad in seinen Ferien durch London zu kurven. Auf der Suche nach einer Vision oder einem Phantom? Dann fiel ihm etwas ein: »Und was bitte hat das mit Hampstead Heath zu tun?«

Gleichzeitig seufzte Julia: »Das Hostel ist schon irrsinnig teuer!« Dann beantwortete sie seine Frage. »Er wohnt in Hampstead. Wusstest du das nicht?«

Matt erlag nicht der Versuchung, die Augen zu verdrehen. »Natürlich weiß ich das! Ich verfolge rege das Privatleben all unser lokalen Celebrities wie jeder anständige Londoner.«

Julia lachte und war keineswegs beleidigt, weswegen er auch gleich mit der nächsten unbedachten Frage herausplatzte. »Das heißt, du brauchst ein Zimmer für ein paar Wochen?«

»Ja. Unmöglich, ich weiß«, antwortete sie mit einem gewollt dramatischen Tremolo in der Stimme. »Und ein Job wär auch nicht schlecht.«

»Als Fahrradkurierin würde ich dich nicht weiter empfehlen.«

»Haha«, Julia zeigte ein falsches Lachen, wechselte dann aber den Gesichtsausdruck zu hoffend-fragend. »Hast du vielleicht eine Idee, was man als Student hier machen könnte, um ein bisschen was dazu zu verdienen?«

Matt schüttelte den Kopf. »Ich fang nächste Woche in einem Krankenhaus an, aber das wär nichts für dich.« Bevor sie wieder niedergeschlagen schauen konnte, zog er seinen Trumpf aus dem Ärmel. »Aber ich weiß, wo du wohnen könntest.«

»Hier könnte ich wohnen?« Das Zimmer, zu dem Matt eben die Tür geöffnet hatte, war ein nicht mal zwei Meter breiter, dafür ungefähr drei Meter langer Schlauch mit einem Fenster, das zwar fast so breit wie das Zimmer, aber leider nur so hoch wie eine Schießscharte war. Rausschauen war praktisch unmöglich - höchstens man stieg auf einen Stuhl, der zwischen dem schmalen Bett und den beiden Fahrrädern, die an der dem Bett gegenüber liegenden Wand lehnten, aber gar keinen Platz gefunden hatte. Ansonsten gab es noch ein hohes, schmales, leeres Regal, das neben der Tür stand. Alles in allem sah dieser Raum nicht wie ein Zimmer, sondern wie eine Abstellkammer aus. Oder wie eine Gefängniszelle.

»Eigentlich ist es eine Abstellkammer«, sagte Matt. »Letzte Woche ist Tom ausgezogen. Ein spontanes Forschungsprojekt in Südamerika.«

»Anthropologe«, fügte Matt hinzu, als Julia ihn fragend ansah. »Die Fahrräder brauchte er nicht im Dschungel.«

»Zwei wären auch bisschen übertrieben gewesen, findest du nicht?« Julia quetschte sich zwischen Bett und Räder, um das vordere Fahrrad, das vielversprechend aussah, näher ansehen zu können. »Wieso hatte er zwei?«

»Für drei hat der Platz nicht gereicht?«

Julia grinste. Am liebsten hätte sie laut gelacht, aber damit hätte sie Matt vielleicht verschreckt. Perfekt - es war perfekt! Ein Fahrrad, ein richtiges Fahrrad und ein Platz zum Schlafen! Letzterer ähnelte zwar stark einer Zelle, aber war deshalb hoffentlich um einiges günstiger als das Hostel, oder?

»Was soll das Zimmer kosten?«

»Tom hat noch bis Ende des Monats gezahlt. Das heißt, wenn wir das mit einrechnen, müsstest du weniger als die neunzig, die das Zimmer sonst kosten würde, zahlen.«

»Neunzig? Echt?« Julia freute sich.

Matt schaute sie zweifelnd an und fragte sich, wo sie einen Grund sehen konnte, sich zu freuen.

»Neunzig pro Monat meinst du doch, oder?«, fragte Julia vorsichtshalber dann nach, da Matts Gesichtsausdruck sie etwas verunsichert hatte.

»Pro Woche.«

»Oh.« Julia schluckte. Dann rechnete sie die Miete auf den Monat hoch und fühlte sich gleich wieder besser. Weniger als im Hostel war es allemal und einen Job musste sie sich sowieso suchen.

»Okay«, sagte sie und hielt ihm ihre Hand zum Einschlagen hin. »Abgemacht! Ich nehm beides - Zimmer und Rad. Eins reicht mir allerdings.«

Als die Tür hinter Julia ins Schloss gefallen war, lehnte Matt kurz den Kopf gegen das kühle Holz. War wirklich und tatsächlich nur ein Tag vergangen? Die heutigen Erlebnisse wären - gebündelt genommen - adäquat zum, sagen wir, letzten halben Jahr seines Lebens. Zumindest wenn man sie nach dem Grad der Verrücktheit abwog.

Er schaute auf die Uhr. Noch eine halbe Stunde, um sich eine gute Geschichte auszudenken. Dann würden Morena und Pat eingetrudelt sein und wenn dann seine Begründung, Toms Zimmer spontan ab morgen vergeben zu haben, nicht überzeugend genug für sie war, wäre er ein toter Matt. Letzte Woche erst hatten sie einvernehmlich beschlossen, gemeinsam den neuen Mitbewohner auszusuchen. Matt hatte zwar die Vollmacht des Vermieters, bei der Wahl neuer Mieter das letzte Wort zu sprechen, aber sie waren schließlich eine moderne, gleichberechtigte WG.

So die Theorie.

Matt schloss geschwächt die Augen und hätte gern die letzte halbe Stunde rückgängig gemacht. Er war kein spontaner Mensch. Nie gewesen. Zum Leidwesen beispielsweise seiner Ex-Freundin. Olivia, seine Schwester, beklagte diesen Umstand auch des Öfteren. Und seine Mitbewohnerinnen hatten schon lange aufgegeben, ihn zu ungeplanten Abendaktivitäten überreden zu wollen. Spontanität war eindeutig weiblich. So hatte er gedacht.

Alle, die bisher der Meinung gewesen waren, er besäße nicht diese Eigenschaft, wären überraschte Beobachter seines heutigen Tages gewesen. Man könnte geneigt sein, ihn zu warnen, es nicht zu übertreiben.

Nachdenken, befahl er sich, und nach einem erneuten Blick auf die Uhr: zügig!

Okay, sie war eine Verwandte des Vermieters?

Schwachsinn. Den Vermieter kannte er gut. Seine Familie kam aus Jamaika. Noch nicht einmal Morena und Pat würden diese Begründung auch nur ansatzweise glauben.

Ein humanitärer Notfall? Selbst wenn es die Wahrheit wäre (und Julia keine Touristin gewesen wäre) - er befürchtete, dass auch dieser Umstand bei beiden seiner Mitbewohnerinnen kein Mitleid hervorgerufen hätte.

Eine Ex von Tom?

Die Besitzerin der Fahrräder?

Seine Freundin?

Am Ende gab er keinen Grund an. Er stellte sie vor vollendete Tatsachen und ertrug stoisch ihr Gezeter. Selbst wenn er gewollt hätte, rückgängig ließ sich das Ganze nicht mehr machen. Die Diskussion fand zwischen Tür und Angel statt, was ein Glück für ihn war, da sie so keine Zeit hatten, ihn richtig zu braten. Pat und Morena wollten zusammen in den Pub und hatten es eilig, sich umzuziehen und all jene Dinge zu tun, die für solch ein Vorhaben halt notwendig waren. Matt war dieser Umstand sehr willkommen. Er schien wie ein zuschauender Geist über dem Drama zu schweben und fragte sich, was er sich eigentlich erhoffte. Und welchen Grad der Blödheit er vorhatte, zu erreichen. Julia, dachte er. Und dann: Benedict Cumberbatch. Nicht zu fassen!

3 STUDENTENLEBEN, STUDENTENJOBS

»Sie mögen mich nicht«, stellte Julia fest, als sie in die Küche kam. Am vorigen Nachmittag war sie eingezogen. Was bedeutete, dass sie ihre Klamotten ins Regal gestopft, ihren Rucksack unters Bett geschoben und sich bei Pat und Morena vorgestellt hatte. Letztere Aufgabe war wie eine Audienz im Palast der Schneeköniginnen gewesen. Matt hatte danach ihren Eindruck, unwillkommen zu sein, mit der Bemerkung »Es sind halt Engländerinnen!« abmildern wollen, aber so ganz war ihm das nicht gelungen.

Er trank gerade seinen Tee im Stehen, da er spät dran war. Heute war sein erster Tag im Krankenhaus, übermorgen das erste von vielen Examen und er hatte den gestrigen Tag mit Sinnlosigkeiten vertrödelt. Er fühlte sich, als hätte er zu viel getrunken gehabt und nun einen Kater.

Julia öffnete das Fenster. Vielleicht, um die negative Energie, die Morena hinterlassen hatte und die noch in der Küche waberte wie eine schwarze Wolke, heraus zu lassen. Sie waren allein in der Wohnung und sie hatte das Gefühl, jetzt leichter Luft zu bekommen. Die Missbilligung über die neue Mitbewohnerin wurde zwar weder von Morena noch von Pat laut geäußert, war aber selbst für Julias dickes Fell spürbar.

Matt schien das Ganze nicht so sehr zu stören. Er war der Meinung, dass mit der Zeit Normalität einkehren würde. So wie nach jedem Gewitter - war seine Erfahrung - würden sich auch ein, sogar zwei, aufgeregte Frauengemüter bald beruhigt haben. In diesen Dingen hatte er bisher immer Recht behalten.

»Sie mochten wohl Tom?«, fragte Julia, die die Milch aus dem Kühlschrank geholt hatte und die Karten und Zettel, die mit Magneten an der Tür befestigt waren, musterte.

»Wie kommst du darauf?« Tom hatte kein halbes Jahr hier gewohnt und

Matt konnte sich keinen geeigneteren Mitbewohner vorstellen, den man weniger hätte mögen können oder wollen. Er hatte nie geputzt. Genauso selten hatte er aufgeräumt. Oder eingekauft. Okay, er war auch so gut wie nie da gewesen. Meistens war er erst nach Mitternacht hier aufgeschlagen und hatte sich wenig Mühe gegeben, leise in seinem Kabuff zu verschwinden. Matt war heilfroh gewesen, als er sich mit seinem Rucksack auf den Weg gemacht hatte, ein Völkchen im südamerikanischen Regenwald zu studieren.

Julia hatte die Milch abgestellt und sich wieder dem Kühlschrank zugewandt.

»Naja«, sagte sie. »Für mich sieht das so aus, als wäre er ganz schön beliebt gewesen.« Sie nahm der Reihe nach mehrere Zettel vom Kühlschrank und hielt sie ihm hin. Auf der ersten stand: »Hab die Milch ausgetrunken. Sorry. Tom« Die zweite war mit »Tut mir echt leid, hab vergessen Milch zu kaufen. Tom« beschrieben.

Bevor sie die nächste vorlesen konnte, fragte Matt ungeduldig: »Ja und?«

»Ja und?«, echote Julia. »Solchen Kram hebt man nur aus sentimentalen Gründen auf«, stellte sie fest. »Wetten, dass eine von den beiden heimlich in ihn verliebt war?«

»Quatsch«, antwortete Matt leidenschaftlicher, als er wollte.

»Ach«, Julia schaute ihn forschend an und legte den Kopf schief. »Du hast also die Sachen an den Kühlschrank gepinnt?«

»Klar«, Matt nahm ihr kühl die Zettel aus der Hand und warf sie in den Mülleimer. »Weil ich heimlich in meinen Mitbewohner verschossen war. Sherlock wäre stolz auf deine deduktiven Fähigkeiten.«

»Übrigens, wie läuft eigentlich dein Projekt BC? Irgendwelche Pläne für heute?« Unklare Gründe, die er auch nicht vorhatte, näher zu analysieren, machten Matt Schwierigkeiten, den vollen Namen dieses - Julias - Schauspielers über die Lippen zu bringen.

»BC?« Die Milch hing in der Schwebe über der Teetasse, da Julia mitten in der Bewegung inne gehalten hatte, um nachzudenken. »Ach so. Mal sehen, ob ich heute nach Hampstead fahre. Erst einmal geh ich auf Jobsuche.«

Ihre Bemerkung brachte Matt seinen eigenen, noch sehr frischen Job und danach die Zeit in Erinnerung, so dass er sich nur mit einem knappen »Dann wünsch ich dir viel Glück!« von ihr verabschiedete und Türen knallend aus der WG verschwand. Julia setzte sich an den Tisch und löffelte Zucker in ihren Tee. Jake hatte ihr gestern nicht nur das bereits gezahlte Übernachtungsgeld zurückgegeben (nicht aber ohne mehrmals zu bemerken, dass das eigentlich verboten war), sondern ihr dazu noch eine Adresse einer Jobvermittlung für Studenten aufgeschrieben. »Ich studiere aber nicht in Großbritannien. Meinst du, dass das ein Problem ist?«, hatte sie wissen wollen. Ein bisschen suspekt fand sie seine Antwort, die sie immer noch im Ohr hatte, schon: »Ach, das ist denen egal. Immerhin bist du EU. Und noch sind wir ja in dem Verein.« Seine letzte Bemerkung hatte sie überhaupt nicht kapiert.

Sie ging in ihre Kammer, quetschte sich zwischen Fahrrädern und Bett zu ihrer Tasche durch und holte den Stadtplan. Dann stand sie lange vor dem Vorräteschrank in der Küche und studierte die Inhalte der Cornflakes-Packungen. Wo würde es am wenigsten auffallen, wenn sie sich eine Handvoll zum Frühstück herausnehmen würde?

Zweieinhalb Stunden später stand sie in einer belebten Fußgängerzone Londons und verteilte Flugblätter. Prinzipiell war sie sehr zufrieden mit dem Ergebnis ihrer Jobsuche. Immerhin war sie sozusagen vom Fleck weg engagiert worden. Man sollte halt nicht an den näheren Umständen herumkritteln. Geld war schließlich Geld - auch wenn ihr diese Aufgabe heute gerade einmal zwanzig Pfund bringen würde.

Wen störte es da schon, wenn er in mittelalterlichen Klamotten, die leider elendig kratzten und viel zu warm waren, und einer hässlichen Eisenmaske vor den Augen beliebtestes Fotoobjekt der Touristen auf den hundert Metern, auf denen sie auf und ab patrouillierten, sein durfte? Ein anderer Student zog sie an einer Kette, die an ihrem rechten Handgelenk mit einer Schelle befestigt war, hinter sich her und brüllte etwas, das sie - auch nachdem sie es jetzt zum hundertzweiten Mal gehört hatte - einfach nicht verstand. Es musste ein Werbespruch für das mittelalterliche Verlieβ, für das sie hier beide promoteten und Flyer verteilten, sein. Hoffte Julia. Nicht das der Typ, der auch im Privatleben ziemlich unhöflich zu sein schien und vielleicht deshalb als eine Art Henker ausgewählt worden war, sie gerade meistbietend versteigerte.

Für Julia schien die letzte der drei vereinbarten Stunden nicht enden zu wollen. Zu Beginn war sie noch high gewesen, so schnell einen Job gefunden zu haben. Danach hatte sie sich die Zeit damit vertrieben, Herkunftsorte der Touristen, die sie fotografierten, zu erraten. Mittags hatten dann Heerscharen von eiligen Londonern ihre Büros verlassen und waren zum Lunch in die kleineren Cafés, Pubs und Bäckereien eingefallen. Julias inzwischen längst wieder leerer Magen hatte sich bemerkbar gemacht. Diese Sorge hatte sie inzwischen aber auch hinter sich gelassen, da sich ein viel dringenderes Bedürfnis bemerkbar gemacht hatte. Morgen, schwor sie sich, würde sie keinen Tee trinken, bevor sie sich zu einer stehenden Tätigkeit im öffentlichen Raum, bei der aber leider kein Zugang zu einer ebenfalls öffentlichen Toilette vorgesehen war, breitschlagen ließ.

Nachdem die verabredete Zeit abgelaufen war, rannte sie fast zu ihrem Auftraggeber, so dass ihr Kollege kaum hinterherkam. Im Eiltempo hatte sie ihr Kostüm ausgezogen, abgegeben und ihr Geld eingestrichen. Dann endlich konnte sie das Klo im Verlies besuchen und sich wieder einigermaßen menschlich fühlen. Eine halbe Stunde später saß sie mit einer Pastete an der Themse und fühlte sich wie die Königin der Welt. Das blaue, in der Sonne glitzernde Band des Flusses zog gemächlich an ihr vorbei, sie hatte einen grandiosen Blick auf die Westminster und das London Eye, gut gekleidete Menschen flanierten an ihr vorbei und in ihrer Tasche war genug Geld, um die erste Miete für das Kämmerchen anzahlen zu können.

Sie stopfte sich den Rest ihrer Pastete in den Mund, stand auf und klopfte sich die Krümel von der Hose. Seit sie hier war, ernährte sie sich fast ausschließlich von den meist gefüllten Produkten aus den Bäckereien. Sie hatte schon wieder den Namen dessen vergessen, was sie soeben verspeist hatte. Eine Art Teigtasche gefüllt mit einer Masse, die vom Prinzip her aussah wie erwärmtes Katzenfutter. Aber wen interessiert schon das Aussehen, wenn man Hunger hatte - permanenten Hunger - so wie Julia in den letzten Tagen? Außerdem schmeckte es sogar. Besser als Fish und Chips, die sie nur essen konnte, wenn sie genügend Essig darüber kippte. Aus diesem Grund stand der Essig wahrscheinlich auch da, sinnierte sie. In jedem Fall war das englische Essen nur etwas für Menschen, die sich viel bewegten.

Julia bummelte zur Jobvermittlung, an der sie ihr Fahrrad hatte stehen lassen und musterte die Figuren der englischen Frauen im Vorbeigehen. Der BMI der allermeisten rangierte eher im oberen Bereich, was bei der hiesigen Ernährung wahrscheinlich kein Wunder war. Sie erhaschte kurz einen Blick auf das Spiegelbild ihrer eigenen, zierlichen Silhouette in einem der Schaufenster und machte sich noch keine großen Sorgen, dass ihr Londontrip Auswirkungen auf ihre Figur haben würde. Da war nicht nur die bisherige, fast tägliche Strampelei mit dem Fahrrad den Berg hinauf nach Hampstead, sondern auch die permanente Geldknappheit, die ihr verbot, etwaigen Gelüsten wie Chips mit Salt & Vinegar-Geschmack nachzugeben.

Als Matt am Abend nach Hause kam, war die Wohnung leer. Nach der Arbeit war er in die Bibliothek gegangen und hatte gelesen. Zumindest hatte er das vorgehabt. Allerdings war er von einem Kommilitonen unsanft geweckt worden. »Matt, schnarch zu Hause weiter!«, hatte der ihm ins Ohr geraunt. »Du störst!«

Matt war knallrot geworden. So etwas passierte ausgerechnet ihm. Bisher hatte er immer am längsten von allen durchgehalten und war an manchen Tagen immer noch da gewesen, wenn am nächsten Morgen die ersten Lerchen unter den Studenten gähnend in den Lesesaal getröpfelt gekommen waren. Er setzte Wasser auf und kippte dann den Rest löslichen Kaffees, den irgendein verflossener Mitbewohner mal gekauft hatte, in eine Tasse. Bis Mitternacht hatte er noch zwei Stunden, um das Kapitel Pädiatrie, das er sich für heute zum Lernen vorgenommen hatte, zu lesen.

Sieben Uhr begann diese Woche seine Schicht im Krankenhaus. Im Prinzip ein ganz normaler Arbeitstag, wenn man vorhatte, Arzt zu werden. Leider war er nächste Woche schon für die Nachtschicht eingeteilt worden. Das war insofern praktisch, dass es ihm überhaupt erlaubte, an seiner Prüfung teilzunehmen. Er hoffte nur schwer, dann nicht auch dort einzuschlafen.

Die Wohnungstür klappte und er schaute rasch in den Flur. Morena nickt ihm knapp zu und verschwand in ihrem Zimmer. Aha, immer noch beleidigt, dachte er. So viel Durchhaltevermögen hätte er den Mädels gar nicht zu getraut. Er fragte sich, wo Julia war. Draußen dämmerte es. Meine Güte, verfluchte er sich dann, Matt, verplempere nicht deine Zeit! Er goss heißes Wasser über das unappetitlich aussehende bräunliche Pulver und nahm das Gebräu mit in sein Zimmer. Dann setzte er sich und schlug das Kinderkrankheitenbuch auf. Er las. Dann schaute er auf die Uhr. Zwei nach Zehn.

Er stand wieder auf, ging zu Julias Zimmer, klopfte und schaute in ihr Kabuff. Ein Fahrrad fehlte. Dann hörte er Schritte im Treppenhaus, die vor ihrer Wohnungstür Halt machten. Schnell schloss er Julias Tür und rannte in sein Zimmer zurück. Dann tat er so, als würde er gerade in die Küche gehen wollen. Aber es kam nur Pat herein, die ihn genauso unversöhnlich anstarrte wie Morena vorhin. Er vergaß, dass er in die Küche hatte gehen wollen, drehte sich um, ging in sein Zimmer zurück, setzte sich an den Tisch und versuchte, den Sinn der Buchstaben vor seinen Augen zu verstehen.

Als Matt das nächste Mal die Wohnungstür sich öffnen hörte, dachte er nicht lange nach, sondern sprang auf und schoss wie ein Sektkorken aus seinem Zimmer. Julia stand in der offenen Tür und versuchte sich und ihr Fahrrad gleichzeitig in den Flur zu bugsieren. Sein plötzliches Auftauchen quittierte sie mit einem überraschten Blick. »Alles klar bei dir, Matt?«

Ohne es zu wollen - wie aus einem Reflex heraus - schaute Matt auf die Uhr an seinem Handgelenk. Julia schloss die Wohnungstür etwas lauter als beabsichtigt und sagte, als sie an ihm vorbeiging: »Ich bin schon groß, Mutti!«

»Wie bitte?«

»Ich bin schon groß, Mutti!«

»Mutti?«, wiederholte Matt das Wort, das er nicht für ein englisches hielt.

»Mutti ist so etwas wie Mutter«, erklärte Julia und stellte das Rad neben ihr Bett. »Nur nicht nett gemeint«, murmelte sie dabei, so dass er sie kaum verstand.

Mit einem kleinen Stich in der Magengegend stellte er fest, dass sie geradezu unverschämt glücklich aussah. »Du hattest anscheinend einen schönen Tag?«

»Ja«, trällerte sie und quetschte Tasche und Jacke in das schon restlos überfüllte Regal.

Sie drehten sich beide um, als Morena schweigend an ihnen vorbei zum Badezimmer ging. Julia nahm einen Pulli aus dem Regal und zog ihn sich über den Kopf.

»Und«, versuchte Matt, beiläufig zu klingen, »etwas Aufregendes erlebt?«

»Wenn du in Ketten gelegt durch London zu laufen als aufregend ansiehst, dann ja.« Julia ließ ihn nicht länger zappeln, sondern schilderte ihm in grellen Farben ihr erstes Joberlebnis in dieser Stadt.

»Und, was hast du den Rest des Tages so gemacht?« Matt hatte sein besseres Selbst total verdrängt und war gnadenlos neugierig. Das Peinliche daran war, das es ihm noch nicht einmal peinlich war.

Julia war an ihm vorbei in die Küche gegangen und goss sich ein Glas Wasser ein, das sie mit zwei Riesenschlucken leerte. »Ich war in Hampstead Heath. Sonnenuntergang anschauen.«

»Sonnenuntergang ansehen in Hampstead Heath?« Als Matt ihre Worte wiederholte, klang das als hätte sie etwas ähnlich Sinnvolles getan wie Bier bei Vollmond gebraut.

»Solltest du auch mal machen«, empfahl ihm Julia. »Ist sehr entspannend.«

»Ich bin entspannt!«, empörte sich Matt.

»Hmmhmm«, lächelte ihn Julia an und ging in ihr Zimmer.

»Wenn ich mal zu viel Zeit habe, mach ich das!«, rief Matt ihrem sich entfernenden Rücken nach.

Am nächsten Morgen beschloss Julia das Problem Mitbewohnerinnen anzugehen. Sie war zwar kein besonders harmoniesüchtiges Wesen, aber auf die Dauer mit zwei Eisblöcken zusammen zu leben, erschien ihr einfach zu anstrengend. Sie war früh aufgewacht, hatte aber den Abflug von Matt und Morena verschlafen. Pat schien immerhin noch da zu sein. Julia zog sich an und schlich leise in die Küche. Zwanzig Minuten später goss sie zischend den Teig für den ersten Pfannkuchen in die Pfanne. Sie hatte gestern alles eingekauft was ihrer Meinung nach notwendig war, um ein geknicktes Frauengemüt wieder aufzurichten.

Als Pat später mit abweisendem Gesichtsausdruck in der Küche auftauchte, wurde sie mit einem Stapel dampfender Pfannkuchen und einem großen Glas Nutella begrüßt. Julia trank stehend ihren Tee und schob ihr wie beiläufig die Pfannkuchen hin. »Bedien dich, bitte!«

Julia war sich nicht sicher, ob ihr Plan aufgehen würde. Bei Morena hätte sie kein Problem gesehen - Morena konnte man fast schon hager nennen. Pat dagegen war richtiggehend kurvig. Sie betonte ihre Figur durch schmal geschnittene, knielange Röcke und enge Blusen. Auf den Schuhen, die sie trug, hätte Julia nicht einmal zehn Sekunden stehen können - auch wenn die Absätze relativ breit waren. Wahrscheinlich, dachte Julia und musterte Pat, die sich einen Pfannkuchen nahm, war das irgendein bestimmter Modestil. Sechziger Jahre? Bei den Haaren konnte das hinkommen. Pat hatte knallrote - tizianfarben nannte man das vielleicht sogar? - lange Haare, die sie in einem hohen Dutt trug, den stirnlangen Pony akkurat ins Gesicht gekämmt. Julia dachte sich, dass sie - auf ihre Art - ziemlich erfolgreich bei den Männern sein musste. Sie sah ein bisschen anrüchig, sogar vulgär aus - aber gerade nur so viel, dass es sie interessant machte.

Julia wünschte, sie könnte sie fragen, als was sie arbeitete. Aber sie wagte es nicht, den Mund zu öffnen und irgendeine unbedachte Frage zu äußern. Bei Matt hatte sie in der Hinsicht keine Bedenken - er war zwar Engländer, schien ihre kommunikativen Fehltritte aber nur ulkig und nie beleidigend zu finden. Zumindest bisher.

»Und was planst du heute?«, fragte sie Pat, nachdem diese den letzten Bissen ihres Pfannkuchens runtergeschluckt hatte. »Lecker übrigens!«

»Ich?« Julia überlegte, was die richtige, die beste Antwort sein könnte. »Ich geh vielleicht ins British Museum.« Als sie Pats gelangweilt nach unten gezogene Mundwinkel bemerkte, redete sie weiter. »Und bummeln. Natürlich bummeln. Wo kann man am besten bummeln?«

Mit dieser Frage hatte sie Pats Innerstes getroffen. Die Antwort animierte sie sogar soweit, sich herab zu lassen und mit einem Stift in Julias Stadtplan diverse Märkte und Läden mit großen Kreisen zu markieren. Julia sah es mit Grausen, wie ihr fast noch jungfräulicher Plan bekritzelt wurde, nahm es aber um des lieben WG-Friedens hin. Ihr Bemühen wurde mit einem schmalen Lächeln belohnt, das kurz auf Pats Lippen erschien, als diese sich verabschiedete, um - zu welchem Arbeitsplatz auch immer - loszugehen. Julia räumte auf, packte sich zwei Pfannkuchen als Lunch ein und machte sich zu Fuß auf den Weg zur Jobvermittlung. Die Chefin dort hatte ihr für heute etwas Tierisches versprochen.

Es regnete stetig und ausdauernd seit dem Morgen – kein Fahrradwetter und auch keine guten Aussichten, um zufällig einem berühmten Londoner Schauspieler begegnen zu wollen. Seit gestern Abend grübelte Julia darüber nach, wie sie ihren Plan verfeinern könnte. Einerseits sagte sie sich, dass sie einfach abwarten müsse - egal was sie tun würde, sie würde ihm begegnen - andererseits begannen leise Zweifel ob dieser Tatsache an ihr zu nagen. Ihr Handy pingte in ihrer Jackentasche, so dass sie nicht länger darüber nachdenken konnte.

»Oh Gott, Mama!«, murmelte sie entsetzt, als sie die SMS sah. Ihre wöchentliche Mir-geht's-gut-und-alles-ist-prima-Nachricht hatte sie völlig verschwitzt. Schnell tippte sie einen Text und improvisierte einen spontanen Wochenendtrip nach Cork als Ausrede für ihr langes Schweigen, um die elterlichen Gemüter wieder in beruhigender Unwissenheit zu wiegen. Dann reihte sie sich in den Strom aktiver Londoner ein und hatte ihre Benedictsorgen fürs Erste wieder vergessen.

Tierisch, dachte Julia und musste grinsen. Allison, die Chefin der Jobvermittlung, hatte vielleicht Nerven. Julia griff sich an die Schulter und rückte sich den Kopf zurecht, der gerade wieder ins Rutschen geraten war, weil sie einem Rudel Asiatinnen, die kichernd an ihr vorbei gegangen waren, Flugblätter in die Hand gedrückt hatte. Wenn das elende Kostüm wenigstens wasserdicht gewesen wäre. Oder zumindest wasserabweisend. Vermutlich war es so, wie es nun war, sogar authentischer. Warum sollten Giraffen es auch nötig haben, ein wasserabweisendes Fell zu haben? Die meisten lebten nun mal in Afrika - nur ein paar vereinzelt hatten sich, freiwillig oder eher nicht, auf die britische Insel in einen Safaripark verirrt.

Sie konnte es immer noch nicht fassen, das es hier in England Safariparks gab. Nicht nur einen, nein, mehrere! Erst hatte sie es für einen Witz gehalten, als Allison begann, ihr von der Werbeaktion zu erzählen. Sie hatte dazwischen gefragt, ob sich dann die Leute aus ihren Autos heraus Hirsche und Rehe anschauten. Auch, hatte Allison geantwortet, natürlich, aber die meisten kämen wegen der Löwen und Tiger und Nashörner und Giraffen. Ausgerechnet Giraffen. Sie mochte diese Tiere, keine Frage. Majestätisch sahen sie aus. Und riesig. Beides Eigenschaften, die sie nicht für sich verbuchen konnte. Trotzdem stand sie jetzt hier, nur zweihundert Meter weit weg von ihrem gestrigen Arbeitsort, und verteilte als Giraffe auf zwei Beinen Flyer an interessierte und minder interessierte Touristen.

Ein paar Meter weiter sah sie einen Löwen stehen, dem sie nur zu gern eins mit dem schweren Kostümkopf, der mit jedem Regentropfen, der auf ihn fiel, noch schwerer wurde, übergezogen hätte. Verdammter Typ, dessen Namen sie nicht einmal wusste. Es war ihr Kerkerwächter von gestern. Bevor sie nur »Piep« hatte sagen können, hatte er sich das Löwenkostüm geschnappt und ihr die Giraffe hingeschoben. Sie wäre so gern der Löwe gewesen! Immerhin war ihr Aszendent Löwe, wenn sie ihrer Freundin Jana Glauben schenken wollte (und für diese auch die Erklärung, warum Julia so war, wie sie war...). Und überhaupt! Vom männlichen Kavaliersverhalten war bei diesem Typ jedenfalls keine Spur zu bemerken. Er spielte den königlichen Löwen, mit dem sich alle fotografieren lassen wollten und sie musste die lächerliche Giraffe mit zu kurzen Beinen und einem schiefen Hals geben. Wie unfair.

Sie linste durch das feine Gitternetz vor ihrem Gesicht auf ihre Uhr. Immerhin blieb ihr nur noch eine halbe Stunde. Dann versuchte sie, gravitätisch zur nächsten Touristengruppe zu schreiten und hielt denen ihre Flyer unter die Nasen. Die Gruppe zog um mehrere bunte Papierchen bereichert von dannen und Julia suchte nach weiteren potentiellen Zielobjekten. Dabei kreuzte eine Hand, die ein gefülltes Teigteilchen hielt, ihr Blickfeld. Sie musste ihren Kopf drehen und dann auch noch weit in den Nacken legen, um zu erkennen, dass die Hand mit dem Gebäckstück zu Matt gehörte.

»Hungrig?«

»Matt!«, rief Julia erfreut und setzte ihren Kopf ab.

»Interessanter Job.« Matt musterte sie von Kopf bis Fuß. Das hatte er zwar schon eine ganze Weile aus sicherer Entfernung getan, aber aus der Nähe betrachtet sah Julia noch ulkiger aus. Die ungefähr einen halben Meter zu langen Beine des Giraffenkostüms hatte sie hochgekrempelt. Nass, wie die Verkleidung inzwischen war, schleiften sie aber auf dem Boden. Die ebenfalls zu langen Ärmel musste sie immer wieder zurückschieben, gleichzeitig war sie aber auch noch ständig mit ihrem rutschenden Kopf beschäftigt gewesen.

Sie schaute auf ihre Uhr. »Ja, furchtbar spannend die Arbeit. Leider muss ich jetzt aufhören.« Sie hatte sich den Giraffenkopf unter den Arm geklemmt und die Pastete ausgepackt. Herzhaft biss sie hinein und Matts Magen zog sich schmerzhaft zusammen. Hier vorbeizukommen war eine spontane Idee gewesen und er hatte nie erwartet, sie tatsächlich auf Anhieb zu finden. Eigentlich wollte - musste - er in die Bibliothek. Längst hätte er über den Büchern hängen müssen. Nicht mal Zeit für einen verspäteten Lunch hatte er sich nehmen wollen, sondern unterwegs essen wollen. Sehnsüchtig verfolgte er, wie seine Pastete nun effizient von Julia vernichtet wurde.

»Was machst du hier?«, wollte sie zwischen zwei Bissen wissen. Bevor er den Mund öffnen konnte, redete sie weiter: »Wie ist übrigens dein neuer Job? Was genau machst du da?«

Matt überlegte kurz, bevor er antwortete. »Ich arbeite als Krankenpfleger - Blutdruck messen, Blut nehmen, Verbände wechseln und so...« Dass er heute hauptsächlich damit beschäftigt gewesen war, Patienten zur Radiologie zu schieben und von dort wieder abzuholen, ließ er großzügig unter den Tisch fallen. Genauso wenig erzählte er ihr von den Bettpfannen und Brechschalen, die von ihm geleert werden mussten.

»Musst du das machen? Für dein Studium? Wo musst du eigentlich hin?« Matt deutete mit seinem Kopf in eine Richtung, in der sich vage die Bibliothek befand. Julia nickte und gemeinsam bummelten sie die Straße hinunter, an einem Löwen vorbei, der, als sie an ihm vorbei gelaufen waren, seinen Kopf abnahm und sich ihnen anschloss.

»Ich mach das, ehrlich gesagt, um schnödes Geld zu verdienen.«

»Mhm, mhm«, brummte Julia zustimmend, »Und dann noch in der Examenszeit.«

Genau, genau, dachte Matt. »Ich muss los. Mach's gut!« Dann drehte er sich noch einmal um: »Hast du was geplant heute Nachmittag?«

»Nee«, sie schüttelte den Kopf und schaute vielsagend in den Himmel, aus dem mit unverminderter Durchhaltekraft leise die Regentropfen fielen, »ich geh heim und lese was. Oder so.«

Julia saß in ihrem Kabuff und langweilte sich königinnen-lich. Sie hatte völlig vergessen, dass sie das einzige Buch, das sie in ihren Rucksack gequetscht hatte, schon auf der Fähre durchgelesen hatte. Das Handy war auch zu nichts nütze, da sie nur Nachrichten schreiben und empfangen konnte - denn Internet war eindeutig aus Kostengründen nicht tragbar. Das war zumindest die Begründung ihrer Mutter gewesen, ihr kein Roaming in Eng-, ähem, Irland zu erlauben.

Ob sich dieses Eltern-Kind-Verhältnis jemals ändern wird, überlegte Julia. Ob man nun drei Jahre alt - ›Ich nehm dir deine Barbiepuppe weg, wenn du nicht sofort dein Schlafzeug anziehst!‹ - oder dreiundzwanzig war - ›Du kannst natürlich Kunst studieren, aber denk daran, dass du dann zum größten Teil selbst für deinen Unterhalt aufkommen musst!‹ - der materielle Streitwert wurde vielleicht größer, aber sonst?

Musik hören mochte sie nicht. Nicht mal aus dem Fenster schauen konnte sie, dachte sie und starrte frustriert auf ihre »Schießscharte«. In die Küche traute sie auch sich nicht. Die wurde gerade von Morena und einer anderen Frau besetzt. Selbst wenn Morena keinen Groll gegen sie hegen würde, hätte sie keinen Schritt dort hinein gesetzt, während die beiden anscheinend vertrauliche Dinge miteinander bequatschten.

Julia stellte sich vorsichtig auf das Fußende ihres Bettes und versuchte zu erkennen, ob es noch regnete. Gleichzeitig hielt sie sich an der Wand fest, um zu verhindern, dass das wackelige Bett aus dem Gleichgewicht geriet.

Natürlich regnete es noch. Von ihrem Zimmer aus hatte der Himmel trügerisch hell und unschuldig gewirkt, aber hier draußen, ohne eine schmutziges Fenster, das den Blick auf das wahre Leben geschickt verschleierte, tropfte ihr das Regenwasser aus einem Loch in der Dachrinne über dem Hauseingang hämisch ins Genick.

Sie lief trotzdem zum Supermarkt. Einerseits brauchte sie Toast, den sie in Unmengen verschlingen konnte und danach immer noch hungrig war, andererseits hoffte sie, ein bisschen Zeit am Zeitschriftenstand verbringen zu können, ohne das ein Supermarktangestellter sie böse ansehen würde.

Der Laden war wie erhofft gut besucht, so dass sie Muse hatte, sich durch die einschlägigen Boulevardblätter zu arbeiten. Der Inhalt der meisten war allerdings mehr als enttäuschend. Fußball, Fußball und Fußball. Wieso bloß, dachte sie. Halt, sie blätterte wieder zurück. Eine kleine Notiz und ein Foto von ihm, das sie fast übersehen hatte. Monaco?

In der übernächsten Zeitung fand sich ein Foto von einem Tennisturnier in Paris. Paris, Monaco, Formel 1 und Tennis? Julia legte enttäuscht und verwirrt die Zeitschrift zurück und ging weiter zum Toastregal. War er nicht Schauspieler und Engländer und wohnte, das heißt lebte, in London? Sie griff sich einen Vollkorntoast. War es wirklich so, wie es einem diese Magazine vorgaukelten, das die Schönen und Reichen von einem Event zum nächsten jagten, aus dem Koffer lebten und Luxushotels ihr zweites Zuhause nannten? Wozu hatten sie dann die riesigen Villen - zwanzig Schlafzimmer inklusive (ohne dass der Gästetrakt mitgezählt wurde, wohlgemerkt)? Als Statussymbol und damit sie wahlweise darüber klagen oder damit prahlen konnten?

Julia bezahlte und verließ den Supermarkt. Sie fühlte sich wie unter Wasser - nicht nur, weil es zur Abwechslung gerade goss wie aus Kübeln (ein Umstand, den selbst Engländer nicht mehr ignorieren konnten) - sondern auch weil sie ihre Umgebung aus ihr unklaren Gründen nur noch gedämpft wahrnahm. Diesen Zustand wurde sie auch am nächsten Tag nicht los. Es gab keinen Job für sie - »Vielleicht morgen, Darling!«, sagte Allison, die Frau aus der Jobvermittlung - zu lesen hatte sie auch nichts, Matt war erst mitten in der Nacht nach Hause gekommen und als sie morgens in die Küche gekommen war, waren alle schon wieder ausgeflogen gewesen. Immerhin regnete es nicht mehr. Sie verbrachte dann den ganzen Tag in Hampstead Heath. Mittags bummelte sie durch die dortige High Street. Dann entdeckte sie durch Zufall eine wunderschöne Pergola, wo sie eine ganze Weile auf einer noch feuchten Bank hockte und die blühenden Rosen bewunderte.

Fast hätte sie dann einen folgenschweren Fehler begangen. Die Nachricht an ihre Mutter - nichtssagend an sich - war schon getippt, bevor sie realisierte, dass sie gerade dabei war, schon wieder von ihrem Muster der wöchentlichen Mir-geht's-gut-wie-geht's-euch-Nachricht abzuweichen. Ihre Mutter, die wie ein Bluthund in der Lage war, töchterliche Schwierigkeiten auch noch durchs Telefon herauszuhören, wäre mit Sicherheit damit von der Leine gelassen worden. Und einmal am Laufen, hätte nichts und niemand sie mehr gestoppt, herauszufinden, was mit Julia nicht stimmte. Schon gar nicht lächerliche tausend Kilometer Luftlinie. Julia versuchte sich die Gesichter ihrer Eltern vorzustellen, wenn diese an ihrem vermeintlichen Praktikumsort in Irland auftauchen würden und erfuhren, dass ihr Töchterlein das Ganze kurzfristig und mit einer fadenscheinigen Begründung abgeblasen hatte. Ihr war kalt geworden. Außerdem musste sie etwas tun, um diese nervige momentane Niedergeschlagenheit loszuwerden! Sie stand von der Bank auf, nahm sich ihr Fahrrad und schob es zum Parkausgang.

Matt war müde, aber glücklich. Vor ein paar Minuten hatte die Oberschwester ihm einen Stapel Krankenakten in den Arm gelegt und ihn mit den Worten »Die werden bei der Visite benötigt, Matt« in die Hand gedrückt. Sie sagte: »Bist du so nett und bringst sie hin? Am besten bleibst du auch da, um sie danach wieder einzusammeln. Nicht, dass einer der Ärzte sie mitnimmt und wir müssen nachher suchen!« und schickte ihn in den Beratungsraum.

Matt hätte am liebsten gejubelt: Mäuschen bei der Visite spielen - was konnte man sich Schöneres vorstellen? Stattdessen blieb sein Gesicht völlig emotionslos und er schüttelte leicht missbilligend den Kopf über die zerstreuten Ärzte. So, wie es die Oberschwester von ihm erwartete. Dann lief er eiligen Schrittes in den Besprechungsraum. Dort beriet man gerade über eine 96 Jahre alte Schlaganfallpatientin. Sie hatten viele neurologische Fälle auf dieser Station. Einer der Hauptgründe, warum er sich überhaupt hier beworben hatte und damit seine diesjährigen Examensnoten aufs Spiel setzte. Der Chefarzt diskutierte gerade mit einem externen Berater, ob die Frau verlegt werden sollte oder nicht, zwei Assistenzärzte standen mehr oder weniger gelangweilt daneben und Matt sog all das in sich auf wie ein Schwamm.

Schade, dachte er später, als er in der Bibliothek über seinem pädiatrischen Fachbuch hing, wurde er nächste Woche nicht in Neurologie geprüft. Stattdessen waren Kinderkrankheiten gefragt. Kinder!

»Kinder?«

Julia hoffte, dass sie Allison falsch verstanden hatte. Aber nein, diese lächelte gütig und nickte. »Ja, Kinder. Diese kleinen, goldigen Wesen. Die werdet ihr in Deutschland doch auch haben, oder, Darling?«

Julia hielt das für eine rhetorische Frage und sagte nichts. Stattdessen richtete sie den Blick wieder auf den Zettel, den ihr Allison in die Hand gedrückt hatte. Sie sollte als Aushilfe zu einer Kinderparty gehen. Hätte sie gewusst, was der potentielle Job an diesem Freitag gewesen wäre, wäre sie daheim im Bett geblieben. Ihre Stimmung hatte sich noch immer nicht aufgehellt - genauso wenig wie der Himmel, der grau und trübe über der Stadt hing.

»Ich verstehe nichts von Kindern«, sagte sie schwach. Allison hatte ungerührt weiter leise lächelnd in ihren Computer geschaut und auf eine Antwort verzichtet. Ihr Einwand war keinesfalls rhetorisch gemeint, hätte Julia gern gerufen. Stattdessen sagte sie etwas nachdrücklicher: »Ich werde die Kids wahrscheinlich gar nicht verstehen!«

»Ach«, Allison schaute sie jetzt über die Oberkante ihrer Lesebrille freundlich an. »Das brauchst du gar nicht. Die Kinder sind schon in Ordnung!«

Was hatte sie damit bloß gemeint, rätselte Julia später, als sie am Ort der Party angekommen war, wo sie als Aushilfe anheuern sollte. Es war ein Indoorspielplatz. Beim heutigen Wetter war das ein äußerst geschickt gewählter Ort. Und wenn sie einen Blick auf die Gerätschaften und Zimmer, die etwas von Gummizellen hatten, richtete, auch sonst sehr intelligent, um eine Horde Heranwachsender zu beschäftigen.

»Nett«, sagte sie zu allem, was ihr die Kinderpartyorganisatorin zeigte und vorstellte. Nur beim Anblick des Buffets war ihre Bemerkung aber tatsächlich auch ernst gemeint.

Die Kinder waren kleiner als sie erwartet hatte. Schätzungsweise drei oder maximal vier Jahre alt, dachte sie, als die ersten von ihren schick gekleideten Müttern abgegeben wurden. Als der Geburtstagskuchen angeschnitten wurde, musste sie ihre Einschätzung allerdings nach oben korrigieren. Sechs Jahre alt, dachte sie ungläubig und staunte das Geburtstagskind an, das gerade einen veritablen Wutanfall hatte, da es nicht das Stück Kuchen bekommen hatte, das es wollte. Immerhin war sie stolz, verstehen zu können, was er brüllte: »Ich will das Stück mit dem Ritter, huuuhuuu, mit dem Ritter!«

Leider blieb ihr ihr Stolz nicht lange erhalten. Allison hatte Unrecht - was Julia ja von Beginn an klar gewesen war - es machte allerdings etwas aus, wenn sie die Kids nicht verstand. Spätestens nach dem vierten »Sorry!« ihrerseits, brüllten die meisten Kinder sie wütend an, so dass ihre Ohren schrillten. Der Rest beschwerte sich bei einer ihrer Kolleginnen, was auch nicht besser war.

Hier würde sie nie wieder hingehen, dachte Julia, als sie am Abend den Spielplatz verließ. Selbst wenn sie wollte. Wahrscheinlich prangte bereits ein dicker, roter Vermerk neben ihrem Namen in der Jobvermittlungsdatenbank: »Kann nicht mit Kindern«. Konnte sie ja auch nicht, dachte sie trotzig. Diese Kinder hier hatte sie jedenfalls einfach nur wahnsinnig nervig gefunden. Sie bohrte mit dem Zeigefinger im rechten Ohr, in der Hoffnung, das Schrillen, das dort immer noch hing, durch Schütteln wie Wasser nach dem Schwimmen loszuwerden.

Als Matt an diesem Abend nach Hause kam, traf er im Flur auf Julia, die, den Kopf leicht zur Seite geneigt, dort schweigend stand. Bevor er sie etwas fragen konnte, legte sie beschwörend den Finger auf die Lippen. Also blieb er still und versuchte, zu lauschen, was sie erlauschte. Bis auf den Fernseher, der aus Morenas Zimmer dröhnte, hörte er nichts Besonderes.

Julia flüsterte: »Hörst du das auch?«

»Was?«. wisperte er. Wieso flüstere ich, fragte er sich gleichzeitig.

»Den Fernseher!«

»Ja-a?« Er zog sich endlich die Jacke aus und warf sie auf den Schrank, der im Flur stand. Dann ging er in die Küche. Er hatte mordsmäßigen Hunger.

Julia war ihm gefolgt und hatte das Flüstern aufgegeben.

»Fußball!«, sagte sie ungläubig.

»Ja-a?« Irgendwie fehlte Matt gerade die Energie für eine tiefschürfende Reaktion auf ihren Ausruf.

»Morena und Pat schauen Fußball!« Julia war regelrecht fassungslos und langsam wuchs in Matt die Fassungslosigkeit ob ihrer Überraschung.

»Was ist daran so ungewöhnlich?«

»Keine Ahnung! Nur irgendwie sehen sie überhaupt nicht wie Fußballfans aus. Sie haben sogar laut gejammert zwischendurch.«

Matt nahm die Nudelsuppe aus der Mikrowelle und stellte sie auf den Tisch.

»Falls es an dir vorbeigegangen sein sollte - obwohl ich mir das kaum vorstellen kann - es ist gerade Fußballweltmeisterschaft.«

»Echt?«

Sie hatte es tatsächlich nicht gewusst. Matt pustete auf seine leider viel zu heißen Nudeln und musterte sie überrascht über den Tassenrand hinweg.

»Und wieso guckst *du* dann nicht, wenn heute England spielt?«

»England spielt heute nicht«, informierte er sie. »Jetzt gerade läuft Costa Rica gegen Italien.« Matt verbrannte sich die Zunge und fluchte. Gleichzeitig musste er ein bisschen grinsen, denn Julias Gesicht war ein einziges großes Fragezeichen.

»Okay«, sagte sie langsam und vorsichtig. »Das heißt, Morena und Pat sind Fans von...?« Sie machte eine Pause, um Matt forschend anzuschauen. Er studierte leider gerade sehr intensiv seine chinesische Suppe, also riet sie: »Italien?«

Stummes Kopfschütteln. Julia war sich nicht sicher, ob sie auch ein Grinsen sah.

«Costa Rica? Wieso denn Costa Rica?«

Aus ihr völlig unerfindlichen Gründen lachte Matt laut auf.

»Was?«, begehrte Julia empört auf. »Was ist daran so witzig?«

»Deine selektive Wahrnehmung! Es gehört schon einiges dazu, durch die Stadt zu laufen und NICHT mit zu bekommen, dass sich durch dieses Spiel - was jetzt gerade läuft - entscheidet, ob England schon in der Vorrunde aus dem Cup fliegt.«

»Ernsthaft?«

Matt nickte stumm.

Julia versuchte, den der Situation entsprechenden Blick aufzusetzen - mitleidig, mitfühlend und zuversichtlich gleichzeitig. Sie scheiterte dabei allerdings grandios.

Ein kurzes, leicht verlegenes Schweigen setzte ein. Matt schlürfte weiter seine Suppe. Julia steckte sich den Zeigefinger ins rechte Ohr und rüttelte, als hätte sie Wasser im Gehörgang.

»Warst du schwimmen?«

»Nein, in einem Indoorspielplatz.«

Matt beobachtete mit hochgezogenen Augenbrauen Julias Bemühungen, ihr Ohr weiter zu malträtieren. Er wartete.

Da er ihre Information anscheinend nicht ausreichend fand, schilderte sie ihren Nachmittag als Animateurin bei einer Kinderparty. Viel Mitleid erntete sie damit aber nicht. Matt zuckte nur mit den Schultern und meinte lapidar: »Das sind halt Studentenjobs.«

»Ich weiß«, seufzte sie. »Morgen geh ich in einen Supermarkt - Regale einräumen«, sagte sie dann düster.

»Wenigstens werden dich dabei keine kreischenden Kinder nerven.« Matt stellte seine Tasse in die Spülmaschine und schickte sich an, zu gehen.

»Arbeitsbeginn ist zehn Uhr!«

Er stand in der Tür und rollte mit den Augen, was Julia glücklicherweise nicht sehen konnte, da er ihr den Rücken zugekehrt hatte.

»Abends.«

Morena und Pat erschienen gerade im Flur, so dass Matt vergaß, was er sagen wollte. Stumm zogen sich die beiden die Jacken über und verließen ziemlich niedergeschlagen mit einem gemurmelten »Wir sind im Pub« die Wohnung.

Aha, England war also raus.

4 HOW TO CATCH A CELEBRITY

Als Julia am Sonntag gegen zehn Uhr aufstand, hatte sie Probleme, die Arme hoch zu heben und konnte kaum den Rücken beugen. Sie stand eine ganze Weile unter der Dusche, bis das heiße Wasser zu versiegen drohte - was ihr zu Recht Unmutsäußerungen ihrer Mitbewohner eintragen würde - und ihre Haut fast so rot wie die eines Engländers nach einem Sonnenbad auf Mauritius war.

Die Wohnung war still wie eine Gruft. Sie hätte auch gern noch weitergeschlafen, ihr Feldbett hatte sich aber so unbarmherzig in ihren Rücken gebohrt, dass sie es nicht länger hatte ignorieren können. Hinter Matts Tür war gedämpftes Schnarchen zu hören. Er war wahrscheinlich genauso geschafft wie sie nach ihrer ersten Schicht im Supermarkt. Bevor Matt gestern Abend zum Krankenhaus aufgebrochen war, hatte er noch den halben Tag in der Bibliothek mit Lernen verbracht. Sie stellte den Wasserkocher an und schüttete sich großzügig löslichen Kaffee in eine Jumbotasse. Wenn sie nur halb so viel Enthusiasmus wie Matt hätte, wäre sie schon längst mit ihrem Schei...BWL-Studium durch. Bloß wozu?

Außerdem wusste er wahrscheinlich schon seit er ein Baby war, was er wollte - sei es den Nuckel oder eben der Umstand, Neurochirurg werden zu wollen. Bewundernswert, oder? Sie stellte sich ans Fenster, schaute in den blauen Himmel und überlegte, wie sie den heutigen Tag bis zum Beginn ihrer Schicht im hiesigen Tesco verbringen könnte. Gestern war sie noch zu erschlagen von ihrem Kinderpartytrauma gewesen, um genügend Energie für einen Ausflug nach Hampstead aufzubringen. Also war sie im überfüllten Hydepark unter einem Baum versackt. Matt hatte ihr ein Buch mit den Worten »typischer englischer Humor« in die Hand gedrückt gehabt, so dass sie keinen vollkommen unterbeschäftigten Eindruck gemacht hatte. Viel hatte sie allerdings nicht gelesen. Sie hatte den Text anstrengend und ermüdend gefunden. Vielleicht wären ihr die Witze in einer deutschen Übersetzung aufgefallen und möglicherweise hätte sie auch darüber lachen können - aber so war der angeblich vorhandene Humor völlig an ihr vorüber gegangen.

Stattdessen hatte sie - getarnt durch ihre Sonnenbrille - Leute beobachtet. Das war ihr nicht schwer gefallen, denn ganze Heerscharen hatten an diesem sonnigen Junitag den berühmten Park bevölkert. Und heute? Hampstead? Sie gestattete sich einen Seufzer in der stillen Küche. Nicht einmal vor sich selbst wagte sie es sich einzugestehen, dass die leisen Zweifel, die sie befallen hatten, mehr geworden waren.

Bevor sie jedoch noch weiter daran arbeiten konnte, ihr Vorhaben und Ziel, weswegen sie überhaupt erst hier in London gelandet war, aus den Augen zu verlieren, wurde sie durch Pat, die müde zum Kühlschrank schlich, gestört.

Julia hatte Mühe, Pat in dem Wesen, das jetzt mit verstrubbelten Haaren ungeschminkt im knallroten Morgenmantel vor ihr stand, zu erkennen.

»Guten Morgen!«, grüßte sie fröhlich und fühlte sich beim Anblick dieses Elends urplötzlich viel wacher.

Pat murmelte etwas und goss sich dann ein Glas Saft ein.

»Hattet ihr einen schönen Abend?«, erkundigte sich Julia höflich.

»Mhm«, Pat trank einen großen Schluck. »War nicht allzu schlecht.«

Julia nickte. »Was macht man denn so in London? In den Pub? Nachtclub?« Julia hätte sich gern auf die Zunge gebissen, als ihr bewusst wurde, wie blöd es für eine Londonerin sein musste, so eine Frage zu beantworten. Was konnte die Steigerung von Dämlichkeit sein? Eine New Yorkerin danach ausquetschen, ob es in ihrer Stadt ein Theater gab?

Pat schien ihre Frage aber gar nicht blöd zu finden. Vielleicht schlief die Hälfte ihrer Gehirnzellen ja noch.

»Wir waren bisschen Celebrities anschauen und dann in einem Club.«

»Celebrities gucken?« Julia setzte sich bei diesen Worten gerader hin und musterte Pat mit neuen Augen. »Jemand Bestimmtes?«

Pat schüttelte den Kopf. »Was einem halt so begegnet«, antwortete sie betont vage.

»Aha«, Julia machte eine kurze Denkpause, in der ihr Herz kurz stolperte. »Und wer ist euch gestern Nacht so begegnet?«

»Niemand Besonderes«, Pat gähnte herzhaft hinter vorgehaltener Hand. »Sorry - nur Angelina Jolie und Brad Pitt.«

Julia merkte erst jetzt, dass sie die Luft angehalten hatte. »NUR Angelina Jolie und Brad Pitt?«, platzte sie heraus.

Pat musterte sie über den Rand ihres Glases hinweg. Gleichzeitig zuckte sie gleichgültig mit den Schultern. »Das ist schon das dritte Mal, dass ich die beiden gesehen habe.« Sie reckte nacheinander Zeige-, Mittel- und Ringfinger hoch. »London, L.A. und letztes Jahr in Australien.« Sie verdrehte die Augen als würde es sie nerven, permanent über Brangelina zu stolpern, konnte aber nicht ganz den Stolz, der in ihrer Stimme mitschwang, verbergen. Immerhin hatte sie gerade ein sehr dankbares Publikum.

Julia klappte den Mund zu, der kurz offen gestanden hatte und wiederholte: »Dreimal? Wow!« Dann überlegte sie kurz und fragte: »Macht ihr das öfter - Celebrities schauen?«

»Oh ja. Wenn die ganzen Premieren im Frühling und Herbst sind. Und dann ist ja noch das Film Festival im Oktober.«

Frühling und Herbst? Mist, dachte Julia. »Das heißt, im Moment ist nix mehr los?«

»Doch, doch«, versicherte ihr Pat, die sich anschickte, die Küche in Richtung Badezimmer zu verlassen.

»Nehmt ihr mich mal mit?«, rief ihr Julia spontan hinterher.

Pat war stehen geblieben und sagte nach einer kurzen Pause: »Klar, warum nicht?«

Julia radelte an diesem sonnigen Sonntag wieder nach Hampstead. Weniger weil sie sich Hoffnung machte, BCs[1] Wege zu kreuzen, sondern weil es inzwischen zu einer Gewohnheit geworden war. Etwas, dass sie mit ihrem Plan verband. Egal, wie sinnlos es heute auch war, dorthin zu fahren. In Pats Boulevardblättchen, die diese in der Küche lagerte, hatte sie gelesen, dass BC im Moment in Boston einen Film drehte. Boston! Ging es noch weiter weg?

Aufgeben aber kam ganz einfach nicht in Frage. Es war zwar schon Ende Juli, aber immerhin blieben noch zwei Monate, bis das richtige, wirkliche Leben wieder an ihr zerren und Entscheidungen verlangen würde. Bis dahin konnte sie in ihrem selbstgeschaffenen Vakuum vor sich hintreiben. Sie setzte sich auf eine Bank in der Hampstead Pergola. In diesem abgeschlossenen, kleinen Park war es still. Trotz schönem Wetters verirrten sich auch heute nur wenige Leute hierher. Sie kramte Matts Buch aus ihrem Rucksack und startete einen neuen Versuch. Gestern im Hydepark hatte sie probiert, jedes geschriebene Wort zu verstehen. Das Nachschlagen im Wörterbuch und weiterlesen und wieder nachschlagen war unendlich mühsam gewesen und hatte sie schmerzlich an ihre Schulzeit erinnert. Also hatte sie entnervt aufgegeben.

Heute dagegen las sie nur - ohne den Anspruch, jedes Wort verstehen zu wollen. Wahrscheinlich entging ihr dadurch Einiges, dafür hatte das Ganze aber weniger den Beigeschmack von Hausaufgaben. Zwischendurch

---

[1] Sie benutzte inzwischen nur noch seine Initialen, wenn sie sich Gedanken über ihn machte. Benedict Cumberbatch war einfach zu lang - bis man diesen Namen über die Lippen gebracht hatte (und sei es auch nur stumm), war der Sommer doch schon fast wieder vorbei...

konnte sie sogar auch mal kichern. Auf jeden Fall glaubte sie, nachdem sie den halben Tag mit Terry Pratchett's »Death« auf der Parkbank verbracht hatte, zu verstehen, was Matt an diesem Buch gefiel.

Sie hatte beim Lesen das Kilo Karotten, das sie gestern im Supermarkt besorgt hatte, verputzt. Satt machte das zwar nicht, aber ihr Bauch war beschäftigt. Außerdem war es billig. Vermutlich sogar gesund. Trotzdem hing ihr Magen auf Kniehöhe, als sie am späten Nachmittag nach Hause radelte. Sie besorgte sich unterwegs eine *roll* und hoffte, als sie ihr Rad in die Wohnung schleppte, Matt in der Küche zu begegnen. Aber er war nicht da. Sie schaute aus dem Küchenfenster auf die trostlose Aussicht, als sie ihren Burger aß. Man konnte ganz schön einsam sein in dieser WG. Ihr fiel auf, dass sie an diesem Tag bisher mit Niemandem ein Wort gewechselt hatte. Das würde sich auch bei ihrem Job im Supermarkt am heutigen Abend nicht ändern. Ihr würde gezeigt werden, was sie wo einzuräumen hatte und dann würde es darum gehen, schnell zu sein und nichts fallen zu lassen. Gespräche zwischen den Aushilfen waren nicht gern gesehen. Die Meisten waren ohnehin wie sie Ausländer und verstanden nur das Nötigste auf Englisch. Nichts da mit ihrer Idee, bei einem der Studentenjobs andere Studenten kennenlernen zu wollen.

Sie fragte sich, wie die Engländer eigentlich Freunde fanden. Definitiv nicht im öffentlichen Raum. Da blieb jeder für sich. Wenn sie beispielsweise es in der U-Bahn wagte, jemanden ein bisschen länger als eine Sekunde anzuschauen, erntete sie meistens einen nervösen Blick begleitet von unwilligem Zeitungsrascheln (oder Rascheln mit was auch immer ihr Gegenüber gerade sonst in der Hand hielt, um sich dahinter verstecken zu können). Wahrscheinlich hielten die Engländer sie wegen dieses anscheinend unhöflichen Anstarrens für etwas merkwürdig, aber immerhin harmlos. Nicht auszudenken was passieren würde, wenn sie keine zierliche Studentin, sondern ein stämmiger Mittzwanziger wäre. Wahrscheinlich säße der schon längst im Tower ein.

Vielleicht hätte sie ja doch mit Jake in den Pub gehen sollen. Jetzt war sie fast einen Monat in London und nicht ein einziges Mal im Pub gewesen. Nicht zu fassen! Daraus würde auch in nächster Zeit nichts werden. Eine ganze Woche lang hatte sie sich für den Supermarkt verpflichtet. Wenn es wenigstens finanziell etwas einbringen würde. Sie überschlug kurz im Kopf, wie viel sie am Ende der Woche verdient haben würde und seufzte. Das bedeutete weiterhin eine magere Karotten-, Bananen- und Toast-Diät, um sich einen Abend mit Pat und Morena leisten zu können. Wenn überhaupt!

Am Montag verspürte Julia ein überwältigendes Mitteilungsbedürfnis. Das ganze Wochenende war vorbeigezogen, ohne dass sie mehr als zehn Sätze mit einer anderen Person hatte wechseln müssen. Am liebsten hätte sie Jana oder - sogar lieber noch - ihre Mutter angerufen.

Peinlich, aber diese war immer noch ihr letzter Anker, wenn sie ein Tief hatte. Obwohl das auch wieder nicht ganz stimmte, denn im Prinzip erzählte sie ihre wirklich essentiellen Probleme niemanden. Keiner besten Freundin, schon gar nicht einem besten Freund. War sie eigentlich noch normal? Matt war der einzige Mensch, den sie ins Vertrauen gezogen hatte, was ihren derzeitigen »Zustand« anging. Und auch das hatte sie nur unvollständig getan. Wahrscheinlich hielt er sie für komplett wahnsinnig. Vielleicht tauchte er deshalb nicht mehr daheim auf? Okay, er hatte diese Woche seine Prüfungen. Zusätzlich auch noch Nachtdienste, wenn sie das richtig verstanden hatte. Musste das zwanghaft bedeuten, dass man in der Bibliothek schlief?

Immerhin ging dieser Tag mit einem menschlichen Kontakt zu Ende. Sie waren gerade mit dem Auffüllen der Supermarktregale fast fertig geworden. Heute stand sie im Kühlbereich und konnte sich kurz zum Aufwärmen die steif gefrorenen Hände in die Hosentaschen schieben, da gerade kein Nachschub zum Einräumen vorhanden war. Ihr Nachbar, der sich immer die Ohren zustöpselte, um Musik oder was auch immer zu hören, drehte sich zu ihr und reckte beide Daumen hoch: »Deutschland hat gewonnen!«, sagte er in gebrochenem Englisch.

»Wow«, Julia tat so, als wäre sie ehrlich begeistert. »Toll!«

Wo hatte Deutschland gewonnen, fragte sie sich.

Ah, Fußballweltmeisterschaft fiel ihr dann blitzartig ein.

Sherlock wäre stolz gewesen.

»Gegen wen?«

»Algerien.«

Aha, Julia nickte nur. Klang ja nach keiner beeindruckenden Leistung. »Und für wen bist du gewesen?«, fragte sie, um das Gespräch am Laufen zu halten.

»Algerien«, sagte er lakonisch. »Ich komm aus Algier.«

»Oh!« Julia verspürte prompt ein schlechtes Gewissen, aber der Typ strahlte sie nur mit einem breiten Grinsen an. »No problem!«

Dieses Erlebnis brachte Julia auf eine Idee. Am nächsten Tag setzte sie sich auf ihr Rad und fuhr in die Church Road nach Wimbledon. Die Ticketschalter hatten noch nicht geöffnet, trotzdem standen an beiden schon einige Leute an. Aber kaufen würde sie sich sowieso nichts können. Also stellte sie ihr Fahrrad ab und erforschte die Gegend. Sie entdeckte die Übungsplätze und schaute eine Weile den Leuten beim Training zu. Dann bummelte sie zurück zum Haupteingang und stieß auf eine größere Ansammmlung von Menschen, die dort hinter einem Zaun auf etwas oder jemanden zu warten schienen. Sie stellte sich dazu und reckte den Hals.

Die Leute, die neben, vor und hinter ihr standen, hatten alle etwas in der Hand - T-Shirts, Notizbücher oder überdimensionierte Tennisbälle. Also zog Julia ihren inzwischen schon etwas zerfledderten Stadtplan hervor, um nicht mit leeren Händen da zustehen. Der Typ, der vor ihr war, drängte sich plötzlich seitlich aus der Menge heraus und hielt sich dabei sein Telefon ans Ohr. Sie schob sich schnell in die Lücke direkt am Zaun, die dadurch freigeworden war, bevor jemand anderes die Gelegenheit ergreifen würde. Und dann passierte es. Die Leute riefen und jubelten. Und dann griff sich Jemand ihren Stadtplan, den sie locker in ihrer rechten Hand gehalten hatte, die wiederum auf der Zaunbrüstung lag und schrieb etwas darauf. Schon wieder! Julia schaute entsetzt auf den Stadtplan, auf dem jetzt neben Pats roten Kreisen eine große, auf den ersten Blick unleserliche, schwarze Unterschrift prangte. Sie starrte dem Unterschreiber hinterher und erkannte ihn sofort an seiner Haarfarbe. Unglaublich! Ausgerechnet Boris Becker!

Nach diesem Erlebnis leistete sie sich eine Cola und setzte sich zu den zahlreichen Zuschauern vor die Großleinwand, auf der die Spiele übertragen wurden. Sie stellte fest, dass noch nicht einmal die Viertelfinale erreicht worden waren. Unwahrscheinlich also, dass die echten Stars hier jetzt schon unter den Zuschauern auftauchen würden. Aber vielleicht wäre es noch einen Versuch wert, in einigen Tagen wieder her zu kommen. Immerhin war BC laut Presse bei den French Open gewesen. Wenn er also ein Tennisfan war, lag Wimbledon doch wahrlich näher!

Aber es kam anders als gedacht. Die Arbeit am Kühlregal und ihr merkwürdiger Tagesrhythmus zollten ihren Tribut und verpassten Julia verschwollene Augen, Kopfschmerzen und eine verstopfte Nase. Wenn sie nicht arbeiten war, lag sie also daheim auf ihrem Feldbett und pflegte ihren Schnupfen mit Kamillentee. Immerhin wollte sie rasch wieder einigermaßen ansehnlich sein. Jedenfalls ansehnlich genug, um mit Morena und Pat am Wochenende auf die Piste zu ziehen.

Matt war fertig mit der Welt. Nicht im negativen Sinne. Aber die Nachtdienste kombiniert mit zwei Examina und all das innerhalb einer einzigen Woche hatten ihm Einiges abverlangt. Zombieartig war er nach seiner heutigen Prüfung durch St. Barts gestakst und froh gewesen, keine gefüllten Bettpfannen oder ähnliche unappetitlichen Dinge umgeworfen zu haben. Jetzt stand er vor seinem derzeitigen Zuhause und gratulierte seinem Unterbewusstsein dazu, rechtzeitig Alarm geschlagen und ihn davor bewahrt zu haben, in der U-Bahn seine Haltestelle zu verschlafen und damit in Julias heiß geliebten Hampstead Heath oder vielleicht sogar erst in Richmond wach geworden zu sein.

Mit neu gewonnener Energie rannte er die zwei Treppen zu ihrer Wohnung hinauf und öffnete erwartungsvoll die Tür. Nicht das er irgendetwas oder irgendjemanden erwartet hätte. Enttäuscht war er trotzdem von der anscheinend leeren und deshalb sehr unfreundlich wirkenden Wohnung.

In seiner Hosentasche pingte sein Handy. Er zog es heraus und las die Nachricht von seiner Mutter. Immerhin, auf Mütter war Verlass. Trotzdem verschob er die Antwort auf ihre Frage nach seinem Examen auf später und öffnete erst einmal den Kühlschrank. Wie unfair von mir, dachte er sich dann, schloss den Kühlschrank, setzte sich an den Küchentisch und schrieb ihr eine kurze Nachricht.

Dann ging er in sein Zimmer und starrte abwesend auf seinen Schreibtisch, auf dem sich die Lehrbücher stapelten. Das Bett, auf dem ein Haufen ungewaschene Klamotten lag, sah auch nicht besser aus. Entmutigt ging er in die Küche zurück und öffnete wieder die Kühlschranktür. Einkaufen müsste er auch mal wieder. Eigentlich gäbe es ja etwas zu feiern - Examen erledigt, Semester geschafft, der Rest des Sommers - wenn auch gefüllt mit Arbeit - lag vor ihm. Aber auf Pub und seinen Kumpel Andy hatte er keine Lust. Er bemerkte, dass er immer noch in den Kühlschrank schaute und ließ die Tür zufallen.

Vielleicht sollte er sich einfach ein paar Stunden hinlegen und danach versuchen zu denken. Er drehte sich zum Flur, um in sein Zimmer zurückzugehen. Julias Kabuff lag dabei direkt in seinem Blickfeld. Wie in einem schlechten Traum sah er, wie die Klinke sich nach unten bewegte und die Tür langsam aufging. Er war stehen geblieben. Hinter der sich langsam öffnenden Tür wurde Julia sichtbar, die halb mit den Rücken zum Flur stand, da sie die Tür mit dem Ellbogen geöffnet hatte. In einer Hand hielt sie eine Teekanne, in der anderen eine Tasse und eine leere Kleenexbox. Als sie sich umdrehte und ihn sah, ließ sie die Kanne fallen. Zur Rettung der Kanne lag im Flur ein Teppich aus, der glücklicherweise von Flecken verschont blieb, da die Kanne leer war.

»Mein Gott, du hast mich zu Tode erschreckt!« Julia lehnte sich kraftlos an die Wand und schaute zu, wie Matt die Kanne aufhob.

»Du mich auch fast, aber ich hab den Status längst überschritten, noch erschreckt werden zu können«, erwiderte Matt.

»Ach was. Wieso?«

»Müde.«

Julia war Matt in die Küche gefolgt und stellte ihre Tasse ab. Plötzlich lebhaft geworden, stemmte sie die Hände in die Seiten und schaute ihn interessiert an: »Stimmt ja, deine Prüfungen! Wie war's? Ich hab dich ja Ewigkeiten nicht gesehen. Hast du in der Uni gepennt?«

Matt lehnte sich an den Kühlschrank und verschränkte die Arme. Er fühlte sich gar nicht mehr müde und hatte jetzt auch eine sehr genaue Idee davon, mit wem er in den Pub gehen wollte.

»Boris Becker?« Matt trank einen Schluck seines Biers und schaute Julia ungläubig an. »Ernsthaft?«

»Ja, klar! Meinst du, ich denk mir das aus?« Julia zerrte aus ihrer Tasche einen Stadtplan von London hervor und faltete ihn auf. »Hier.« Sie zeigte auf eine Unterschrift, die Matt auch locker ohne ihre Hilfe entdeckt hätte. Er sagte nichts, sondern lehnte sich zurück.

Triumphierend packte Julia ihren Stadtplan wieder ein.

Matt beugte sich vor und stützte die Ellbogen auf den Tisch. »Interessant ist das schon«, sagte er. »Aber nicht ganz das, was du wolltest. Oder?«

Julia zog die Schultern hoch und ließ sie gleich wieder fallen. Dabei stieß sie ein leicht genervtes »Hach!« aus. »Jetzt sei mal nicht so kritisch«, meckerte sie dann und drehte an ihrem fast leeren Glas. »Das geht seinen Gang. Wirst schon sehen!«

»Woher nimmst du eigentlich diese Zuversicht? Das würde ich zu gern wissen!«, platzte Matt heraus, fügte aber schnell hinzu: »Ich meine, das ist natürlich ganz deine Sache. Du bist halt so unerschütterlich optimistisch, dass dein Plan aufgeht. Das ist...«, Matt machte eine Pause und überlegte kurz. Julias Blick ruhte auf ihm und je mehr er redete, desto intensiver wurde dieser. Vielleicht sollte er mit dem Quatschen aufhören, fragte er sich und sagte gleichzeitig: »Das ist interessant. Finde ich.« Dann räusperte er sich und stand auf. »Ich hol eine neue Runde.«

»He«, protestierte Julia schwach. »Ich bin auch mal dran!«

»Kein Problem!«

Julia starrte Matt hinterher und wunderte sich über ihn. Gerade wenn er begann, sich wie ein normaler Mensch zu verhalten - was zum Beispiel bedeutete, den Anschein zu erwecken, sich für eine andere Person, in diesem Falle sie, und deren Pläne zu interessieren - legte sich irgendein innerer Schalter in ihm um und er war Sekunden später der alte Matt. Die Antworten auf seine gerade gestellten Fragen schienen ihn plötzlich nicht mehr zu interessieren. Schlimmer noch - es war, als würde er sie am liebsten ungesagt machen.

So ein Typ war ihr bisher noch nicht begegnet. Mit ihrem Ex waren normale Gespräche möglich gewesen. Und die bestanden nun mal daraus, dass man sich für die Angelegenheiten seines Partners interessierte. Okay, übermäßig war das Interesse von Max an ihren Problemen nicht gewesen. Sie hatte irgendwann aufgegeben, ihm erklären zu wollen, was sie an dem Plan, einen Abschluss als Diplom-Betriebswirtin zu machen, eigentlich so schrecklich fand.

Aber was hätte er auch erwidern sollen? Immerhin studierte er das Gleiche. Und er wurde auch noch als potentieller Nachfolger seines Steuerberatervaters gehandelt. Mit ihren kritischen Äußerungen hatte sie es sich nicht nur bei seiner gesamten Familie verscherzt, sondern am Ende auch ihn vergrault.

Julia versuchte auf dem Bildschirm, der im hinteren Teil des Pubs stand und auf dem natürlich ein Fußballspiel lief, etwas zu erkennen. Gerade war ein großer Jubel ausgebrochen und sie hätte gern gewusst, für wen sich hier die Leute eigentlich freuten, wenn ihr eigenes Land doch gar nicht spielen konnte.

»Wer spielt eigentlich?«, fragte Julia, als Matt endlich mit zwei vollen Gläsern wieder an ihrem Tisch auftauchte.

»Deutschland gegen Frankreich.«

»Ach was!« Julia gab sich etwas mehr Mühe bei ihrem Versuch, auf dem Bildschirm etwas erkennen zu wollen. Vergebens. Sie lehnte sich wieder zurück. »Und wie steht's?«

»Äh«, Matt schaute sie verwirrt an und drehte sich dann ebenfalls zum Fernseher um. »Keine Ahnung!« Dann machte er Anstalten, aufzustehen.

»Quatsch, bleib hier«, Julia drückte ihn energisch auf seinen Stuhl zurück. »Das interessiert mich doch eigentlich gar nicht! Aber weißt du was: morgen Abend nehmen mich Morena und Pat auf eine ihrer Touren mit!«, erzählte sie nicht ohne Stolz.

»Ach was!« Matt trank einen großen Schluck. »Und was ist das Ziel dieser Tour?«

»Celebrities anschauen.« Julia strahlte ihn an und Matt ertrank das ›Oh Gott!‹, das ihm auf der Zunge lag, mit einem weiteren Schluck Bier. Er bemühte sich um einen neutralen Gesichtsausdruck, was ihm aber anscheinend gründlich misslang, denn Julia schaute ihn fast entsetzt an und rief: »Was? Was?«

Matt stellte sein Bier ab und wischte sich mit der Hand über den Mund - um Zeit zu schinden und um das verdächtige Grinsen, das sich gerade dort breitmachte, los zu werden. »Nichts«, versicherte er ihr mit ernstem Gesichtsausdruck. »Gar nichts! Wird sicher toll. Mit den Beiden.«

Die Menge vorm Fernseher grölte gerade wieder, so dass er sich schnell umdrehen konnte und Zeit hatte, um sich wieder zu fassen. Im Gegensatz zu Julia kannte er Morena und Pats Kampfdress, wenn es auf die Piste ging und hatte gerade versucht, sich vorzustellen, welches Bild die zierliche Julia, der ein unübersehbarer Ökotouch anhing, gemeinsam mit den Beiden abgeben würde.

Um nichts in der Welt wollte Matt also verpassen, wie die drei Mädels sich am nächsten Abend auf den Weg machen würden. Diesmal hatte er Andy nicht abgesagt, sondern sich für Fußball im Pub später am Abend verabredet. Nicht dass ihn das Spiel interessieren würde, aber er hatte schlicht nichts Besseres zu tun. Ein typisches Singlewochenende - frei von Arbeit und Examensvorbereitung - mit einem langen und leeren Sonntag vor sich, den man deshalb am besten schlafend verbringen würde. Deshalb war also das zweite Viertelfinale - Niederlande gegen Costa Rica - angesagt.

Er schaute auf die Uhr und dann in den stillen Flur. Hatte er den Abflug der drei Grazien etwa verpasst?

Nein, im Badezimmer klapperte etwas. Wieder beruhigt lehnte er sich an den Bettpfosten. Er hatte die Tür zu seinem Zimmer einen Spalt breit offen gelassen, so dass er einen guten Blick auf den Flur und den Ausgang hatte. Es war schon eine kleine Ewigkeit her, dass Pat im Badezimmer verschwunden war. Von den anderen Beiden hatte er schon seit Stunden nichts mehr gesehen. Er fragte sich gerade, wie Julia die komplizierte Angelegenheit des Ankleidens in ihrem Kabuff meistern würde - dort drin war ja kaum Platz für einen Handspiegel - als Pat auftauchte.

Matt zählte bis zehn und stand dann auf, um zufällig im gleichen Augenblick in die Küche zu gehen, in dem auch Morena ihr Zimmer verließ. Pat war wie immer tipp topp bis zum kleinsten Wimperhärchen auf Vintage gestylt. Ihre knallroten Haare waren in einer perfekten Tolle als Pony in die Stirn gekämmt und das schwarze, knielange Kleid saß tadellos. Irritierend war nur der Kontrast zu Morenas dunkelrotem Catsuit. Sie konnte theoretisch knallenge Klamotten tragen, da sie schlank war. Aber eben nur theoretisch, denn eigentlich war sie viel zu dünn. Nur konnte man einer Frau wie Morena nicht sagen, dass sie zu dünn war, denn sie hielt sich immer für zu dick. Krankhaft würde er ihre Einstellung zum Essen nicht nennen, aber spitz wirkende Hüftknochen unter dunkelrotem Stoff fanden wahrscheinlich die wenigsten Männer attraktiv. Aber - wie gesagt - Morena würde es ganz einfach nicht glauben, wenn ein oder auch hundert Männer ihr diese Wahrheit versuchen würden unter die Nase zu reiben.

Morena und Pat bewunderten sich gegenseitig in einem Tonfall, der in Matts Ohren täuschend echt klang. Er murmelte etwas Passendes, als er an ihnen vorbei in die Küche ging. Dabei verpasste er Julias Auftritt, der wie erwartet wenig spektakulär ausfiel. Sie trug eine enge schwarze Hose, Ballerinas und ein Top. Ihr einziges Zugeständnis an den Anlass waren ihre dunkel geschminkten Augen und die offenen Haare. Pat und Morena musterten sie schweigend. Pats Blick blieb an den Ballerinas kleben, die sie mit unverhohlener Verachtung ausgiebig anstarrte. In Pats Schuhschrank suchte man absatzlose Schuhe vermutlich vergebens. Matt wettete, dass auch ihre Gummistiefel so etwas wie einen Absatz besaßen. Morena hatte dagegen kein Interesse an Julias Schuhen, sondern schien eher ihren BMI zu berechnen.

Matt dagegen bewunderte sie alle drei und den Effekt, den das Trio zusammen ergab. Julia sah aus wie die Lieblingsschauspielerin seiner Großmutter, deren Namen ihm gerade nicht einfiel - nur mit dem Unterschied, dass sie lange, wilde Locken statt kurzer Haare hatte. Dazu Pat, die aus einer American-Diners-Werbung gesprungen sein konnte oder auch sehr gut bei »Mad Men« reinpassen würde. Beide also eher Gestalten aus den Fünfzigern. Und diese trafen jetzt auf Morena im Catsuit mit schwarzen Plateauschuhen an den Füssen. Ein Spice Girl machte gerade eine Zeitreise in die Fünfziger, dachte Matt und holte sich ein Bier aus dem

Kühlschrank. Er prostete der Wohnungstür zu, die hinter den Dreien ins Schloss fiel.

Und ich bin Dr. Who und das hier ist TARDIS.

Als Matt für seine Verhältnisse spät nach Hause kam, fühlte er sich immer noch merkwürdig weltfern. Er hatte zwar das Spiel samt Verlängerung plus Elfmeterschießen mit Andy zusammen angesehen, wusste aber nicht mehr mit Sicherheit zu sagen, ob tatsächlich die Niederlande gewonnen hatten.

So dunkel und leer wie die Wohnung wirkte, waren die drei Celebritiesjägerinnen anscheinend noch nicht wieder daheim aufgeschlagen. Er ging in die Küche und öffnete das Fenster. Der Himmel zog sich zu. Der aufkommende Wind zerrte an den Bäumen. Wenn sie Glück hatten, würde heute noch ein Gewitter über die aufgeheizte Stadt fegen. Er schaute auf seine Uhr. Wenn er Pech hatte, war alles prima gelaufen und die Mädels waren jetzt in einem Club, den sie nicht vor dem Morgengrauen verlassen würden. Aus irgendeinem Grund bezweifelte er aber, das alles glatt laufen würde. Nicht, wenn Julia mit Morena und Pat zusammen war. Und schon gar nicht, wenn er bei Julias Einschätzung richtig gelegen hatte.

Matt setzte sich auf sein Bett und schaltete den Fernseher ein. Er zappte durch alle Kanäle, aber um diese Zeit kam natürlich nur noch Schrott. Obwohl, überlegte er kurz, war das sonst eigentlich anders oder redete man ihm das nur ein? Immerhin hatten sie die BBC, das beste Fernsehen der Welt! Naja. Diese angebliche Tatsache weckte bei ihm momentan nicht gerade die Neugier auf ausländische Sender.

Ob er ins Bett gehen sollte? Immerhin war es schon eher Morgen denn Nacht und normale Menschen schliefen jetzt schon längst. Hätte er nicht die letzten knapp zwei Wochen Nachtdienst gehabt, würde er jetzt auch ganz gewiss zu diesen Leuten gehören. Aber so fühlte er sich geradezu unanständig tatendurstig. Bevor er aber zu so etwas Gewagtem wie dem Aufräumen seines Schreibtisches schreiten konnte, klappte die Wohnungstür. Seine Zimmertür stand offen, trotzdem musste er sich etwas zur Seite legen, um einen guten Blick in den Flur zu haben. Morena knallte ihre Handtasche auf den Flurschrank, ließ dann Pat an sich vorbei ins Badezimmer gehen und blieb selbst unschlüssig stehen. Von Julia war nichts zu sehen.

Er stellte fest, dass Morena wütend aussah. Und das nicht zu knapp. Die Wohnungstür stand noch offen und er wollte gerade fragen, wo denn Julia abgeblieben war, als diese ebenfalls im Flur auftauchte. Die Luft, die Morena umgab, schien merklich dicker zu werden. Matt glaubte schon, kleine rotglühende Funken von ihrem Catsuit aufsteigen zu sehen.

»Und?«, fragte er betont beiläufig. »Hattet ihr einen schönen Abend?«

Normalerweise interessierten Matt ihre Ausflüge keinen Deut. Aber das fiel Morena heute nicht ein, da sie schier brodelte vor Mitteilungsbedürfnis. Schließlich hatte er ihnen das Ei Julia ins Nest gelegt, also sollte er auch erfahren, wie faul dessen Inhalt war. Sie schien fast zu platzen vor unterdrückter Wut. Statt sofort auf seine Frage zu antworten, warf sie nur ihre Haare in den Nacken und Julia einen abfälligen Blick zu. Dann stolzierte sie in Matts Zimmer und ließ sich auf seinen Schreibtischstuhl fallen. Sie zerrte erst den linken, dann den rechten Plateauschuh von ihren Füssen. Dabei sah sie aus, als würde sie die Stiefel am liebsten gegen die gegenüber liegende Wand donnern. Stattdessen rief sie wütend: »Sie ist unmöglich! Unmöglich!«

Matt war nicht so ungeschickt, nachzufragen, wer denn unmöglich sei. Er stellte den Fernseher stumm und wandte Morena seine ganze Aufmerksamkeit zu. Dabei versuchte er einen neutralen, dabei interessierten, doch nicht zu neugierigen Blick aufzusetzen. Offenbar gelang ihm das Kunststück, denn Morena lehnte sich zurück und berichtete von ihrem Abend, den sie mit den beiden anderen größtenteils wartend hinter einer Absperrung verbracht hatte. Vor eben diesem Zaun hatte sich - natürlich - ein roter Teppich befunden, über dem nach einigen Stunden Wartezeit diverse Prominente defiliert waren. Was der Anlass des ausgelegten Teppichs war, vergaß Matt sofort. Die meisten der Prominentennamen, die Morena fallen ließ, sagten Matt - bis auf Kate Moss - ebenfalls nichts.

In seinen Ohren klang der Verlauf des Abends bisher sehr erfolgreich. Warum also war das Ganze zur Katastrophe mutiert und Julia so unmöglich? Dieser Umstand blieb, bis der Name George Clooney fiel, weitgehend im Dunkeln.

»George Clooney?«, wiederholte Matt ehrlich beeindruckt.

Aus ihren Schilderungen heraus entstand vor seinen Augen die Szene, die Morenas Unmut heraufbeschwört hatte. Denn Julia hatte das unverschämte Glück gehabt, in der ersten Reihe zu stehen. Wie sie das vollbracht hatte, war Morena schleierhaft, aber mit rechten Dingen konnte es nicht zugegangen sein.

Matt reimte sich aus ihren Andeutungen zusammen, dass der versagende Kreislauf einer anderen Celebrity-Jägerin dabei aber eine nicht unerhebliche Rolle gespielt haben musste. Jedenfalls hatte Julia, dreist wie sie war, die freigewordene Lücke besetzt und damit ungehinderten Zugang zu den auflaufenden Prominenten gehabt. Leider hatte sie ihr Glück nicht gebührend gewürdigt - zumindest in Morenas Augen. Statt zu kreischen und zu rufen, hatte sie sich kurz abfällig über das Outfit eines britischen It-Girls geäußert und danach begonnen, ihren Stadtplan aufzufalten.

»Ihren Stadtplan?«, fragte Matt milde amüsiert nach und warf einen vorsichtigen Blick auf Julia, die von Morena unbeachtet immer noch im Flur stand und zuhörte.

Morena beachtete seinen Einwurf nicht, sondern berichtete von George Clooney, der just in diesem Moment beschloss aufzutauchen und ein Bad in der Menge zu nehmen. Matt tauschte mit Julia einen kurzen Blick aus, als sich Morena über Mr. Clooneys gutes Aussehen, seine Kleidung und so weiter ausließ, dann kam sie aber endlich zum Stein des Anstoßes. George Clooney war bei Julia stehen geblieben gewesen, offenbar willens, ihr ein Autogramm zu geben und gleichzeitig - nahm Matt an - völlig ahnungslos, das hinter Julia Morena und Pat standen, deren aufgewendete Mühen für diesen Abend nun vollkommen vergebens waren. Das war aber nicht alles, erfuhr er sogleich.

»Und dann sagt sie«, Morenas Stimme drohte zu kippen und Matt befürchtete, dass sie gleich beginnen würde, zu hyperventilieren. »Sie sagt...« Atemzug. Matt nickte freundlich. »Sie sagt...« Wieder ein Atemzug. Matt hielt die Luft an. »Sie sagt ›Hier bitte, unter Boris Becker‹!« Damit hatte Morena ihr Pulver verschossen. Erschöpft ließ sie sich auf ihrem Stuhl zurücksinken.

Matt presste fest die Lippen aufeinander und richtete seinen Blick konzentriert auf den Fernsehbildschirm. Dort wurde gerade gezeigt, wie ein hässlicher Glaskasten an ein wunderschönes viktorianisches Gebäude angebaut wurde. Dieser Anblick führte dazu, dass das Lachen, das Matt schon im Hals gesteckt hatte, ihm sofort verging. Gleichzeitig war Julia einen Schritt in sein Zimmer getreten und schaute sich neugierig um. Morena warf ihr einen bösen Blick zu, sprang von ihrem Stuhl auf, klaubte ihre Schuhe zusammen und schoss an ihr vorbei in den Flur und dann in ihr eigenes Zimmer.

Endlich war sie weg! Matt legte den Kopf in den Nacken und lachte laut und herzhaft. Julia schaute ihn verblüfft an und blickte dann an ihm vorbei auf den Fernseher. Dort war anscheinend etwas ganz und gar mit der Glaskonstruktion schief gelaufen, jedenfalls standen die Bauherren tief betrübt in Gummistiefeln in der sich mit Regenwasser füllenden Glaskonstruktion.

Sie schaute ihn mit großen Augen an und fragte: »Was ist daran so lustig?«

Statt ihr eine Erklärung zu geben, ließ er sich von ihr ihren Stadtplan zeigen. Tatsächlich war unter Boris Beckers Schriftzug ein zweiter zu sehen. Matt hielt den Plan weiter von seinen Augen weg, um mehr zu erkennen. Es blieben aber nur zwei Krakel, die man bestenfalls für ein »G« und ein »C« halten konnte.

»Naja«, sagte er etwas enttäuscht. »Lesen kann man das jedenfalls nicht.«

Julia zuckte nur gleichgültig mit den Schultern. Sie hatte sich auf Morenas Platz niedergelassen und musterte von dort aus die sich auf dem Schreibtisch stapelnden Bücher.

»Was ich mich allerdings schon die ganze Zeit frage«, Matt schaltete den

Fernseher aus und schaute dann Julia an. »Wieso hattest du deinen Stadtplan dabei? Wozu? «

»Ich wollte wissen, wo ich bin - um nach Hause zu gehen«, verteidigte sich Julia gegen seinen etwas spöttischen Unterton. »Mir ist klar geworden, dass es total falsch war, dort zu stehen und darauf zu warten, das BC auftaucht! «

Matt kratzte sich am Kopf und überlegte kurz. »BC«? Ach ja, dachte er und seine Heiterkeit verflog augenblicklich. Er schaute grimmig auf den künstlichen menschlichen Schädel, der auf dem Fensterbrett lag und stellte die Frage, die von ihm erwartet wurde: »Wieso ist es falsch gewesen, dort zu stehen? Immerhin willst du ihm doch begegnen, oder doch nicht?« Matt hoffte schwer, dass die letzten Worte nicht zu hoffnungsvoll geklungen hatten.

Julia runzelte die Stirn und schien über seine erste Frage nachzugrübeln beziehungsweise wahrscheinlich eher darüber, wie sie die Antwort in Worte fassen sollte. Es war ja nicht das erste Mal, dass sie ihm erklärte, keiner von BCs echten Fans zu sein.

Wo war da der Unterschied, fragte er sich und harrte ihrer Antwort.

Sie hatte den Kopf in den Nacken gelegt gehabt und an die Decke gestarrt. Jetzt senkte sie den Blick und schaute ihn ernst an. »Weißt du, warum ich eigentlich unbedingt BC treffen muss?«

Er hoffte, dass diese Frage rhetorisch gemeint war und sagte nichts.

»Ich bin ihm in einem Traum begegnet und danach war in meinem Leben ALLES anders. Es war sozusagen meine Rettung, ihm begegnet zu sein.«

Er war erst verwirrt, da sie die Vergangenheitsform verwendet hatte, sah dann aber klarer, was sie meinte und wiederholte den für ihn wesentlichen Teil: »Du bist wegen eines Traums hier hergekommen?«

Er hatte versucht, diese Frage sachlich und nüchtern zu formulieren, merkte aber schon beim Sprechen, dass er sein Erstaunen - man konnte auch sagen: Entsetzen - schlecht verbergen konnte.

Julia hatte ihn ungerührt angestarrt, schien aber von seiner Reaktion nicht sonderlich überrascht zu sein. »Genau!«, erwiderte sie fast ein bisschen zu freundlich.

Bevor die darauf folgende Stille unangenehm für sie beide werden konnte, redete sie weiter: »Wenn du, wie ich im Moment, dein Leben wie eine Straße am Meer schnurgerade vor dir liegen sehen würdest - ohne Kurven, ohne Berge, nicht mal mit der Aussicht auf ein kleines bisschen Nebel - würdest du vielleicht genauso wie ich zugreifen, wenn sich dir so ein Traum anbieten würde.«

Er war erleichtert, als sie weiter geredet hatte und dann etwas erschreckt, da er so etwas wie Verzweiflung aus ihrem Tonfall heraushörte.

»Wieso denkst du, dass dein Leben keine Kurven haben wird?«, fragte er nach. Er fand ihre Metapher merkwürdig - vor allem den Teil mit dem Nebel - verstand aber sofort, was sie meinte.

»Was machen deine Eltern?«, kam prompt ihre Gegenfrage. »Ich meine beruflich?«

Er fühlte sich in der Defensive, wusste aber nicht, warum. Nach einer kurzen Pause erzählte er ihr, dass sein Vater Pfarrer und seine Mutter Pfarrersfrau waren.

»Oh«, rief sie interessiert. »Das heißt, sie machen nichts mit Medizin«, stellte sie dann fest. Er nickte verwirrt. »Und es gibt auch sonst niemanden in deiner Familie, dessen Nachfolger du mal werden sollst?«, forschte sie weiter.

Diesmal schüttelte er den Kopf. Natürlich nicht. Er würde der erste Arzt bei ihnen sein. Worauf wollte sie nur hinaus?

»Mein Urgroßvater hat mit zwanzig seine eigene Firma gegründet«, begann sie. »Sein Sohn, also mein Großvater, ist später dort eingestiegen und sein Nachfolger geworden. Dann kam mein Vater. Er hat BWL studiert und als mein Opa keine Lust mehr hatte, hat er das Ganze übernommen. Jetzt gibt es einen kleinen Bruch«, sagte sie und lächelte kurz. »Mein Vater hat leider keinen Sohn, aber immerhin mich. Rat mal, was ich studiere und wo ich mal arbeiten werde?«

Er schaute hilflos in ihr kleines, unglückliches Gesicht. »Kein Mensch kann dich zwingen, etwas zu studieren, was du nicht möchtest!«

»Macht ja auch keiner!«, platzte sie heraus und lachte zu seiner Überraschung. »War ja meine eigene, bescheuerte Idee«, fuhr sie, wieder ernst geworden, fort. »Aber was sollte ich denn auch machen, wenn doch seit meiner Geburt fest steht, dass ich mal in der Firma arbeiten werde? Für mich gab es nie eine andere Möglichkeit, da nie nach einer Alternative gefragt wurde. Schon gar nicht von mir selbst.«

Matt rieb sich nachdenklich das Kinn und wusste nicht, was er sagen sollte.

Er kam sich plötzlich sehr privilegiert vor.

»Was stellt denn eure Firma her?«, fragte er zusammenhangslos. Einfach, weil es ihn interessierte.

»Klos.«

»Wie bitte?« Er hatte sie wohl nicht richtig verstanden, dachte er.

Aber Julia wiederholte: »Klos. Oder wenn du lieber magst: Toilettenschüsseln. Auch Waschbecken, aber das ist das Hobby von meinem Vater, weil er von den Klos zwischenzeitlich genervt war. Die laufen leider nicht so gut.«

Matt versuchte, neutral zu schauen. Er hatte zwar keinerlei Vorstellungen gehabt, was Julias Familie denn herstellen würde - auf Kloschüsseln wäre er aber nicht unbedingt als Erstes gekommen.

»Du kannst ruhig lachen«, sagte Julia trocken. »Bin dran gewöhnt. Weißt du, was einer meiner Spitznamen war? Klo-lia.«

Sein Blick war wohl mehr als verständnislos, denn sie versuchte sich in einer Erklärung. »Klo-lia wie Klo, also das deutsche Wort für Toilette und ein bisschen ausgesprochen wie Claudia auf Englisch.«

Er grinste mehr höflich, als verstehend. Julia war das aber gleich. »Als wir im Abi eine Reise nach England gemacht hatten, hieß ich danach Jul-loo.«

Hörte er da etwa ein kleines bisschen Stolz heraus? »Jul-loo?« Er schüttelte den Kopf. Merkwürdigen Humor hatten die Deutschen.

»Du hast also keine Lust, Klos zu vertreiben?«, stellte Matt fest. Das konnte er sogar verstehen.

»Mit dem Vertrieb hätte ich nicht viel zu tun«, antwortete Julia fast bedauernd. »Das würde mir vielleicht sogar Spaß machen. Krankenhäuser, Kindergärten, Altenheime - ich glaub, das wäre noch ganz witzig.«

»Krankenhäuser und Kindergärten?«, fragte Matt dazwischen, bevor sie weiterreden konnte.

»Ja, genau. Hab ich nicht erzählt, dass wir spezielle Klos herstellen?«

»Spezielle Klos? Wer braucht spezielle Klos? Es gibt einen Markt für spezielle Klos?«

»Natürlich!«, Julia schaute ihn an, als wäre er ein Abiturient, dem man das Einmaleins erklären musste. »Oder dachtest du, dass kleine Kinderpopöchen auf ein normales Erwachsenenklo passen? Wir verhindern jedenfalls, dass so eine kleine Kinderseele Schaden nimmt - bei unseren Klos muss niemand Angst haben, hineinzufallen.« Julia sagte das in einem Tonfall, als würde sie einen Werbeslogan herunterbeten und grinste dabei.

»Villeroy und Boch sind wir jedenfalls leider nicht.«

Matt hatte zwar keine Ahnung, wer Villeroy und Boch war, kapierte aber jetzt, was unter speziellen Klobecken zu verstehen war. Er schaute aus dem Fenster - draußen wurde es hell - und überlegte. Wie waren sie nochmal bei Kinderkloschüsseln gelandet?

»Was genau stört dich dann also an deinem zukünftigen Job?«

Julias Gesicht verzog sich beim Wort »zukünftig« schmerzlich.

»Alles!«, rief sie dann. »Ich will keinen Betrieb führen. Ich hasse Bilanzen! Und Finanzen! Mit Geld kann ich überhaupt nicht umgehen und eigentlich will ich's auch gar nicht.« Sie hatte sich in Rage geredet. Das Blut war ihr in den Kopf gestiegen. Ihre Augen blickten nicht mehr müde, sondern glänzten jetzt verdächtig.

Trotzdem fragte Matt: »Und warum sagst du das nicht deinen Eltern?«

Julia warf die Hände in die Höhe und rief: »Was denkst du denn, wie sie reagieren würden? Ich meine, schließlich studiere ich das jetzt schon vier Jahre. Ich wäre eine total fehlgeschlagene Investition. Fast so desaströs wie Papas Waschbecken.«

»Wär das denn so schlimm?«, wandte Matt ein. »Sie können schließlich auch nicht wollen, das du aus Frust und Verzweiflung ihre Firma ruinierst, oder?«

Julias eben noch so trauriges Gesicht sah plötzlich viel weniger verzweifelt aus. »So hab ich das Ganze noch nie gesehen«, rief sie und stülpte überlegend die Lippen nach außen.

Matt sagte nichts. Er gähnte gerade, bis ihm die Tränen in die Augen stiegen.

»Du hast recht!«, rief Julia und sprang von ihrem Stuhl auf. »Es ist viel zu spät - oder zu früh - um so etwas zu diskutieren!«

Sie streckte sich und sagte ebenfalls gähnend: »Ich wünschte nur, ich würde in London etwa weniger Stupides tun, als Regale einzuräumen oder Flyer zu verteilen. Gute Nacht, Matt!«

Matt sah ihr stumm und mit halb geschlossenen Augen hinterher, als sie aus dem Zimmer ging und in ihrem Kabuff verschwand. Bevor ihm endgültig die Augen zufielen, blitzte so etwas wie eine Idee durch sein Hirn, dessen Inhalt er aber nicht mehr zu fassen bekam, bevor er einschlief.

5 ST. BARTS

Als Matt Sonntag gegen Mittag durch das Klingeln seines Telefons wach wurde, fühlte er sich schrecklich. Bis auf die Jeans, die er sich irgendwann im Laufe der letzten Stunden ausgezogen haben musste, hatte er immer noch die gleichen Klamotten wie am Abend zuvor an. Das Zimmer stank wie ein vor kurzem verlassener Pub. Matt wuchtete sich vom Bett und öffnete das Fenster. Danach musste er sich wieder hinlegen, um sich von dieser Anstrengung zu erholen. Dann angelte er nach seinem Handy. Seine Mutter. Natürlich. Er ließ das Telefon wieder fallen, drehte sich auf den Rücken und schloss die Augen. Dann fuhr er sich mit der Zunge über die ungeputzten Zähne, atmete in die hohle Hand und roch daran. Es verschlug ihm den Atem. Dabei hatte er gestern so gut wie nichts getrunken!

Dusche, dachte er, duschen und Zähne putzen und was trinken. Dann telefonieren. Das Geruchstelefon war zwar definitiv noch nicht erfunden, aber wenn es nach seiner Mutter ging, auch keine unbedingte Notwendigkeit. Sie hatte für alles einen sechsten Sinn - durchgefeierte Nächte, Liebeskummer oder so etwas Schlichtes wie sein verlorener Geldbeutel letztes Jahr - nichts entging ihr, ob man es erzählen wollte oder lieber für sich behalten hätte. Dagegen wollte er wenigstens äußerlich gewappnet sein, auch wenn er geistig noch nicht auf der Höhe war.

Das Bad war leer und Matt genoss den heißen Wasserstrahl, der ihm über den Kopf lief und langsam wach werden ließ. Ihm fiel die Unterhaltung mit Julia wieder ein und er grübelte darüber nach, was seine Idee vor dem Einschlafen nur gewesen sein könnte. Doch je mehr er sich bemühte, desto mehr entglitt ihm der Gedanke, nach dem er suchte. Frustriert drehte er das heiße Wasser ab und ließ nur noch kaltes laufen, bis ihm die Luft weg blieb. Dann stieg er aus der Dusche, trocknete sich ab und ging in sein Zimmer zurück, um seine Mutter anzurufen.

»Hi Mum!«

»Matt, Darling! Ich hoffe, ich hab dich nicht geweckt?«

»Natürlich nicht! Ich war joggen.«

»Ach«, Matt grinste ins Telefon, da sie wie immer den perfekten Tonfall fand. »Natürlich! Wie konnte ich das vergessen. Nichts und niemand werden dich jemals davon abhalten, deine morgendliche Runde zu drehen. Keine Fußballweltmeisterschaft oder sonst ein Grund, die Nacht durchzufeiern.«

Matt schaute in den blauen Himmel - unglaublich, keine Wolke war zu sehen - und machte ihr nicht die Freude, irgendetwas zu erwidern. Stattdessen wartete er ab.

»Matt«, kam dann auch aus dem Telefon. »Dein Vater und ich haben uns gefragt, ob du nicht am Wochenende herkommen willst? Oder musst du arbeiten? Olivia kommt auch.«

»Liv kommt?« Matt sah jetzt nachdenklich auf seinen Kalender. Kein Dienst am kommenden Wochenende. Zwar hatte er ganz und gar keine Lust, lange Stunden im Zug zu verbringen, andererseits war es schon eine kleine Ewigkeit her, dass er seine Schwester gesehen hatte.

»Ich überleg es mir«, antwortete er diplomatisch.

»Wie läuft es in St. Barts?«, wechselte seine Mutter das Thema.

»Barts?«, Matt schürzte die Lippen. »Gut läuft's. Sehr gut.« Er schaute immer noch auf den Kalender und wusste jetzt, wie er Julia vielleicht zu einem Job verhelfen konnte.

Sein erster Blick am nächsten Morgen, kaum dass er seine Pflegerkluft angezogen hatte, galt dem schwarzen Brett, an dem die freien Stellen ausgehängt wurden. Tatsächlich - zwei neue Stellen für Studenten. Rasch schrieb er sich die Details auf einen Schmierzettel und wählte dann Julias Nummer. Er hatte keine Ahnung, ob sie um diese Zeit schon auf war, wusste aber immerhin, das sie für heute Vormittag wieder einen Ausflug zur Jobvermittlung geplant hatte. Mit nicht besonders viel Hoffnung.

»Die Semesterferien haben begonnen«, hatte sie ihm gestern bedrückt erzählt. Nicht, das er das nicht selbst wusste, nur das Ferien in seinem Fall nicht die zutreffendste Bezeichnung dafür war. »Allison hat mir jedenfalls nicht viel Hoffnung gemacht.«

»Das heißt?«

Sie hatte mit den Schultern gezuckt. »Wer weiß? Vielleicht musst du schon bald einen neuen Mieter für die Abstellkammer suchen?«

»Ja und dein Plan?«, hatte er einzuwenden gewagt. Auch wenn er ihren Plan für - gelinde gesagt - bescheuert hielt, war doch dieser der Grund für ihr Hiersein und konnte deswegen so schlecht nicht sein.

»Sei ehrlich«, hatte sie geantwortet. »Du findest ihn ja wohl auch völlig realitätsfern, oder?« Und nach einer kurzen Pause: »Deine Idee mit meinem fehlenden Talent für den Geschäftsführerposten finde ich gar nicht schlecht. Eigentlich ganz überzeugend.«

Matt hatte bloß genickt.

Was Julia ihm nicht erzählt hatte, war, dass sie fast den ganzen Tag über seinen Einwurf nachgegrübelt hatte. Sie hatte sich eine Argumentationskette, die sie für überzeugend hielt, aufgebaut und dann gedanklich die Auseinandersetzung mit ihren Eltern - vor allem mit ihrer Mutter - durchgespielt. Und sie war gescheitert. Denn egal, wie sie es drehte, ihre Mutter würde immer am Ende sagen: »Aber Julia, du musst doch nur noch deine Diplomarbeit schreiben und dann bis du fertig! Mach das doch erst mal und danach, wenn es wirklich nicht geht, kannst du ja was anderes ausprobieren.«

Julia war vom Geräusch der zufallenden Wohnungstür aufgewacht. Sie schaute auf die Uhr - kurz nach sieben. Wahrscheinlich war das Matt gewesen, der zu seiner Schicht ging. Dann drehte sie sich zur Wand und starrte die schmutzig-weiße Farbe an. Müsste auch mal wieder gestrichen werden, dachte sie.

Als ihr Telefon klingelte, riss sie erschrocken die Augen wieder auf. Sie musste wieder eingeschlafen sein. Verdammt, sie wollte doch möglichst früh bei der Jobvermittlung sein! Sie klaubte sich ihr Handy vom Boden und sah eine Nummer mit englischer Vorwahl. Komisch.

»Hallo?«

»Julia?«

»Ja?«

»Hier ist Matt. Suchst du immer noch einen Job?«

Schlagartig war sie hellwach. Matt erzählte ihr von zwei ausgeschriebenen Studentenstellen in der Klinik, in der er arbeitete. Eine als Aushilfe in der Patientenbücherei und eine als Putzhilfe.

»In einem Krankenhaus?«, fragte Julia nach und fühlte sich schon während sie darüber sprach leicht unwohl.

»Ist das ein Problem?« Julia hatte das Gefühl, das Matts Tonlage plötzlich merklich kühler geworden war.

»Die Bücherei wäre perfekt. Nur das Putzen...«, Julia machte eine kurze Pause, in der sie hoffte, von Matt nicht für putzfaul gehalten zu werden. Das wäre wahrlich der pure Hohn gewesen! »Ich hab mal im Krankenhaus ein Praktikum gemacht und keinen Tag durchgestanden, ohne dass mir kotzübel wurde. Verstehst du?«, fragte sie vorsichtig.

»Natürlich!« Julia war erleichtert, den alten Matt wieder hören zu können. »Ich gebe dir die Daten für den anderen Job. Du musst nur schnell sein.«

»Klar!«

Eine knappe Stunde später irrte Julia durch das Verwaltungsgebäude von St. Barts. Sie kontrollierte immer wieder den Zettel, auf den sie Matts Angaben geschmiert hatte. Zimmer 112. Hier. Julia hob die Hand und klopfte an, bevor sie Zeit haben würde, um sich aufzuregen.

»Herein!«

Die Frau hinter dem Schreibtisch sah prinzipiell ganz nett aus. Leider war sie das ganze Gegenteil von Allison - hier würde Julia also ganz sicher nicht mit »Darling« tituliert werden. Die Dame strich sich die weiße, faltenlose Bluse glatt und zog die zugeknöpften Ärmel noch ein Stückchen weiter zu den Handgelenken runter. Julia dagegen lief gerade ein Schweißtropfen über den Rücken.

Sie hatte ihre besten Klamotten an. Diese waren für englische Verhältnisse allerdings nicht ausreichend, wie sie schon hatte feststellen müssen - ein Zustand, der sich leider nicht ändern ließ. Dass Morena und Pat die Brauen über ihre Kleider rümpften, war das Eine und ihr egal - dass sie unwahrscheinlich gern hier in Barts arbeiten würde, das Andere.

Mrs. Macleod räusperte sich und begann.

Julia durfte sich setzen und schlug sich wacker durch die ersten Fragen. Sie hatte sich eine schöne Geschichte ausgedacht, warum sie den Sommer in London verbrachte (Englisch lernen) und in einen Krankenhaus arbeiten wolle (etwas mit Medizin studieren). Ihre Geschichte kam ihr flüssig über die Lippen und sie begann sich zu entspannen.

»Haben sie denn Erfahrung mit dem Putzen?«

Julia riss erstaunt die Augen auf.

Mrs. Macleod nahm wohl an, dass sie sie nicht verstanden hatte, denn sie setzte zu einer Erklärung über das Putzen allgemein und die Aufgabe einer Putzkraft in einem Krankenhaus im Besonderen an.

Julia brauchte nicht lange, um zu begreifen, dass es sich hier nicht um eine besonders verdreckte Bibliothek handeln würde, sondern um eine schlichte Verwechslung der Jobangebote. Aber sie sagte nichts und sie stand auch nicht auf, um zu flüchten. Stattdessen nickte sie verstehend und erzählte Mrs. Macleod, das sie bereits in einem Krankenhaus als Aushilfe gearbeitet hatte und ihr glasklar war, was da auf sie zukommen würde.

Als sie sich verabschiedete, gab ihr Mrs. Macleod die Hand: »Und sie wissen, worauf sie sich einlassen?«, versicherte sie sich noch einmal. Julia nickte und lächelte überzeugend. Als sie das Gebäude verlassen hatte und im Innenhof des Krankenhauses stand, fühlte sie sich schon viel weniger sicher. Sie ließ sich auf eine Bank in der Nähe des Springbrunnens nieder und zog das Telefon aus ihrer Tasche. Dann schrieb sie Matt eine Nachricht.

Matt war gerade auf dem Weg in seine Mittagspause, als sich sein Telefon mit einem melodischen »Ping« meldete.

›Ich hab den Job. Julia‹, las er und blieb abrupt stehen, so das eine Ärztin, die hinter ihm gelaufen war, in ihn rein rannte.

»Entschuldigung!«, murmelte Matt und lehnte sich an die Wand, um Julia zu antworten. Ein paar Minuten und einige Nachrichten später trat er auf den Innenhof von Barts und sah sie auf einer der Bänke mit hochgezogenen Knien sitzen und in den Himmel starren. Sie trug fast das gleiche Outfit wie am letzten Wochenende - schwarze Hose mit flachen Ballerinas. Nur das Top hatte sie gegen ein schlichtes weißes T-Shirt ausgetauscht.

»Gratuliere!«, sagte er, als er neben ihr stand, so dass sie zusammenfuhr und ihn etwas erschrocken ansah. Dann ließ er sich auch auf der Bank nieder. Er packte das Sandwich aus, das er sich unterwegs im Café besorgt hatte und biss hinein. Kauend fragte er: »Und wann fängst du an?«

»Morgen.«

»Morgen schon? Und wo musst du hin?«

Sie kramte einen Zettel aus ihrer Tasche und entfaltete ihn, um ihn ihm zu zeigen.

»Francis Fraser Ward«, las er laut.

»Dahin?«, fragte er überrascht. »Ich dachte, dass die Bibliothek im Museum oder im Brooks ist?«

»Kann gut sein«, erwiderte Julia. »Aber ich will ja gar nicht zur Bibliothek.«

Matt stutzte und ließ das Sandwich, in das er gerade wieder beißen wollte, sinken. »Hast du den Job doch nicht?«

»Ich hab *einen* Job«, betonte Julia und begann, in ihrer Tasche zu wühlen. »Du hattest von zwei freien Stellen gesprochen.« Sie hatte ihr Telefon gefunden und begann, das Display mit ihrem T-Shirt zu putzen. Dann fotografierte sie ihn und sagte gleichzeitig: »Du sprichst gerade mit der neuen Putzfrau von Station F!«

Matt wusste, dass das Foto besonders bescheuert aussehen würde. Trotzdem war er entsetzt, als Julia ihm grinsend kurz ihr Telefon, von dem ihn sein eigenes, dümmliches Gesicht anblickte, hinhielt. Er wollte es sich schnappen und das verdammte Bild löschen, war aber zu langsam. Sie verstaute das Teil wieder, zog den Reißverschluss der Tasche zu und stellte sie ans andere Ende der Bank.

Grimmig biss er in sein Sandwich und weigerte sich, ihr die erwartete Frage zu stellen. Nur störte sie das leider nicht. Als er runtergeschluckt hatte, sagte er: »Wieso hast du dich auf diesen Job beworben? Ich dachte, du kannst nicht mit Kranken und so?«

»Ich hab mich gar nicht darauf beworben«, versicherte ihm Julia. Matt verstand nur Bahnhof und hätte sie am liebsten geschüttelt, damit sie endlich mit ihrer tollen Geschichte rausrückte, die sie anscheinend sehr amüsant fand.

»Ich bin zu der Adresse gegangen, die du mir gegeben hast. Und dort gab es den Putzfrauenjob. Nichts anderes. Das heißt«, sie kratzte sich am Kopf und fuhr fort. »Ich hab nicht danach gefragt. Aber wie hätte das erst ausgesehen?«

Matt war verwirrt. Er wühlte in seiner Hosentasche und brachte den Zettel, auf den er die Anzeigen vom Aushang geschrieben hatte zu Tage. »Hier steht's«, sagte er und hielt ihr das zerknitterte Papier hin. »Bibliothek, Mrs. Prim, Robin Brook Haus, 1. Stock«.

Julia erwiderte nichts, sondern begann ihrerseits in der Tasche zu kramen und hielt ihm ebenfalls einen Zettel unter die Nase. »Bibliothek, Mrs. Macleod, Hauptgebäude, 3. Stock«, las er. Ungläubig nahm er sich ihre Notiz und verglich dann die beiden Zettel, um sie schließlich sinken zu lassen. »Fuck! Ich hab's verbockt, Julia. Es tut mir so leid!«

Julia musste lachen, als sie seinen verzweifelten Gesichtsausdruck sah. »Matt«, sie legte ihm die Hand auf den Arm. »Wieso denn? Hauptsache, ich hab den Job. Also nicht den, aber einen.«

»Ehrlich!«, sagte sie noch einmal, da sie seinen Gesichtsausdruck immer noch beunruhigend fand. »Schau«, sie breitete die Arme aus, als wolle sie das Krankenhaus an ihre Brust ziehen. »Was für ein Glück ich hab, hier sein zu dürfen. Schließlich ist das hier St. Barts!«

»Klar«, erwiderte Matt langsam und fuhr sich durch seine kurzen Haare. »Klar, das älteste Krankenhaus Londons. Trotzdem...«

Aber er wurde von ihr ungeduldig unterbrochen: »Kann schon sein. Aber vor allem ist es Sherlocks zweites Zuhause!« Sie strahlte ihn an und sah sehr zufrieden aus. »Das muss einfach etwas zu bedeuten haben.«

Matt unterdrückte ein Seufzen und wartete auf die Frage, die geradezu unausweichlich war.

»Hast du gar nichts mitgekriegt von den Dreharbeiten letztes Jahr?«

Er schüttelte stumm den Kopf. »Ich arbeite erst diesen Sommer hier. Das ist nicht mein Lehrkrankenhaus, verstehst du?«

Sie nickte, lehnte sich zurück und ließ sich die Sonne, die gerade in einer Lücke zwischen vielen grauen Wolken aufgetaucht war, ins Gesicht scheinen.

»Ich find's jedenfalls sehr aufregend!«

Matt hatte gerade gern seinen Kopf gegen die neben der Bank stehende Buche geschlagen. Warum war er nicht auf diese Verbindung gekommen? Musste er jetzt auch noch ihren dämlichen Plan aktiv unterstützen? Erwartete sie tatsächlich, dass Sherlock ihr auf einem der vielen Flurs in Barts begegnete, ihr den Schrubber aus der Hand nehmen und sie zu einem Kaffee in die Kantine einladen würde?

»Ich lad dich ein«, unterbrach Julia seine düsteren Gedanken.

»Was? Wozu?«

»Zum Feiern natürlich! Heute kann ich immerhin noch essen - wer weiß, wie das morgen aussieht«, sinnierte Julia und ihr Lächeln fiel schon etwas weniger strahlend als gewöhnlich aus. »Wann hast du Dienstschluss?«

Als Julia am nächsten Morgen ihre Unterlagen in der Krankenhausverwaltung abgegeben hatte, um sich danach auf Station zu melden, war ihr etwas flau im Magen. Das lag ganz sicher nicht an dem harmlosen Falafel, zu dem sie Matt am Tag zuvor eingeladen hatte, sondern an den typischen Krankenhausgerüchen, die ihr in die Nase stiegen, kaum dass sie zwei Schritte in den Stationsflur getan hatte. Desinfektionsmittel roch sie und etwas Säuerliches wie Erbrochenes und dann ein aufdringliches Eau-de-Toilette. Und Kaffee?

Eine dicke Frau kam aus dem Zimmer direkt vor ihr gelaufen und unterbrach ihre Gedanken. »Süße«, rief sie freudig aus, als sie sie sah. »Du musst Julia sein!« Sie legte Julia ihren weichen Arm um die Schultern und schob sie in das Zimmer, das sie gerade hatte verlassen wollen. Dort kam der Kaffeegeruch her. Auf dem kleinen Tisch standen viele Tassen. Wie auch der Raum, waren alle bis auf eine leer.

»Ich bin Schwester Abigail«, sagte die Frau, die sie in den Raum geschoben hatte und nahm sich die volle Tasse vom Tisch. »Aber alle sagen Abby zu mir. Möchtest du einen Kaffee?«

Julia schüttelte den Kopf und bedankte sich. Besser nicht, dachte sie sich, wer weiß, was auf mich zukommt. Sie musterte ihr Gegenüber. Abby hatte ihr den Rücken zugekehrt und blätterte in einem Kalender, der auf dem Tisch lag. Neben ihr kam sich Julia wie ein Hobbit vor. Abby überragte sie nicht nur um anderthalb Köpfe, sondern war dazu auch noch sehr kräftig gebaut. Ihr Gesicht war rund, braungebrannt und umrahmt von blonden, halblangen Haaren. Sie trug eine goldgeränderte Brille, durch die sie trotzdem noch mit kurzsichtig zusammengekniffenen Augen blinzelte. Zusammen mit der hellbeigen Schwesternkluft wirkte sie ein bisschen wie ein großer, freundlicher Pfannkuchen.

»Ah«, rief Abby erfreut, da sie anscheinend gefunden hatte, was sie brauchte. Sie nahm den Zettel und ihren Schlüssel und ging Julia hinter sich herwinkend voraus ein Stockwerk höher. Dort staffierte sie Julia mit einer blauen Hose und einem passenden Oberteil aus und zeigte ihr dann die Garderobe, wo sie ihre Sachen lassen konnte und sich umziehen sollte. Dann gingen sie wieder runter. Währenddessen redete Abby ununterbrochen. Julia erfuhr, dass die letzte Aushilfe nach einer Woche schon hingeschmissen hatte.

»Eine Studentin vom Theater. Tänzerin. Ich meine, was will man da erwarten?«, fragte sie. »Was hat sie sich nur dabei gedacht, hier arbeiten zu wollen? Ich hoffe, du willst nicht auch Tänzerin werden?«, sagte sie dann und musterte Julias Figur neidlos. »Ich hab nichts gegen Tanz und Theater. Aber zum Putzen braucht man ganz einfach ein weniger zartes Wesen.

Verstehst du? Was studierst du noch mal?«

Aber Abby ließ Julia keine Zeit zum Antworten, sondern redete einfach weiter. Sie erzählte Julia, dass sie normalerweise einen externen Dienstleister für das Putzen der Station hatten, aber der war vor einem Monat pleite gegangen. »Und bis sich die Verwaltung für einen neuen entschieden hat...«, sie zuckte vielsagend mit den Schultern und blies gleichzeitig die Backen auf. Dann öffnete sie die Tür zu einem kleinen Raum, in dem Wischer, diverse Putzmittel und ein fahrbarer Eimer mit Müllsack standen. Julia schaute sich interessiert und ein bisschen dankbar in dem Raum um. Damit würde sie klarkommen, dachte sie. Die Mühen ihrer Mutter als waschechter Schwäbin, ihr den Begriff eines sauberen Hauses beizubringen, waren hierfür die perfekte Vorbereitung.

Doch Abby schob sie mit den Worten »Das brauchen wir später!« wieder aus dem Zimmer heraus.

Und dann kam die Rede auf die Bettpfannen. Julia hörte wie betäubt zu, als ihr Abby erklärte, dass es eine ihre Aufgaben sein würde, die Schwestern und Pfleger bei ihren morgendlichen Routinen zu unterstützen.

»Du wirst hier das Mädchen für alles sein, Süße!«, lachte Abby. Julia zog als Antwort reflexartig die Mundwinkel nach oben und wünschte sich gleichzeitig ganz dringend Matt herbei. Der arbeitete aber leider auf einer ganz anderen Station und hätte wahrscheinlich auch kein großes Mitleid für ihre Nöte. Sinkenden Herzens folgte sie Abby in den ersten Raum. Drei ältere Frauen grüßten sie freundlich. Bei den Damen, die ihr Bett nicht verlassen konnten, sammelten sie die Bettpfannen ein und brachten sie in eine Art Waschraum.

Julia konzentrierte sich auf das, was Abby ihr zeigte und versuchte, ihre Geruchsnerven auszuknipsen. Bis zum dritten Zimmer klappte das auch ganz gut. Dort lagen zur Abwechslung drei alte Männer. Julia fragte sich, ob sie auf einer Seniorenstation gelandet war und was den Menschen hier so fehlte. Aber sie traute sich nicht, Abby danach zu fragen.

Bei der dritten Bettpfanne passierte es schließlich. Sie hatte vergessen, durch den Mund zu atmen und als sie den Deckel hob, um den Inhalt in den Abfluss zu schütten, traf es sie wie ein Faustschlag. Sie war gerade noch in der Lage, die Schüssel zu entleeren, dann würgte sie und kotzte schließlich den dünnen, schwarzen Tee, den sie zu ihrem Toast als Frühstück gehabt hatte, hinterher.

»Ups«, sagte Abby, die noch im Raum gewesen war und nahm ihr die Schüssel aus der Hand. »Mr. Millers Produkte haben es wohl in sich, Süße?«

Julia lehnte sich, etwas schwach auf den Beinen, an die Wand und nickte vorsichtig.

»Ich muss noch das letzte Zimmer machen, Süße«, rief Abby und verließ den Waschraum.

»Ich helfe dir«, hörte Julia sich zu ihrer eigenen Überraschung sagen und lief hinterher.

Als dieser Teil der Arbeit erledigt war, konnte sie ein paar Minuten verschnaufen. Abby und die meisten der anderen Schwestern verschwanden zur Visite. Julia ging aufs Klo, um sich kaltes Wasser in den Nacken laufen zu lassen und etwas zu trinken. Als sie danach wieder auf Abby traf, sah sie schon viel weniger blass aus und fühlte sich einigermaßen gestärkt, für das, was ihrer noch an diesem Tag harren würde.

Es war harmlos, wie sie schnell feststellen konnte. Abby stellte ihr einen jungen Pfleger vor, der ihr zeigte, wo und wie sie putzen musste. Mohammed war im Vergleich zu Abby die meiste Zeit stumm wie ein Fisch, aber freundlich. Als nichts mehr für sie zu tun war, schickte er sie nach Hause.

»Viel Glück für heute Abend!«, rief er ihr noch hinterher.

Julia blieb stehen und schaute ihn mit großen Augen an. »Wieso? Wofür?«

»Das Halbfinale!?« Als bei Julia keine sichtbare Erkenntnis zu dämmern schien, erläuterte er ihr, das Deutschland heute im Halbfinale spielen würde. Gegen Brasilien.

»Großer Tag für deine Nation!«

»Ach so! Ja, klar! Ciao, Mohammed!«

Als Julia auf ihr Fahrrad stieg und losfuhr, fühlte sie sich, als würde sie ein paar Zentimeter über dem Boden schweben. Sie hatte keinen Plan, wo und wie sie den Rest des Nachmittages verbringen wollte, aber da das Wetter einigermaßen trocken war, fuhr sie den ihr inzwischen vertrauten Weg nach Hampstead Heath hoch. Mittlerweile hatte sie sich zwar eingestanden, dass es hoffnungslos war, zu versuchen, an diesem Ort einen ziemlich berühmten Schauspieler über den Weg laufen zu wollen. Mittlerweile war es aber auch viel weniger wichtig für sie, dass es bald dazu kam. Das ob stand wiederum auf einem ganz anderen Blatt. Sie wusste, dass sie ihm begegnen würde - so sicher, wie ihr inzwischen auch klar geworden war, dass sie ihr Studium nicht abschließen würde.

Julia hatte Terry Pratchett dabei, aber zum Lesen war es zu kühl und die Bänke zu feucht. Also zog sie zu Fuß ihre Runden durch den Park, bis sie alle Seen gesehen hatte und zu müde war, um noch weiter zu gehen. Sie stieg wieder auf ihr Rad und rollte bergab nach Hause.

Unterwegs kaufte sie sich etwas zu essen und eine neue SIM-Karte.

»Wozu?«, wollte Matt wissen, als sie ihm davon erzählte.

»Na für den Netzzugang«, antwortete Julia augenrollend. »Mit der deutschen geht's ja nicht.«

»Ah, du hast wohl ganz gemeine Facebook-mail-und-www-Entzugserscheinungen?«

»Haha, ganz sicher nicht.« Sie knallte etwas lauter als notwendig die Kühlschranktür zu. »Auf Facebook darf ich eh nicht - da flieg ich ja sofort auf. Mails schreibt mir keiner. Aber so ganz ohne Internet...«

»Ginge es auch«, beendete Matt optimistisch ihren Satz.

»Wer weiß das schon! Oder hast du es mal ausprobiert?«, fragte Julia Matt ketzerisch.

Der lenkte lieber ab und wollte wissen, ob sie das Surfen mit ihrem Telefon nicht mühsam fand.

»Sehr mühsam!«, versicherte sie ihm. »Aber dafür hab ich ja meinen Laptop mit.«

»Soso! Was du alles mit in den Urlaub schleppst.«

»Matt, du hast vergessen, dass ich nicht im Urlaub bin, sondern ein betriebswirtschaftliches Praktikum absolviere!« Julia warf ihm einen spöttischen Blick zu, bevor sie sich ihren Teller, der mit drei Scheiben gebutterten Toast beladen war, schnappte und die Küche verließ.

»Na, dann viel Spaß bei deinen wissenschaftlichen Recherchen!«, konnte Matt nicht lassen, ihr hinterher zu rufen.

Dann setzte er sich allein an den Küchentisch und begann zu essen.

6 THE LAKES

Mohammed informierte Julia am nächsten Morgen darüber, dass Deutschland Brasilien vernichtend geschlagen hatte. Danach ging er fröhlich pfeifend den morgendlichen, Julia ziemlich unangenehmen, Arbeiten nach. Sie versuchte, ihn sich als Vorbild zu nehmen. Wäre ja gelacht, dachte sie, wenn ich nicht heute meinen Toast bei mir behalten kann.

Als sie nach der morgendlichen Runde die Patientenzimmer putzte, kam sie relativ langsam voran. Die alten Leutchen waren froh, wenn sie sich Zeit für ein kurzes Schwätzchen nahm. Nicht alle zwar - manche schauten sie regelrecht verbiestert an - aber insbesondere Mr. Miller wollte sie gar nicht gehen lassen.

»Mr. Miller«, versuchte sie es jetzt schon zum dritten Mal. »Ich muss los, den Waschraum putzen!«

»Ach, wer interessiert sich schon für Waschräume?« Er wies mit einem Kopfnicken zu seinem linken Nachbarn. »Da, das Tischchen beim alten Pratt haben sie vergessen abzuwischen.«

Seufzend nahm Julia den Lappen und ging folgsam zu dem Bett, das am Fenster stand.

»Nicht sehr gesprächig, meine Kollegen, was?«

»Mhm«, erwiderte Julia nur, da sie sich von Mr. Pratt beobachtet fühlte, der leicht schräg in seinem Bett lag und in ihre Richtung starrte.

»Schlaganfall. Können nicht mehr reden. Nur lallen.« Mr. Miller kicherte böse.

»Oh!« Julia sah Mr. Pratt jetzt mit anderen Augen an. Sie versuchte sich an einem aufmunternden Lächeln, als sie an ihm vorbei ging, war sich aber nicht sicher, ob es ihr auch gelang.

Abby erschien in diesem Moment im Zimmer und sah Julia mit ihrem ständig blinzelnden Blick an: »Süße, der Waschraum wartet! Und Mr. Miller«, wandte sie sich an ihn. »Wenn sie bei ihrer Physiotherapeutin auch so viel Begeisterung zeigen würden, wären wir alle sehr froh!«

Mr. Miller rollte wild mit seinen Augen und warf Julia einen flehenden Blick zu, als sie widerstrebend ihren Wagen an der in der Tür stehenden Abby vorbeischob, um ihre Arbeit im verlassenen Waschraum fortzusetzen.

Matt hatte Julia gefragt, ob sie nach der Arbeit mit in die City kommen würde, dort würde ein Festival stattfinden. Er begrüßte sie mit den Worten: »Und, gab es wieder ein Bettpfannendebakel?«

Julia beschloss, seine Frage zu ignorieren. Sie musste ernsthaft versuchen, aufzuhören, Matt jede Kleinigkeit ihres Lebens zu erzählen.

»Ich fahr am Wochenende nach Hause«, erzählte ihr Matt, als sie sich ein bisschen später abseits vom Trubel in die Nähe eines Straßenmusikers gesetzt hatten.

»Ach. Und wo ist das?«, wollte Julia wissen.

»Lake District?«

Julia schürzte verständnislos die Lippen und schüttelte den Kopf.

»Nördlich von Manchester?«

Immer noch Kopfschütteln.

»Südlich von Schottland?«

»Aha!«

Matt lachte.

»Und wo wohnt ihr da? In einer Stadt?«

»Eher in einem Dorf«, antwortete Matt. »Mit Bergen drum herum und einem See davor.«

»Hört sich an wie bei mir zu Hause.« Julia klatschte, als der Sänger seine Vorstellung beendete.

»Willst du mitkommen?«, fragte Matt und erschrak sich selbst gehörig mit seiner spontanen Frage. Aber zurücknehmen konnte er sie nun nicht mehr, also wartete er mit klopfenden Herzen auf ihre Antwort.

Sie sah ihn nachdenklich an. »Warum nicht? Das heißt«, wandte sie ein. »Was halten denn deine Eltern davon?«

Matt zuckte nur gleichgültig die Schultern und tat, als würde er monatlich seine Freunde in Rudeln mit nach Hause bringen. »Kein Problem!« Kein Problem? Natürlich kein Problem. Seine Mutter liebte Gäste. Je mehr, desto besser. Nur war es normalerweise nicht er, der sie anschleppte, sondern seine Schwester Liv.

Gleich, als sie wieder zu Hause waren, rief er seine Mutter an, um vorbeugend Schadensbegrenzung zu betreiben. Nicht auszudenken, wenn seine Familie Julia als seine neue Freundin ansehen und auch so behandeln würde. Seine Mutter war sehr verständnisvoll am Telefon. Viel zu verständnisvoll, wie er im Nachhinein fand. »Natürlich freuen wir uns!«, hatte sie ihm versichert. »Sie ist deine Bekannte und Mitbewohnerin und langweilt sich in London am Wochenende. Sehr verständlich!«

Er hatte auch noch Liv anrufen und präparieren wollen, ließ es dann aber doch. Wahrscheinlich würde er sich damit nur noch mehr reinreiten. Stattdessen ging er in die Küche, um sich etwas zu essen zu machen.

Julia saß dort am Tisch und hatte verschiedenfarbige Papierbögen vor sich liegen. Bevor er sie fragen konnte, was sie damit bastelte, wurde er von Morena unterbrochen.

»Und, wie läuft die Pferdejagd?«, fragte sie Julia spöttisch, als sie ebenfalls in die Küche kam und sich die Milch aus dem Kühlschrank nahm.

Matt schaute erst sie erstaunt an, dann Julia, die anscheinend Morenas Frage verstanden hatte.

»Oh, gut!«, antwortete Julia gut gelaunt. »Ich arbeite jetzt in St. Barts.«

»Ah«, rief Morena mit gespielter Überraschung aus. »Das steigert deine Chancen natürlich enorm. Da musst du ja nur bis, mhm, sagen wir 2015 durchhalten, wenn die BBC beschließt, weiter zu drehen, oder? Aber immerhin lernst du dort, wie man anständig putzt!«

Julia warf Matt einen kurzen Blick zu, den er etwas beschämt erwidert. ›Du Plaudertasche!‹ lautete ihre stumme Nachricht.

»Eine nicht zu verachtendes Können«, bestätigte Julia Morena dann und dabei gelang ihr sogar ein fast natürlich wirkendes Lächeln. »Das musst du in deinem Job als Tierarztgehilfin ja am besten wissen, oder?«

Morena schaute sie giftig an und schritt wortlos, aber erhobenen Kopfes, aus der Küche.

Matt gab seine starre Körperhaltung auf - er hatte sich prompt gerader hingestellt, als die Pfeile begonnen hatten, zwischen den beiden hin und her zu fliegen - und sagte trocken: »Ihr beide mögt euch echt!«

»Natürlich!« Julia grinste ihn an.

»Was bitte habe ich unter ›Pferdejagd‹ zu verstehen?«, fragte Matt.

»Ha!«, rief Julia. »Das würdest du gerne wissen, was?« Aber sie hatte Erbarmen mit ihm und ließ ihn nicht länger zappeln. »Als wir unseren Abend zu dritt hatten - du weißt schon - da hab ich meinen Plan erwähnt. BC und all das....«

Matt stöhnte auf und griff sich kopfschüttelnd an den Kopf.

»Ja, ich weiß, war blöd! Ich hab ja nur ein bisschen davon erzählt. Jedenfalls, als wir nach Hause gingen, hat sich Morena ja sowieso ganz allgemein empört. Pat dagegen hat gelästert, dass ich wohl das Pferd bevorzugen würde, wenn ich die Wahl zwischen Clooney - also dem Ferrari unter den Promis - und Cumberbatch hätte.«

Matt prustete in seinen Tee. »Ein Pferd? Das ist dann doch ein bisschen zu stark.« Er überlegte. »Obwohl, rein äußerlich betrachtet gibt es schon Parallelen. Findest du nicht? Diese Wangenknochen allein schon!«

»Idiot!« Julia lachte und warf ihm eines der Papierflugzeuge, die sie die ganze Zeit über auf dem Tisch gefaltet hatte, an den Kopf.

»Wozu brauchst du die eigentlich?«, fragte Matt, als er sich bückte, um das Flugzeug vom Boden aufzuheben.

»Für Mr. Miller.«

»DER Mr. Miller?«, hakte Matt nach. Julia hatte ihm natürlich von ihrer ersten Begegnung mit Mr. Miller - beziehungsweise seinen Produkten und ihrer Wirkung auf sie - erzählt.

Er hatte herzlich über sie gelacht, wie sie empört hatte feststellen müssen.

»DER Mr. Miller«, bestätigte ihm Julia. »Er war Pilot. Und jetzt kann er nicht einmal mehr die Arme richtig heben. Die Physiotherapeutin verzweifelt, weil er zu keiner ihrer Übungen Lust hat. Ich dachte, vielleicht hilft das hier?«

Julia drehte eines der Flugzeuge etwas unschlüssig in der Hand und sah ihn fragend an.

Überrascht sagte Matt: »Warum nicht? Es ist jedenfalls eine Idee!«

Als Matt am Freitagmorgen aus seinem Zimmer kam, traf er auf Julia, die mitten im Flur stand und ein riesiges Plakat aufgerollt hatte, um es sich anzuschauen.

»Morgen«, sagte er und trat neugierig näher.

»Großartig, findest du nicht auch?«, lachte sie ihn an.

Er schaute auf das Poster, von dem ihm Benedict Cumberbatch's ernster Blick begegnete.

»Oh Gott«, entfuhr es Matt. »Was ist das? Sherlock?«, fragte er zweifelnd. Seine Erinnerungen an die Serie waren zwar nur noch vage vorhanden, aber ausreichend genug, um eine andere Frisur des Hauptdarstellers im Gedächtnis behalten zu haben.

»Quatsch, das ist aus Star Trek!«

»Star Trek?« Matt grinste abfällig und schwieg vielsagend.

»Ach, komm schon, ist doch witzig!« Julia begann, das Plakat wieder zusammen zu rollen und boxte ihm dann freundschaftlich in die Schulter.

»Hast du dir das gekauft?« Matt gelang es gerade noch rechtzeitig, das »etwa«, was eigentlich in diesen Satz gehört hätte, zu verschlucken.

»He«, Julia war ernsthaft beleidigt. »Was denkst du, wie alt ich bin? Vierzehn?«

Manchmal schon, dachte Matt und schwieg vielsagend, was Julia aber nicht zu bemerken beschloss.

»Pat hat mir das an die Türklinke gehängt - mit herzlichen Grüßen. Wahrscheinlich hat sie sich dabei bepisst vor Lachen!« Sie zuckte mit den Schultern. »Aufhängen werde ich es trotzdem. Mein Zimmerchen kann dadurch nur gewinnen. Obwohl es euch recht geschehen würde, wenn ich es *außen* an meine Tür hängen würde.«

Dann öffnete sie die Badezimmertür und flötete: »Du hast doch nichts dagegen, oder, Matt?«

Matt atmete nur langsam aus und ging in die Küche. Wer würde in dieser von Frauen dominierten WG schon auf der korrekten Reihenfolge beharren? Schließlich war er flexibel. Man konnte auch ungeduscht Tee trinken.

Später fuhren sie zusammen ins Krankenhaus.

»Der Zug geht heute Nachmittag halb fünf.«

Julia nickte und Matt entspannte sich wieder. Er rechnete schon seit zwei Tagen damit, dass sie ihm wieder absagen und doch nicht mitkommen würde. Aber Julia schien sich auf das Wochenende auf dem Land zu freuen. Sie hatte sogar nur gleichgültig mit den Schultern gezuckt, als er ihr den Ticketpreis für den Zug genannt hatte.

Jetzt saßen sie in eben diesem und fuhren aus der Stadt raus. Nun seufzte sie doch ein bisschen, als er ihr sagte, dass sie erst nach neun Uhr bei seinen Eltern sein würden.

»Das überleb ich nicht! Oder hast du etwas zu essen dabei?«

»Essen?« Matt war erleichtert. »Wenn's nur das ist.« Er packte die Sandwiches und Schokoriegel aus, die er in weiser Voraussicht am Bahnhof eingekauft hatte, als er auf Julia gewartet hatte. Sie nahm sich ein Sandwich, fing an zu essen und sah dabei aus dem Fenster. Draußen zogen die grünen Hügel vorbei, bei deren Anblick ihm immer ein bisschen wehmütig zumute wurde. Warum, hätte er nicht zu sagen gekonnt. Immerhin fuhr er nach Hause und nicht in die entgegengesetzte Richtung.

Julias herzhaftes Gähnen unterbrach seine Gedanken unsanft. »Sorry«, entschuldigte sie sich bei ihm. »Es ist nur so langweilig da draußen.«

Matt schwieg konsterniert.

»Findest du nicht? Mhm.« Sie wühlte in ihrer Tasche, zog ihr Telefon raus und begann, etwas zu tippen.

Matt nahm sich sein eigenes Handy, stopfte sich die Kopfhörer in die Ohren und suchte nach Coldplay. Dann sah er aus dem Fenster und wenn sie es nicht bemerkte, beobachtete er sie beim Lesen. Ob sie wieder nach Neuigkeiten von BC forstete? Wie konnte man einem Traum nur derart viel Bedeutung beimessen? Er begriff es einfach nicht!

Als er das nächste Mal zu Julia schaute, sah er bestürzt, wie Tränen ihre Wangen herunterrollten. Entsetzt entstöpselte er seine Ohren, dachte ›Bastard!‹ und fragte alarmiert: »Was ist los? Was ist passiert?«

Julia sah von ihrem Telefon auf, als hätte er sie gerade aus dem Auenland ins Zugabteil gebeamt. »Nichts«, sagte sie. »Nur ist dieses Gedicht so traurig.«

»Gedicht?«

Julia musste über seinen Tonfall und Gesichtsausdruck lächeln. »So, wie du das sagst, klingt es richtiggehend anstößig.«

Matt wurde ungeduldig. »Welches Gedicht? Wieso Gedicht? Von wem?«

»Ich les gerade Rainer Maria Rilke. Kennst du den?«

Matt schüttelte langsam verneinend seinen Kopf.

»Mr. Miller ist ein großer Rilkefan«, erklärte sie ihm zu seinem Erstaunen. »Von Rilke im Original«, fügte sie hinzu und sah ihn erwartungsvoll an.

Er setzte deshalb einen verblüfften Gesichtsausdruck auf, was ihm aber nicht wirklich viel Mühe bereitete. »Mr. Miller? DER Mr. Miller?«

»Ja-ha. DER Mr. Miller.«

Matt setzte sich wieder entspannter hin und lästerte: »Mir scheint, du hast einen Narren an ihm gefressen!«

»Wahrscheinlich!« Sie machte ihr Telefon aus und legte es auf das Tischchen am Fenster. »Auf was für einer Station bist du eigentlich in Barts? Ich mein, mir scheint, wir haben bei uns nur alte Leute mit Schlaganfall oder so etwas Ähnlichem und bis auf Mr. Miller redet eigentlich keiner so richtig.«

Bevor Matt etwas erwidern konnte, stellte sie selbst fest: »Okay, sie sind krank. Da kann man nicht unbedingt Halli-Galli erwarten. Aber...«

»Halli-was?«

»Galli.« Julia schaute ihn unschuldig an, nicht bereit, eine Erklärung zu liefern. »Jedenfalls dachte ich, es wäre schön, wenigstens Rob, also Mr. Miller, eine Freude zu machen.«

»Rob also?«, knurrte Matt, dann verschränkte er die Arme vor der Brust und sagte: »Dein Rilke scheint ja sehr geeignet zu sein, um die Menschen aufzuheitern. Denn ich nehme mal an, das, was vorhin deine Wangen herunter gekullert war, waren Freudentränen?«

»Mann!«, Julia verdrehte genervt die Augen. »Jetzt sei mal nicht so fantasielos! Du würdest natürlich zum Witzbuch greifen, statt nach etwas zu suchen, das eine Bedeutung für den Menschen hat und ihm Freude macht. Das können eben auch traurige Gedichte sein. Abgesehen davon«, sie griff wieder nach ihrem Telefon, »versteht Rob eh kein Deutsch. Jedenfalls nicht gut genug, um die Gedichte wirklich zu verstehen.«

Matt öffnete den Mund, um etwas zu sagen, aber Julia war schneller und beantwortete seine unausgesprochene Frage.

»Er mag den Klang der Sprache. Frag mich nicht, warum! Ich glaub, er war nach dem Krieg ein paar Jahre in Deutschland. Oder meinst du, das ist eine blöde Idee? Ich mein, mir wird es wahrscheinlich nicht schaden, mich mal mit klassischer Literatur zu beschäftigen. Und er hätte Gesellschaft.«

Matt schüttelte den Kopf und nickte dann.

In Gedanken war er schon wieder ihrem Zug vorausgeeilt und hatte deshalb Mühe, Julias Argumentation zu folgen. Weit war es jetzt nicht mehr. Jeder gefahrene Kilometer ließ seinen Puls Schlag um Schlag ansteigen. Wie hatte er nur denken können, dass es eine gute Idee sei, Julia mit in sein Zuhause zu nehmen? Obwohl - streng genommen hatte er zu dem Zeitpunkt, an dem er die Einladung ausgesprochen hatte, überhaupt nicht gedacht. Umso mehr Zeit blieb ihm jetzt dafür.

Er war erleichtert, als sie im Bahnhof einfuhren und aussteigen konnten. Julia hatte die letzte Stunde ihrer Fahrt geschlafen und war jetzt aufgekratzt und neugierig. Matt dagegen hatte vergebens nach einer Musik gesucht, die er hatte ertragen können und irgendwann aufgegeben, sein Telefon beiseite gelegt und aus dem Fenster auf die vorbeiziehenden Hügelketten geschaut. Schade, dass Julia deren Anblick verschlafen hatte. Er konnte sich nicht vorstellen, dass ihre Heimat tatsächlich eine Ähnlichkeit mit der rauen Schönheit der Fells hatte. Aber was wusste er schon von Deutschland. Vermutlich bot dieses Land mehr als das Oktoberfest, teure Autos und Kuckucksuhren. Er bedauerte plötzlich, nie dort gewesen zu sein. Europa, hatte er immer gedacht, konnte er auch noch bereisen, wenn er Rentner war.

Sein Vater holte sie am Bahnhof ab und war augenblicklich Julias Lächeln erlegen. Matt setzte sich in den Fond und lauschte grummelnd ihrem angeregten Dialog über Heidelberg und den Schwarzwald, wo seine Eltern vor einigen Jahren eine - O-Ton seines Vaters - »wundervolle« Zeit verbracht hatten.

Warum war er eigentlich nicht froh, dass Julia auf so große Begeisterung seitens seines Vaters und dann auch noch seiner Mutter traf?

Er fand es in jedem Fall mehr als überflüssig, von seiner Mutter inzwischen schon das fünfte Mal erzählt zu bekommen, wie »reizend« Julia doch war.

Er war mit der Entschuldigung, Teewasser aufzusetzen, in die Küche geflüchtet. Leider war ihm nicht lange vergönnt, allein dem Geräusch des Wasserkochers zuzuhören. Seine Mutter war ihm gefolgt. Fremde Menschen, seien es auch enge Blutsverwandte, konnte sie nur schwer bis überhaupt nicht in ihrer Küche ertragen. Bevor sie etwas sagen konnte, wurde sie durch das Auftauchen von Liv, die durch die Hintertür ins Haus gekommen war, abgelenkt.

Matt umarmte seine Schwester mit ehrlicher Freude. »Hey, Schwesterherz, lange nicht gesehen!« Er roch an ihren Haaren. »Warst du im Pub?«

»Hallo Matt!« Liv tätschelten seinen Rücken und ging in den Flur, um sich die Schuhe auszuziehen. Ihrer beider Mutter schüttelte derweil missbilligend den Kopf und goss dann heißes Wasser über den Tee.

»Liv, du verlotterst noch vollkommen da oben im Norden!«

»Ja, ja, Mum«, sagte Liv, nahm sich einen Apfel und biss hinein. »Bald bin ich so verroht und verlottert wie dein eigener Bruder.«

Matt prustete, setzte aber sofort einen ernsten Blick auf, als er bemerkte, dass die Augen seiner Mutter auf ihm ruhten.

»Du bist, im Gegensatz zu deinem Onkel Will, kein älterer, dicker Mann, der außer seinem Pub und seinem Garten nicht mehr viel im Kopf hat. Dachte ich jedenfalls.« Matts Mutter musterte bei diesen Worten Liv mit einem besorgten, aber auch liebevollen Blick.

»Kommt Will später noch hierher?«, wollte sie wissen.

Liv hatte ihren Apfel verspeist und warf den Rest in den Müll.

»Glaube nicht. Sie haben heut noch ein Dartturnier.«

»Ist es nicht Fußball, dann irgendwas anderes«, murmelte ihre Mutter, um danach etwas energischer zu sagen: »Olivia, ich mag es gar nicht, wenn ihr euch vor dem Abendessen noch vollstopft!«

»Ich hab nichts gegessen!«, beschwerte sich Matt, während Liv protestierte: »Das war nur ein Apfel!«

Ihre Mutter belud derweil ein Tablett mit Tassen, Kanne und Milch. Matt wollte ihr dieses dann abnehmen, erntete aber nur einen beredten Blick. Also hielt er ihr die Küchentür auf und folgte ihr gemeinsam mit Liv ins Wohnzimmer. Liv wollte schon zur Treppe abbiegen, um in ihrem alten Zimmer zu verschwinden, wurde aber von ihrer Mutter zurückbeordert: »Liv, wir haben einen Gast!«

»Ach so, hatte ich ganz vergessen! Matts neue...«, sie machte eine kurze Pause und erwiderte zwinkernd Matts bohrenden Blick, »...Bekannte!«

Im Wohnzimmer saßen Julia und Matts Vater auf dem Sofa und unterhielten sich anscheinend immer noch sehr lebhaft über den Schwarzwald. Matt seufzte innerlich tief auf. Was konnte es dort noch geben, außer Bäumen, das so diskussionswürdig war?

Er stellte Julia Liv vor und ging dann zu seiner Großmutter, die in einem Sessel am Fenster saß.

»Tee, Grandma?«

Julia nahm den Tee, den ihr Matts Mutter reichte, dankbar entgegen. Sie hoffte, dass die volle Tasse einen ausreichenden Schutz vor weiteren Fragen von Matts Vater Ian bieten würde. Ihr brummte der Kopf. Nicht nur weil sie Ian schwer verstand, sondern weil auch ihre Kenntnisse über den Schwarzwald, den Ian aus ihr unerfindlichen Gründen unwahrscheinlich faszinierend fand, sich schon vor einiger Zeit erschöpft hatten. Mit Sorge sah sie, wie Matts Mutter das Zimmer in Richtung Küche wieder verließ. Damit blieb nur noch Liv als unmittelbare Gesprächspartnerin für Ian, denn Matt hatte sich ja zu seiner Großmutter gesetzt, die bisher allerdings keinen Ton von sich gegeben hatte und, wenn es nach Julia ginge, auch gut hätte aus Wachs sein können, so steif und unbeweglich wie sie wirkte.

Ian zeigte aber leider nicht sonderlich viel Interesse an der Anwesenheit seiner Tochter, die er, wenn Julia Matt richtig verstanden hatte, immerhin schon seit Weihnachten nicht mehr zu Gesicht bekommen hatte. Immerhin war in seinem Fast-Monolog eine kurze Pause entstanden, da er, so wie sie alle, mit seinem Tee beschäftigt war. Julia nutzte den Augenblick, um unbeobachtet Liv zu mustern. Sie war das ganze Gegenteil von ihrem großen, dunkelblonden Bruder. Klein, dunkelhaarig und ein bisschen rundlich kam sie eher nach Matts Vater. Unterschiedlichere Geschwister konnte sich Julia kaum vorstellen.

Es war, als hätte sie ihren Gedanken laut ausgesprochen, denn Liv schaute im gleichen Moment auf und ihr Blick kreuzte sich kurz mit Julias, bevor diese verlegen wegsah. Julia revidierte ihr vorheriges Urteil. Haarfarbe und Figur mochten vielleicht anders sein, aber Liv hatte exakt den gleichen offenen, forschenden Blick ihres Bruders. Oje, dachte Juli, Liv war genau wie ihr Bruder der Typ Mensch, vor dem sie ultraschnell ihr gesamtes Leben ausbreiten würde, wenn niemand sie daran hindern würde.

Aus dem Flur waren erst das Klingeln eines Telefons und danach die Stimme von Mrs. King zu hören. »Ian, Telefon!«

Julia sah Ian ohne Bedauern das Zimmer verlassen. Für manche Gäste mochte es nichts Schöneres geben, als so zuvorkommend behandelt zu werden. Aber da Ian sie nur Dinge fragte, die ihre Heimat betrafen, fand sie das Gespräch mehr als ermüdend. Persönliche Fragen waren anscheinend für Engländer verpönt. Julia fand das nicht nur schade, weil sie auf solche Fragen wenigstens eine Antwort gewusst hätte, sondern auch weil sie sich so kaum wagte, selbst in diese Richtung zu forschen.

Nachdem Ian das Zimmer verlassen hatte, setzte ein kurzes Schweigen ein, das Julia gleich brach, da sie befürchtete, dass Liv beginnen würde, über das Wetter zu sprechen. Diese Materie hatte Ian aber schon ausführlich erörtert. Julia hatte einfach keine Lust mehr auf ein Gesprächsthema, das auf den ersten Blick unverfänglich dünkte, aber eigentlich voller Minen steckte. Über das hiesige Wetter beklagen durfte sie sich nicht - da reagierten die Engländer verschnupft. Vergleiche mit dem deutschen Wetter wurden aber auch nicht gern gesehen. Selbst wenn sie das englische Wetter lobte, hatte sie das Gefühl, auf nicht viel Gegenliebe zu stoßen. Dabei war ihre Bemerkung tatsächlich nicht als Witz, sondern aufrichtig gemeint gewesen.

»Und du lebst in Edinburgh?«, fragte sie Matts Schwester.

»Ja, tu ich.«

Julia krümmte sich innerlich. Warum stellte sie auch eine Frage, für die eine schlichte, einsilbige Antwort genügte? Matt sah zu ihnen hinüber.

»Großartig«, stotterte Julia und überlegte krampfhaft, was sie weiter fragen könnte. Ihr fielen in diesem Moment leider nur Themen ein, die das Wetter betrafen. Ist es dort nicht furchtbar kalt? Schottland stellte sie sich immer kalt und regnerisch vor. Überall Moore, höchstens mal ein in der Ödnis verlorenen wirkendes Heidekraut, aber gewiss keine großen Bäume oder gar Wälder.

»Und was arbeitest du da?«, fiel ihr dann doch noch ein, zu erfragen. Gleichzeitig erschrak sie und hoffte, dass Liv nicht etwa arbeitslos war. Vor nicht allzu langer Zeit war ihr dieser Fauxpas bei dem Freund einer

Kommilitonin unterlaufen und als unangenehme Erinnerung in ihrem Gedächtnis hängen geblieben.

Bevor Liv antworten konnte, stand Matt auf und sagte: »Julia, ich hab dir ja noch gar nicht dein Zimmer gezeigt. Sollen wir das schnell machen, bevor es Essen gibt?«

Liv, die eigentlich auf ihre Frage hatte antworten wollen, lächelte wie eine Sphinx und lehnte sich lässig in ihrem Sessel zurück. Julia stand etwas verwirrt auf und folgte Matt, der schon in die Diele verschwunden war. Sie gingen nebeneinander die Treppe hoch, die im ersten Stockwerk in einem Gang endete, der wie eine Galerie rundum das Stockwerk verlief und von dem man einen tollen Blick in den Eingangsbereich des Hauses hatte.

»Wie in einem Herrenhaus!«, hatte Julia gestaunt, als sie das Treppenhaus das erste Mal gesehen hatte.

Ian hatte laut gelacht. »Bisschen klein dafür, findest du nicht?« Aber gefallen hatte ihm ihr Ausruf doch. Matt öffnete eine der Türen, die vom Gang abgingen. Sie traten in ein helles Zimmer, das von altrosa geblümten Vorhängen und einem ebenso geblümten Überwurf auf dem Bett dominiert wurde.

Matt stellte Julias Tasche auf einen Stuhl der neben einem kleinen Schrank stand.

»Bitteschön!«

Julia fuhr vorsichtig über den gerüschten und geblümten Schirm der Nachtischlampe, die auf einem Tischchen neben dem Bett stand und setzte sich dann begeistert aufs Bett, das wunderbar weich und federnd war.

»Wow! Meinst du, deine Eltern haben etwas dagegen, wenn ich für immer hier bleibe?«

»Gefällt's dir?«, fragte Matt ehrlich erfreut über ihre Reaktion.

»Es ist toll!« Julia bezog sich dabei vor allem auf das Bett, dessen Federung ihr von der Feldliege geplagter Rücken begeistert begrüßte. Die Blümchen und Rüschen ignorierte sie dabei großzügig.

»Meine Mutter wird sich freuen«, sagte Matt, als sie wieder nach unten gingen. »Sie hat viel Zeit und Mühe in dieses Zimmer gesteckt!«

»Mhm, sieht man«, murmelte Julia und schnupperte. Der Geruch nach Braten kroch aus der Ritze unter der Küchentür in den Flur und verbreitete sich von dort aus im ganzen Haus. Julia schluckte den Speichel, der sich sofort in ihrem Mund gesammelt hatte, schnell runter. Sie hatte eine Ahnung, dass dieses Wochenende würde für sie wie ein Kurztrip ins Paradies werden würde!

Matts Eltern und die Großmutter, die nur so wächsern wirkte, da sie anscheinend ihre Hörgeräte verlegt hatte, waren ins Esszimmer gegangen. Julia strebte mit Matt in ihrem Kielwasser ihnen hinterher, denn Mrs. King hatte Roastbeef mit Gemüse und einer Art Soufflé aufgetischt.

Julia aß mit Begeisterung und achtete kaum auf das Gespräch, das sanft plätschernd das Essen begleitete. Ihr Teller war fast leer, als sie ihren Appetit bremste und beschämt auf den kaum angerührten von Matt schaute. Wie konnte er nach diesem langen Tag nicht hungrig sein, dachte sie verblüfft.

Matts Mutter fragte sie etwas, dass sie aber beim ersten Versuch nicht verstand. »Wie bitte?«

»Möchtest du mehr Pudding?«

»Mehr Pudding?« Julias zog ein langes Gesicht, bis ihr Matt eine Schüssel mit den Minisouffles herüberreichte. »Yorkshire Pudding«, sagte er und legte eine spezielle Betonung auf das letztere Worte.

»Aah!«, Julia warf einen lächelnden Blick in die Runde und nahm sich einen. »Gern.«

Dann begann sie, es den anderen gleich zu tun und stocherte nur noch in ihrem Essen herum, um gelegentlich einen kleinen Bissen zum Mund zu führen. Sie erinnerte sich an ihr begonnenes Gespräch mit Liv und fragte diese, da sie ihr direkt gegenüber saß, noch einmal. »Wir wurden vorhin unterbrochen, aber du wolltest mir erzählen, was du in Edinburgh arbeitest?«

Liv wollte gerade etwas trinken, setzte das Glas bei ihrer Frage aber wieder ab. »Ich programmiere Spiele.«

Matt und seine Eltern verstummten.

Seine Großmutter hatte bisher sowieso geschwiegen.

Julia wurde bewusst, dass aller Augen - bis auf die von der Großmutter, die mit ein paar Erbsen auf ihrem Teller spielte - auf ihr ruhten.

Hilflos sah sie Liv an. Livs Blick war schwierig zu interpretieren. Am ehesten schien sie sagen zu wollen: ›Siehst du!‹

Julia fragte sich, was soll ich sehen? Ich sehe gar nichts und noch weniger verstehe ich. Laut fragte sie: »Spiele? Brettspiele? Oder was?«

»Computerspiele«, antworte Liv prompt wie aus der Pistole geschossen. Sie drehte ihr Weinglas am Stiel und warf einen herausfordernden Blick in die Runde.

Julia grübelte darüber nach, was die richtige und was die erwartete Reaktion auf diese Tatsache sein würde. Und dann war da noch die Frage, aus wessen Perspektive man das Ganze betrachten wollte. Egal, wie sie es anstellte, allen konnte sie es nicht recht machen.

Ihr tat Liv leid, denn ihr fiel als Erstes das wahrscheinlich Liv üblicherweise begegnende klassische Vorurteil ein: ›Oh, also Egoshooter und so?‹

Sie verkniff sich diesen Ausruf und überlegte krampfhaft.

»Oh, so etwas wie Candy Crush Saga?«, rief sie dann erleichtert, etwas augenscheinlich Unverfängliches gefunden zu haben.

Liv schloss kurz gequält die Augen und Julia biss sich auf die Lippen.

Anscheinend war das auch nicht besser als die ›Egoshooter‹.

»Hirnloser Schwachsinn, wenn ihr mich fragt«, grummelte Livs Vater vom Kopfende des Tisches. Selbst Julia hatte ihn dieses Mal problemlos verstanden.

»Ian«, zischte seine Frau.

»Kommt Will heute?«, fragte die Großmutter unschuldig in die aufgeladene Atmosphäre hinein.

»Nein, Granny«, flötete Liv freundlich, hob ihr Weinglas und prostete ihr zu.

Mit den Worten: »Ich setz Teewasser auf!« sprang Mrs. King auf und verließ das Zimmer. Ian sah ihr nach, legte dann sorgsam seine Serviette zusammen und folgte ihr mit einer gemurmelten Entschuldigung.

»Entschuldigung!«, rief Julia, bevor sie nachdenken konnte, als sich die Tür hinter ihnen geschlossen hatte.

»Ach«, Liv zuckte mit den Schultern. »Woher hättest du denn wissen können, dass sie verabscheuen, was ich tue.«

»Also Liv«, schaltete sich Matt besänftigend ein, »verabscheuen ist ja wohl ein bisschen stark!«

»Okay, verteufeln eben.«

Matt seufzte.

»Also ich find's cool!«, sagte Julia fast trotzig, aber nicht besonders mutig, da Ian und seine Frau immer noch in der Küche waren.

Liv grinste sie spöttisch, Matt genervt und die Großmutter wissend an. Julias Blick blieb an der Großmutter hängen, die sich aber wieder ihren Erbsen widmete.

»Muss ein Job cool sein? Soll ein Job cool sein?« Liv schaute ausgerechnet Matt an, als sie diese Fragen stellte.

Er lehnte sich schweigend zurück und verschränkte die Arme.

»Also ich finde«, sagte Julia statt seiner, »er sollte vor allem Spaß machen. Oder nicht?«

Der Tee wurde im Wohnzimmer eingenommen. Julia wollte vorher noch die Teller auf dem Esstisch zusammen räumen - so wie ihre Mutter es ihr immer predigte - wurde aber von Matt in den angrenzenden Raum geschoben.

»Julia, der Tee wird kalt!«

Ergeben nahm sie Platz und ihre dampfende Tasse entgegen. Sie hatte nichts gegen Tee. Aber schon wieder? Natürlich war er wieder schwarz und so stark, dass der Löffelstiel erbebte. Sie rührte nachdenklich zwei gehäufte Löffel Zucker ein und fragte sich, wie sie diese Nacht - trotz gut gefederten Bettes - wohl schlafen würde. Dass jemand eine Frage an sie gerichtet hatte, bemerkte sie deshalb erst, als sie sah, dass jeder - selbst die Granny - sie abwartend anschaute.

»Wie bitte?«

»Gefällt dir London?«, fragte Liv.

»Ähm, ja, natürlich«, stotterte Julia etwas unbeholfen und fragte sich, was für eine Antwort von ihr wohl erwartet wurde. »Es ist sehr ... mhm ... groß?«

Livs Augen glitzerten. Sie nickte. »Du bist ja schon eine Weile da. Da hast du sicher schon viel gesehen, oder?«

Die anderen folgten interessiert dieser Fragestunde, was Julia ungewöhnlich fand. Genauso wie sie die direkte Art von Liv als untypisch englisch und fast schon ein bisschen aufdringlich empfand. Aber Livs Eltern schien das gerade nicht zu stören. Vielleicht befand sich das Ehepaar King noch im Schock wegen des ungeliebten Themas vorhin beim Essen.

Die vielen auf sie gerichteten Augenpaare waren Julia unangenehm bewusst, als sie absichtlich vage antwortete: »So viel hab ich noch nicht gesehen. Es ist ja alles sehr teuer.«

»Da hast du recht«, sagte Liv und Julia atmete auf.

»Obwohl manches umsonst ist. Das British Museum zum Beispiel?«

War das jetzt eine Frage, die sie beantworten sollte? Julias Blick kreuzte sich kurz mit Matts, der unsicher zu seiner Schwester schaute und dann wieder zu ihr. Sie setzte sich auf und stellte vorsichtig die Tasse auf das Tischchen, das neben ihrem Sessel stand. »Umsonst? Tatsächlich? Das wusste ich nicht. Da muss ich mal nach der Arbeit hingehen.«

»Ach«, Liv stellte ebenfalls ihre Tasse ab und lehnte sich interessiert vor. »Du arbeitest in London?«

»Ja«, dankbar nahm Julia den Themenwechsel auf, »in St. Barts - wie Matt.«

Dieses Thema schien auch Matts Mutter geläufig und interessiert schaltete sie sich in das Gespräch ein: »Dann studierst du auch Medizin?«

Matt bedeckte sich kurz mit der Hand die Augen und konnte ein Seufzen nicht unterdrücken - eine Reaktion, die nur Liv und ihrer Granny auffiel, da die anderen Julia ansahen. Liv grinste ein bisschen und genoss die Situation. Entspannt zurückgelehnt sah sie zu, wie Julia immer unbehaglicher zumute wurde.

»Nein«, sagte diese ehrlich. »Ich arbeite da nur als Aushilfe.«

»Dann vielleicht als Studienvorbereitung? Für später?« Matts Mutter gab nicht so leicht auf.

»Ich dachte, du studierst etwas mit Ökonomie?« Liv spürte Matts ärgerlichen Blick auf sich ruhen, als sie das sagte, ignorierte ihn aber. Wenn er solche Informationen breittrat, dann musste er auch damit rechnen, dass sich jemand an diese Tatsachen erinnerte.

»Ja«, Julia hatte sich immer noch nicht zu einer klaren Taktik durchringen können und beschloss nun, so nah es ging bei der Wahrheit zu bleiben. Immerhin würde sie bis Sonntag hier bleiben und viel Zeit mit

Matts Familie verbringen. Sie wäre sich schäbig vorgekommen, wenn sie ihnen eine ihrer fantastischen Geschichten aufgetischt hätte.

Merkwürdig, dachte sie, wieso glänzte das schlechte Gewissen so grandios durch Abwesenheit, wenn es dann um ihre eigene Familie ging?

»Ich steh kurz vor dem Abschluss«, bejahte sie dann Livs Frage.

Matts Vater lächelte anerkennend.

»Aber ich werd den Abschluss nicht machen.«

Julia ließ ungerührt ihre Bombe platzen und trank einen Schluck von ihrem süßen Tee, der inzwischen nur noch lauwarm war und widerlich schmeckte.

Liv, die nach Julias Bestätigung ihres Studienfaches plötzlich das Interesse an dem Gespräch verloren hatte, verschluckte sich an ihrem Tee, so dass Matt einen Grund fand, ihr kräftig auf den Rücken zu schlagen.

»Aua!«, protestierte sie.

»Aber...« und »Warum?« sagten ihre Eltern gleichzeitig.

Diesen Moment wählte Grannys Teetasse, die schon seit einer geraumen Weile auf dem Schoß der schlafenden Großmutter stand, um umzukippen und den Inhalt auf dem fleckigen Perserteppich und Grannys Hose zu verteilen.

Julia lag noch lange wach in dieser Nacht. Natürlich, dachte sie grimmig, der Tee! Sie hatte erst die geblümten Vorhänge zu gezogen, da es draußen noch nicht dunkel gewesen war. Jetzt sprang sie wieder auf und schob die Gardinen wieder zurück.

Sie legte sich wieder hin.

So - der Ausblick war viel besser. Vielleicht war es auch die Stille, die sie nicht schlafen ließ. Sie erinnerte sie an daheim. Kein beruhigendes Rauschen des Verkehrs, das sie in den Schlaf lullte. Nicht ein Tropfen Regen!

Sie sprang wieder aus dem Bett und schob das Fenster einen Spalt nach oben. Der Wind rauschte in den Bäumen, die im Garten standen. Aber er rauschte zu leise, um zuverlässig ihre Gedanken zu übertönen.

Jetzt war es also sozusagen offiziell. Sie hatte vor anderen - vor sagenhaft vielen anderen sogar - *davon* gesprochen.

Sie würde ihren Abschluss nicht machen.

Aber warum? Eine berechtigte Frage, dachte sie. Obwohl ihr die Antwort darauf - Matt sei Dank - schon vorformuliert auf der Zunge gelegen hatte.

Dann lass uns doch einen Schritt weiter gehen, Julia. Geh dahin, wo Matt zu höflich ist, um dich hinzuschicken - Liv aber nicht. Julia versuchte also kurz, sich vorzustellen, wie sie aussehen würde - die Konfrontation mit ihren Eltern.

Und mit ihren Kommilitonen.

Und mit ihren Dozenten.

Sie atmete tief durch, schloss die Augen und riss sie gleich wieder auf. Dann zählte sie an ihren Fingern ab, wie viele Wochen ihr noch bis zum Semesterbeginn bleiben würden. Sieben.

Sieben Wochen!

Herrgott noch mal, das war doch weiß genug Zeit, um BC im echten Leben zu begegnen! Und dann würde ihr Traum wahr werden und alles wäre gut.

7 OLD MAN

»Was genau hast du eigentlich geträumt?«, fragte sie Matt am nächsten Morgen, als sie in der Hälfte des Weges zum Berggipfel auf einem großen Stein rasteten. Sie waren nach dem Frühstück aufgebrochen, da Matt beschlossen hatte, ihr die hiesigen Berge zu zeigen. Julia war begeistert gewesen, auch wenn sie leise hatte grinsen müssen, als Matt verkündet hatte, dass der höchste Berg der Gegend knapp neunhundert Meter maß. Julias Grinsen war noch breiter geworden, als sie gesehen hatte, wie Matt sich für ihre Wanderung ausstaffierte. Sie hatte ihn von den Spitzen seiner Hochalpinstiefel über die Gamaschen und die wetterfeste Hose bis zur Outdoorjacke kritisch gemustert.

»Wie hoch ist der Berg noch mal?«, hatte sie dann noch einmal nachgefragt. Vielleicht hatte sie ihn ja falsch verstanden.

»Um die neunhundert Meter. Willst du nicht lieber die Stiefel von meiner Mutter nehmen?«

Matt hatte seinerseits kritisch ihre Jeans, den dünnen Fleece und besonders lang ihre Turnschuhe inspiziert. »Du solltest wirklich die Wanderstiefel nehmen!«

Julia hatte energisch den Kopf geschüttelt: »Quatsch! Ich kann doch nicht die Schuhe von deiner Mutter auslatschen. Ich nehm meine. Mit denen steig ich im Schwarzwald auf jeden Berg und die sind um einiges höher als eure.«

Letztere Bemerkung hätte sie sich lieber verkneifen sollen, hatte sie im gleichen Augenblick, als sie Matts Gesicht sah, gedacht.

»Wie du willst!«, hatte er nur gebrummt.

Jetzt saßen sie auf diesem Stein und neben Julia standen ihre Turnschuhe in der Sonne. Ein verzweifelte Versuch ihrerseits, um Schlamm und Modder, der nicht nur an ihren Schuhen, sondern auch an ihrer Jeans klebte, zu trocknen.

Matt hatte seine Füße, die vermutlich in warmen und trockenen Schuhen steckten, bequem auf einen Stein, der zufällig genau in ihrem Sichtfeld lag, gelegt und schaute sie fragend an. Sie hatte gerade einen großen Bissen von einem Schinkensandwich genommen und erwiderte seinen Blick.

»Ich meine in deinem Traum. DER Traum, der dich hierher geführt hatte. Um du-weißt-schon zu treffen«, erklärte er ihr.

Julia schluckte und fragte sich, wieso Matt manchmal so verklemmt war. Andererseits hatte er sie gerade eben mal wieder etwas gefragt, bei dem es nicht darum ging, ob sie Milch und Zucker im Tee oder Butter auf dem Toast bevorzugte. Der gestrige Abend musste ihn zu dieser Lebhaftigkeit animiert haben.

Sie wäre nur zu dankbar gewesen, wenn er denn eine andere Frage gestellt hätte.

»Wie heißt der Berg noch mal?«

»Old Man of Coniston.«

Matt sah sie geduldig und abwartend an.

Sie nahm sich ein neues Sandwich, bevor sie aber hineinbeißen konnte, sagte Matt: »Wenn es zu intim ist, musst du das natürlich nicht erzählen.«

»Zu intim?« Julia musste etwas lachen. »Nein, ganz sicher nicht!«

»Pass auf. Ich kann nicht viel davon erzählen, weil ich nicht mehr viel davon weiß. Wie das eben so ist mit Träumen. Es war nur ein wunderschöner Traum. Oder ein tolles Gefühl. Keine Ahnung. Jedenfalls stand Benedict Cumberbatch neben meinem Bett und sagte: ›Du kannst jetzt aufwachen, Julia!‹ und dann wachte ich auf und fühlte mich großartig. Leider war dann nur noch der Anästhesist da. Das war irgendwie traurig.«

»Der Anästhesist?« Matt sah sie alarmiert an.

»Ja«, Julia kaute ungerührt, obwohl Matt mehr als ein bisschen ungeduldig war, um zu erfahren, was ein Anästhesist in ihrem Traum zu suchen hatte. »Habe ich nicht erzählt, dass ich den Traum bei einer Knie-OP hatte?«

»Du hattest eine Knie-OP?« Matt wirkte entgeistert.

»Ja«, Julia fühlte sich in die Defensive gedrückt. »Ich hatte einen Meniskusschaden. Vom Skifahren. Das passiert nun mal.«

»Ja, aber Julia«, Matt fuhr sich mit beiden Händen durch die Haare, wie er es immer tat, wenn er nervös wurde. »Verstehst du nicht? Du standest unter Drogen!«

»Natürlich stand ich das. Darüber bin ich nur zu froh! Stell dir mal vor, wir würden noch mit dem Holzhammer und dem Beissholz operiert werden!«

Oh Mann, Matt massierte sich den Kopf, sie begriff es einfach nicht. »Das ist nicht witzig! Du baust deine Zukunft auf einer

Drogenhalluzination auf? Ich mein, das Ding mit dem Traum ist an sich ja schon verrückt - aber jetzt auch noch unter Drogen?«

»Ich sehe nicht, dass durch den Umstand, dass ich unter Medikamenten stand, irgendwas an meinem Plan verrückter wird!«

Matt schwieg kurz und stimmte ihr dann zu.

»Da hast du auch wieder recht.«

Julia gab vor, als hätte sie seine Bemerkung nicht gehört.

»Weißt du noch, was genau du bekommen hattest?«, konnte Matt es nicht lassen, sie zu fragen. »Vielleicht Propofol?«

»Mann, Matt!« Julia nahm ihre Schuhe und schlug sie heftig gegeneinander, um den schlimmsten Matsch loszuwerden. »Hör auf damit und lass uns endlich diesen alten Mann erklimmen!«

Am Abend saßen Julia, Liv und Matt im Dorfpub. Sie hatten einen günstigen Moment, als Ian seine Predigt für den nächsten Morgen vorbereitete und seine Frau dabei war, Granny ins Bett zu bringen, für die Flucht aus dem elterlichen Heim genutzt.

Liv stellte eine Pint vor Julia ab und setzte sich dann ihr gegenüber.

»Cheers!«

»Cheers!«

Bevor Julia trank, schaute sie zur Theke, wo vor kurzem noch Matt neben einem dicken, alten Mann gestanden hatte. Die beiden waren zum Dart gegangen und hatten mit einem Spiel begonnen.

»Das ist Onkel Will«, sagte Liv mit einem Kopfnicken zu ihnen hinüber.

»Das ist Onkel Will?« Julia drehte sich neugierig um und inspizierte den angeblich so verlotterten Verwandten von Liv und Matt.

»Er sieht ungefähr so gefährlich aus wie der Weihnachtsmann.«

Liv lachte in ihr Bier.

»Gefährlichkeit ist keine Frage des Aussehens. Und mit dem Weihnachtsmann brauchst du meiner Mutter schon gar nicht kommen.«

»Klar!«, Julia nickte mitfühlend. »Kann nicht so einfach gewesen sein, als Pfarrerskind aufzuwachsen, oder?«

»Ständige Kontrolle. Aber wer hatte die nicht? Andere haben dafür wieder andere Probleme mit ihrer Familie, oder, Julia?«

»Mhm«, grummelte Julia unwillig. Sie hatte wenig bis gar keine Lust, wieder auf das gestrige Thema zu kommen und lenkte deshalb unelegant, aber direkt davon ab. »Hast du eigentlich einen Freund in Edinburgh?«

Liv starrte sie kurz schweigend an, akzeptierte dann aber den Themenwechsel und sagte: »Ja, hab ich.«

Julia war ehrlich überrascht. Nicht dass sie Liv die Beziehungsfähigkeit absprechen wollte, aber diese Frage war das Erstbeste, das ihr durch den Kopf geschossen war und eigentlich hatte sie nicht mit dieser Antwort gerechnet.

»Ah ja«, sagte sie langsam und kaschierte dabei gekonnt ihre Überraschung. »Und was macht er so, dein Freund?«

Statt ihre Frage zu beantworten, stellte Liv eine Gegenfrage: »Willst du ein Bild von ihm sehen?«

»Ein Foto? Klar!« Julia sagte sich, dass sie Liv vollkommen falsch eingeschätzt haben musste. Nie hätte sie gedacht, dass diese doch bisher so verschlossen und eigensinnig wirkende Frau begeistert ein Bild ihres Freundes zeigen wollte. Und das am zweiten Abend ihrer Bekanntschaft.

Liv hatte ihr Telefon aus der Hosentasche gezogen und wischte darauf herum.

»Hier!«, sagte sie, drehte das Handy zu Julia und hielt es ihr hin.

Julia erlitt einen Schock. Freudige Erregung wurde von Entsetzen und dann von purem Horror abgelöst.

»Benedict Cumberbatch?«, entfuhr es ihr lauter als beabsichtigt, so dass sich das Pärchen, das hinter ihnen an einem kleinen Tisch saß, neugierig zu ihnen umdrehte.

»Das ist jetzt ein Witz, oder?«

Julia hielt immer noch das Telefon umklammert und starrte mit einer Mischung aus Faszination und Grausen auf das Porträt darauf.

Liv konnte nicht mehr. Sie bog sich vor Lachen, was das Pärchen fast noch interessanter fand als Julias Ausruf kurz vorher.

»Du blöde Kuh!«

Julia dachte nicht lange nach und versuchte, das Telefon Liv an den Kopf zu werfen. Diese fing es geschickt in der Luft auf und japste danach eine Weile nach Luft, bis sie sich beruhigt hatte.

»Dein Gesichtsausdruck war einfach großartig!«

»Ha ha!« Julia war wütend, aber auch ein bisschen amüsiert. Bevor sie aber in Livs Lachen einstimmen konnte, fiel ihr der Grund für ihre Wut wieder ein. »Hat dein geschwätziger Bruder etwa...?«

Liv schaute zu Matt hinüber, der sich aber angeregt mit Will unterhielt und nichts von Julias Ausbruch mitbekommen hatte.

»Er braucht halt manchmal jemanden zum Reden. Wie wir alle. So viele Freunde hat er nicht, da unten in London. Das hast du ja vielleicht bemerkt?«

Julia nickte zögernd. Bevor sie sich aber weiter beschweren konnte, dass ihr Privatleben ungefragt von den Geschwistern diskutiert worden war, redete Liv weiter: »Ich find deinen Plan cool.«

»Echt?«, erfreut sah Julia von ihrem Bierglas auf. »Da wärst du die Erste. Bisher war ›verrückt‹ noch das Netteste, das ich gehört habe.«

»Verrückt ist er natürlich auch.« Liv trank einen Schluck. »Aber das weißt du ja selbst. Weißt du, dass Madonna für mich mal das große Idol war und ich fast alles getan hätte, um zu einem ihrer Konzerte zu gehen?«

»Madonna?«, Julia schaute ungläubig. »Aber Madonna ist...«

Liv unterbrach sie: »Alt. Ich weiß. Aber cool - auf ihrer Weise.«

Julia, der das Wort »uncool« auf der Zunge gelegen hatte, biss sich auf die Lippe.

»Am Ende hab ich's auf eins dieser Konzerte geschafft und danach waren Mum und Dad so weich geklopft, dass ich auch weiter meinen Weg gehen konnte.« Liv schwelgte weiter in der Vergangenheit und grinste nachdenklich. Dann wurde sie wieder ernst. »Nur wie willst du es anstellen, ihm zufällig über den Weg zu laufen? Das wüsste ich doch zu gern.«

Julia zuckte mit den Schultern und gab sich gelassener, als sie sich fühlte. Liv hatte, wie alle anderen der wenigen bisher in ihren Plan Eingeweihten auch, den Schwachpunkt des Ganzen gefunden. »Abwarten«, sagte sie vage. »Oder hast du schon mal gehört, dass man Zufälle zufällig herbeiführen kann?«

Liv blickte sie skeptisch über den Rand ihres Bierglases an. Bevor sie etwas sagen konnte, wurde sie von einem rothaarigen, kräftigen Mann abgelenkt, der seine rechte Hand auf ihre Schulter fallen ließ und rief: »Olivia King, bist du auch mal wieder hier und grämst mit deiner Anwesenheit deine Eltern?«

Julia verschluckte sich an ihrem Bier, Liv hatte der Typ aber nicht aus der Ruhe gebracht. Sie wischte sich mit der linken Hand über den Mund und dann auch seine Hand von ihrer Schulter. »Patrick Jameson, schön dich zu sehen. Wohnst du immer noch bei Mummy und Daddy?«

Ihr Pfeil traf nicht, denn Patrick hatte Julia entdeckt und Livs Frage gar nicht gehört. Er starrte sie offen an, was Julia unhöflich fand und ihn deshalb strafend in die Augen schaute. An seinem etwas unsteten Blick merkte sie dann, dass er schon weit länger hier am Trinken war als Liv und sie.

»Hast du eine Freundin mitgebracht, Liv? Eine Schottin?«

Er schaute sich suchend nach einem Stuhl um, die glücklicherweise alle belegt waren. Statt sich zu ihnen setzen zu können, stellte er zumindest sein Glas zwischen ihnen beiden ab und schaute abwartend Liv an.

»Nein, sie ist nicht aus Edinburgh. Sie kommt aus...«

»Schweden«, unterbrach Julia Liv und schenkte Patrick ihr strahlendes Lächeln.

»Schweden?«, fragten beide überrascht - allerdings aus verschiedenen Gründen - zurück.

»Was macht denn eine Schwedin im Lake District?«, wollte Patrick, verwirrt und aus dem Konzept gebracht, wissen.

»Vermutlich das Gleiche, was eine Schottin hier suchen würde. Berge und Seen. Und Bier, natürlich!«, sagte Julia, stand auf, nahm ihre leeren Gläser und ging damit zur Theke, um eine neue Runde zu holen.

Als sie wieder zurück kam, war Patrick von ihrem Tisch verschwunden.

»Schwedin?«

Julia setzte sich und trank einen Schluck, bevor sie Livs Frage beantwortete. »Natürlich, klingt viel interessanter als Deutsche. Außerdem bewahrt mich das vor Fußballkommentaren!«

Dieser Punkt war ihr gerade erst an der Theke eingefallen, als ihr Blick Zeit hatte, auf der Anzeigetafel zu ruhen, auf der das Fernsehprogramm vom morgigen Abend stand. Sie hatte ja keine Ahnung gehabt!

»Wieso?«, fragte Liv verblüfft.

»Finale. Weltmeisterschaft. Deutschland gegen Argentinien.« Julia schüttelte den Kopf über Livs Unwissenheit und grinste breit. »Du hast ja keine Ahnung!«

In dieser Nacht fiel Julia sofort in einen tiefen Schlaf, denn draußen vor dem Fenster rauschte der Regen. Das Wetter war so schlecht, dass es auch noch halb neun am nächsten Morgen, als sie die Augen wieder öffnete, noch nicht ganz hell geworden war. Sie hatte etwas geträumt. Etwas Schönes. Aber der Traum war verschwunden und blieb es. Auch als sie sich noch einmal zurücklegte, die Augen schloss und versuchte, wieder einzuschlafen.

»Ich habe das erste Mal auf Englisch geträumt«, sagte sie nicht ohne Stolz später am Frühstückstisch zu Liv.

»Na und«, antwortete diese schnippisch. »Was ist daran so besonders? Das tue ich dauernd.«

Matt kicherte.

Sie saßen zu dritt in der Küche und tranken Kaffee. Nicht das lösliche Zeug aus dem Glas, von dem Julia, seit sie in England war, zehrte. Sondern richtigen, echten Kaffee aus einer Maschine. Julia hatte gebührend den chromglänzenden, vollautomatischen schweizerischen Kaffeeautomaten bewundert, der sich in dieser Küche, die sonst ausstattungsmäßig in den zwanziger Jahren stehen geblieben zu sein schien, wie ein Pinupgirl in einer Gruppe Melkerinnen zu gebärden schien.

»Hab ich ihnen geschenkt«, hatte Liv beiläufig gesagt. »Wenigstens ein Grund, um immer mal nach Hause zu kommen.«

Matt rollte die Augen, als er Livs Bemerkung hörte, sagte aber nichts. Die Stimmung war locker und entspannt, da sie nur zu dritt waren. Das Ehepaar King war mit der Großmutter zum Gottesdienst gefahren.

»Und was macht ihr beiden heute noch bei diesem lieblichen Wetter?« Liv biss in eine Toastscheibe und schaute von Matt zu Julia und wieder zurück.

»Keine Ahnung«, sagten beide gleichzeitig.

»Wann fährst du zurück?«, wollte Matt von Liv wissen.

»In einer Stunde«, sagte sie nach einem Blick auf die Küchenuhr. »Ich treffe Jeremy in Carlisle am Zug.«

»Aha«, sagte Matt.

»Jeremy?«, fragte Julia.

»Jeremy, ihr Freund«, meinte Matt in einem Ton, den Julia nicht ganz deuten konnte. Dann stand er auf und verließ mit den Worten: »Bin gleich wieder da« die Küche.

»Jeremy, mein Freund«, bestätigte Liv Julia und grinste. »Willst du ein Bild sehen?«

»Ach komm, das hatten wir doch gestern schon!«

»Nein, ernsthaft«, Liv nahm ihr Telefon, das neben ihr auf dem Tisch lag und tippte darauf herum. Julia tat so, als wäre sie absolut uninteressiert an diesem Vorgang und sah stattdessen aus dem Fenster nach draußen in den strömenden Regen.

»Hier«, Liv hielt Julia das Telefon hin.

Nach dem gestrigen Vorfall und Matts nicht zu erklärender Reaktion hatte Julia mindestens damit gerechnet, dass ein Typ wie Vin Diesel sie von Julias Handy aus grimmig anstarren würden. Aber sie sah nur einen ganz normal wirkenden, dunkelblonden Typ in einem roten Pullover. Ein bisschen ähnelte er Matt.

»Sieht nett aus«, war ihre Reaktion.

»Ist er auch. Sonst wär ich nicht mit ihm zusammen.«

»Aber warum?« Julia wusste nicht weiter. Sie hatte sich in die Richtung gedreht, in die Matt verschwunden war und Liv begriff, was sie meinte.

»Jeremy arbeitet in der gleichen Branche wie ich. Wir haben uns im Job kennen gelernt.«

Julia zuckte mit den Schultern. Sie verstand immer noch nicht, wo genau das Problem lag.

»Genauer gesagt gehört ihm die Firma, in der ich arbeite.«

»Wow!« Julias Mund hatte sich zu einem überraschten »Oh« geformt. »Aber das ist doch toll? Oder, ist das nicht toll für deine Familie?«

»Nein, natürlich ist das nicht toll!« Liv lachte ein bisschen, als sie Julias Tonfall nachahmte. »Sie stehen halt nicht so auf neureiche Selbst-Verwirklicher, die ihr Geld mit Ballerspielen verdienen.«

Sie verstummte plötzlich, da Matt wieder in der Küche aufgetaucht war.

Er setzte sich hin, machte ein ernstes Gesicht auf und zog seine Tasse zu sich heran. »Julia, ich glaube, heute wird es nichts mit Wandern. Das Wetter ist ein wenig feucht.«

Julia lachte laut und kurz auf, als sie einen Blick auf die weiter fröhlich sich mit Regenwasser füllenden tiefen Pfützen sah. Das war die meteorologische Untertreibung ihres bisherigen englischen Sommers.

Sie brachten Liv zur Bushaltestelle, auch wenn diese sich mit Händen und Füssen dagegen gewehrt hatte.

»Natürlich bring ich dich noch«, hatte Matt protestiert. »Schließlich haben Mum und Dad das Auto und du musst den Bus nehmen.«

Er schulterte ihren Rucksack und trat vor die Tür, ohne Livs Proteste weiter zu beachten. Ihr blieb nichts anderes übrig, als ihm zu folgen. Julia bildete den Abschluss und versuchte mit einem überdimensionierten Regenschirm in der Hand mit den beiden Geschwistern Schritt zu halten. Sie erreichten die Haltestelle in Rekordgeschwindigkeit - so kam es Julia zumindest vor - als sie fast schon atemlos geworden endlich stehen bleiben konnte. Sie hob den Schirm, so dass dessen Dach nun auch Livs und Matts Köpfe vor dem unaufhörlichen Regen schützte.

Unerklärlicherweise hatte Matt, der gestern sich noch ausstaffiert hatte wie für das Erklimmen des Mont Blanc statt nur für den knapp tausend Meter hohen Berg, der es dann geworden war, heute noch nicht einmal einen Pullover übergezogen. Von einer Regenjacke ganz zu schweigen. Sein T-Shirt war auf dem kurzen Stück vom Pfarrhaus bis hierher ziemlich nass geworden, was ihn aber nicht zu stören schien.

Julia zog bei seinem Anblick den Reißverschluss ihrer Jacke noch ein Stückchen höher. Sie trat unruhig von einem Fuß auf den anderen, um sich warm zu halten und fragte sich, wann dieser verdammte Bus kommen würde. Der Regen tropfte, ihre Hand, die den Schirmgriff umklammerte, wurde immer klammer und Matt redete zu allem Überfluss auch noch vom Wetter.

Als der Bus endlich um die Ecke bog und vor ihnen stehen blieb, hatte sich hinter ihnen schon eine kleine Schlange gebildet. Matt legte Liv zum Abschied kurz die Hand auf die Schulter, sagte »Mach's gut, Liv« und drehte sich weg, was Julia mit Befremden beobachtete.

Bevor Liv zurückweichen konnte, hatte sie sie umarmt und gedrückt. »Hat mich gefreut, dich kennen gelernt zu haben!«, sagte Julia und meinte es auch genauso.

»Lass uns Billard spielen gehen«, sagte Matt, als der Bus abgefahren war und sie allein auf der wieder wie leer gefegten Straße standen.

»Billard? Okay.«

Julia hatte erwartet, dass sie in den Pub gehen würden. Ein Umstand, den Matts Mutter gewiss nicht gefallen würde - aber wahrscheinlich waren sie noch nicht zurück von der Kirche. Dann fragte sich Julia, ob die Pubs jetzt überhaupt schon geöffnet hatten. Sie hatte keine Ahnung. Vermutlich aber schon. Denn wo sollte man sonst hier an einem verregneten Sonntagmorgen auch hingehen?

Matt war schon in Richtung seines Elternhauses gelaufen, als Julia einen zögernden Blick auf den Pub, den sie gestern besucht hatten warf und der weiter die Straße runter - am anderen Ende des Dorfes - lag.

Dann rannte sie Matt hinterher, der mitten auf der Straße lief - wahrscheinlich um den Pfützen, die sich auf dem Fußweg und am Straßenrand gebildet hatten, nicht ausweichen zu müssen. Kein Auto war ihnen begegnet, als sie auf den Weg zum Pfarrhaus einbogen. Matt schüttelte sich wie ein nasser Hund, bevor er die Tür öffnete. Julia öffnete den ebenfalls nassen Schirm und stellte ihn zum Trocknen demonstrativ in Matts Weg, so dass er ihn mit dem Fuß zur Seite schieben musste, um an ihm vorbeizukommen.

»Äh«, fragte sie nun doch, »und was ist mit Billard?«

Statt ihr eine Antwort zu geben, öffnete Matt eine Tür, die von der Eingangshalle abging und in einen kurzen Gang führte. Neugierig folgte ihm Julia, als er eine weitere Tür öffnete und sie in einem großen Raum, fast schon einem Saal, standen. Dort gab es einen Billardtisch, an der Wand hing eine Dartscheibe, daneben standen zwei hohe Schränke und in einer langen Reihe waren mindestens fünfzehn Stühle neben- und übereinander gestapelt worden.

Matt schloss die Tür hinter ihr und lehnte sich grinsend dagegen.

»Du hast doch nicht etwa gedacht, dass ich mit dir wieder in den Pub gehen und meiner Mutter Kummer bereiten würde?«

»Doch, ehrlich gesagt, schon!«

Julia hatte sich die Pfeile von der Dartscheibe genommen, war ein paar Schritte zurückgegangen und warf den ersten Pfeil. Er landete im Rand.

»Und was ist bitte der Unterschied«, wollte sie wissen und warf den zweiten Pfeil, »zwischen hier und einem Pub?«

»Zunächst einmal die totale Abwesenheit von stimulierenden Getränken«, begann Matt und wollte weitere Punkte aufzählen. Er wurde aber von Julia unterbrochen, die wissen wollte, was das eigentlich für ein Raum war, in dem sie sich befanden.

»Euer Spielzimmer?«

»Klar, auch. Aber zuallererst eine Art kirchlicher Treffpunkt, um die Dorfjugend anzuziehen.«

»Sehr kirchlich«, prustete Julia und freute sich, als ihr Pfeil fast im Zentrum der Scheibe stecken blieb.

»Das hier ist also okay für deine Mutter? Ein Pub oder solche Spiele, die Liv macht, sind es aber nicht?«

»Du musst das so sehen«, Matt setzte sich auf den Billardtisch. »Das hier sind harmlose Aktivitäten, die das Zusammensein erträglicher machen. Dinge, die, neben anderen natürlich, auch den Pub besonders anziehend machen. Warum also soll sich die Kirche etwas Neues ausdenken, wenn es doch schon längst ein gut funktionierendes und vor allem anziehendes System gibt, das sie für ihre Zwecke nutzen kann?«

Julias erhobener Arm mit dem Pfeil in der Hand war bei diesen Worten auf halber Höhe stehen geblieben. Konzentriert und mit gerunzelter Stirn versuchte sie seinen Worten zu folgen, gab dann aber entnervt auf.

»Häh?«

»Man muss die Menschen amüsieren - hat schon Oscar Wilde festgestellt.« Matt sprang vom Tisch herunter und nahm sich einen Queue.

»Komm, lass uns spielen!«

Julia hob wieder den Arm holte aus und warf den letzten Pfeil, der prompt an der Scheibe vorbei folg und in der Seitenwand des Schrankes, der daneben stand, mit einem lauten Ploppen stecken blieb.

»Ups!«

Matt hatte den Kopf gesenkt - um sein breites Grinsen zu verbergen - und schüttelte stumm den Kopf.

Julia rannte erschrocken zum Schrank und zog den Pfeil heraus. Dann untersuchte sie das Holz und fand nicht nur ein Loch, sondern mindestens zehn, in dem Bereich, in dem ihr Pfeil gelandet war. Erleichtert, aber auch ein bisschen sauer auf Matt, dessen Reaktion ihr erst einen solchen Schrecken verpasst hatte, drehte sie sich zu ihm um und warf ihm einen bösen Blick zu. Er hatte begonnen, die Kugeln auf dem Tisch zurecht zu legen und ignorierte sie.

Bevor Julia den Pfeil zurück zur Dartscheibe brachte, inspizierte sie das Regal, das neben dem Schrank, der ihren Pfeil abgefangen hatte, stand und voller DVDs war. Eine der Hüllen hatte sofort ihre Aufmerksamkeit gefangen.

»Habt ihr hier auch Filmabende?«, fragte sie Matt.

»Manchmal. Aber im Moment ist der Beamer kaputt, da läuft nicht mehr so viel.«

Julia hatte die DVD-Packung aus dem Regal genommen und wischte den Staub, der darauf lag, an ihrem Pullover ab. Dann ging sie zu Matt und legte ihren Fund auf den Tisch.

»Was ist damit?«

»Meinst du, ich kann mir das leihen?«

»Das?«, fragte er einigermaßen verblüfft. »Kennst du das nicht auswendig?«

»Nein, natürlich nicht! Ich habe nur die erste Folge gesehen. Hab ich dir das nicht erzählt?«

Matt stützte sich mit beiden Händen auf dem grünen Tuch des Tisches ab und schaute ihr direkt in die Augen: »Eine Folge ›Sherlock‹ reicht, damit du dein ganzes Leben umschmeißt? Ich glaube, ich muss mir diese Serie noch mal genauer ansehen. Was hab ich da nur verpasst?«

Nach dem Lunch, bei dem sie wieder fast vollständig im Esszimmer versammelt waren, saß Julia allein mit der Großmutter im Wohnzimmer. Matt war von seinem Vater ins Arbeitszimmer beordert worden, um ihm bei einem dubiosen Problem mit seinem Computer zu helfen. Matt zog ein gequältes Gesicht, trottete aber dann doch folgsam hinter seinem Erzeuger her. Warum hatte Ian nicht seine Programmierertochter um Hilfe gebeten, solange sie noch dagewesen war, fragte sich Julia im Stillen. Familienlogik, Familiensensibilitäten.

Sie warf einen Blick zur Großmutter, die aber wie immer in ihrer eigenen Welt versunken zu sein schien. Zufrieden lächelnd saß sie in ihrem Sessel am Fenster und legte einen Schal, der auf ihren Knien lag, zusammen.

Julia ging zum Bücherregal, das vorwiegend mit repräsentativen Exemplaren, vorzugsweise Bildbänden, gefüllt war. Sie griff sich das Erstbeste. Ein kompaktes Buch, dick und schwer wie ein Ziegelstein. Sie drehte es so, dass sie den Titel lesen konnte. Ein Buch über Cricketregeln. Nach einem kurzen Blättern darin stellte sie es wieder zurück. Sie hatte eine vage Vorstellung davon, was Cricket war - weißgekleidete Männer und Schläger kamen ihr in den Sinn - aber ein Spiel, das so viele Regeln brauchte, konnte - in ihren Augen - definitiv keinen Spaß machen.

Sie fuhr mit dem Finger über eine Reihe weiterer Buchrücken - alles über den Lake District war da: Wanderführer, Landkarten und Bildbände. Darunter fand sich eine Reihe Kochbücher. Sie war zwar satt und zufrieden, nahm sich aber dennoch eines heraus und setzte sich zur Granny ans Fenster.

Ein ganzes Buch über einen Herd und wie man damit kochte, briet und backte, hatte sie da erwischt. Das musste dieses Monstrum sein, welches sie in Mrs. Kings Küche hatte stehen sehen. Wo war sie eigentlich abgeblieben, fragte sie sich und schaute von ihrem Buch auf. Ihr Blick blieb an der Großmutter hängen, die aufgehört hatte, den Schal zu falten und sie mit wachen Augen ansah.

»Dieser Freund von dir - ist er nett?«

Julia schaute sich erst kurz um, bevor sie sicher war, dass es tatsächlich Granny war, die diese Frage gestellt hatte. Seit sie angekommen war, hatte die Großmutter nur zwei Sätze gesprochen - beide in einem ganz anderen Tonfall und mit einer anderen Stimme als diese Frage jetzt. Klar und jung klang heute ihre Stimme. Trotzdem begriff Julia nicht den Sinn ihrer Frage.

»Welcher Freund? Ich habe keinen Freund.«

Granny legte ihren Oberkörper ein bisschen nach vorn, so, als teilten sie ein Geheimnis.

»Dieser Freund, wegen dem du nach England gekommen bist. Ist das nicht dein Freund? Ist er nett?«

»Das ist nicht mein Freund!«, rief Julia entsetzt. »Ich kenne ihn nicht einmal.«

»Nein?« Sie klang enttäuscht und lehnte sich wieder zurück. »So, warum bist du dann hergekommen, wenn er nicht nett ist?«

»Ich habe nicht gesagt, dass er nicht nett ist. Wahrscheinlich ist er das. Bestimmt. Ich kenn ihn ja nicht. Auf jeden Fall ist er ungewöhnlich.«

»Ungewöhnlich? Mhm.«

Hörte Julia so etwas wie Missbilligung aus dieser Reaktion heraus?

»Männer müssen wohl ungewöhnlich sein. Werde nie verstehen, was schlecht an einem gewöhnlichen, treuen und liebevollen Mann sein soll.« Sie begann, den Schal zusammen zu rollen. »Mein Frank war ein ganz gewöhnlicher Mann. Er hat mich glücklich gemacht bis zum Schluss.« Granny hatte den Schal zusammengerollt auf dem Fensterbrett platziert, um ihn glatt zu streichen.

»Mary dagegen, die hatte einen ungewöhnlichen Mann gebraucht. Französisch musste er sein. Nach drei Jahren hat er sie sitzen gelassen mit ihrem kleinen Jules.«

Julia rutschte unruhig geworden auf ihrem Sessel hin und her.

»Aber es geht mir doch gar nicht darum, mit ihm zusammen zu kommen. Ich will ihn nur einmal treffen.«

»Oh«, sagte Granny ungerührt. »Damit fängt es immer an. Mit einem Treffen. Manchmal reicht das auch schon.«

»Ja, natürlich. Aber bei mir ist das anders«, Julia suchte nach Worten und einer Erklärung. »Ich schwärme doch nur für ihn. Das ist alles.«

Die Granny hatte nur fragend die Augenbrauen hochgezogen und sagte nichts. In diesem Moment waren Schritte und Stimmen aus der Eingangshalle zu hören. Matt und Ian kamen zurück.

Julia hatte in diese Richtung geschaut und erschrak, als sich plötzlich die kleine, zarte und sich kühl anfühlende Hand von Granny auf ihren Arm legte und diese sagte:

»Es ist eine Sache, ungewöhnlich zu sein und so auszusehen. Eine ganz andere ist es, auch noch ungewöhnlich zu heißen. Das ist für meine Begriffe ein bisschen zu stark aufgetragen. Denkst du nicht auch, Julia?«

»Sie hat mit dir über Frank gesprochen?« Matt war ganz aufgelöst, als Julia ihm später im Zug von ihrem kurzen Gespräch mit seiner Großmutter erzählte.

»Nur ganz kurz«, wiegelte Julia ab, »und über eine Mary hat sie auch etwas gesagt.«

»Ihre Schwester Mary? Sie ist schon seit über zehn Jahren tot.« Matt lehnte traurig den Kopf gegen die Fensterscheibe. »Es ist zu schade, dass ich einen ihrer wirklich wachen Momente verpasst habe. Die sind so verdammt selten geworden!«

»Ich weiß nicht«, Julia zögerte, »aber mir scheint, sie kriegt mehr mit, als sie euch zeigt.«

Matt sah sie zweifelnd an und sagte nichts darauf.

Am Abend waren sie wieder in London. »Damit du rechtzeitig zum Finale deiner Mannschaft da bist!«, hatte Matts Mutter fürsorglich zu Julia gemeint, als sie sie zum Bahnhof gebracht hatte. Julia hatte nur gelacht.

Sie stellten ihre Taschen im Flur der stillen WG ab - Pat und Morena waren anscheinend nicht daheim - und fühlten sich beide merkwürdig befangen und fast schon verpflichtet, nach so viel gemeinsam verbrachter

Zeit nicht einfach schnöde auseinander zu gehen.

»Weißt du, was ich heute gucken werde?«, fiel Julia ein, Matt zu fragen.

Er stieß ein dramatisches Seufzen aus: »Ich fürchte, ich weiß, was du dir ansehen willst - und es wird nichts mit Fußball zu tun haben!«

»Willst du mit gucken?«

Matt fühlte sich in Versuchung, ja zu sagen - was erwartete ihn denn schon, außer seinem leeren, ungemütlichen Zimmer? Aber seine Vernunft siegte und er schüttelte bedauernd den Kopf.

»Nein, besser ich räum mal mein Zimmer auf. Das wollte ich schon seit Wochen machen!«

»Wie du meinst!« Julia wirkte enttäuschend un-enttäuscht und verschwand glücklich und zufrieden mit ihrer DVD-Box in der einen und der Tasche in der anderen Hand in ihrem Kabuff.

»Guten Morgen!«, grüßte sie aufgeräumt am nächsten Tag, als sie ihren Putzwagen in das erste Patientenzimmer schob. Nur Mr. Miller reagierte auf ihren Gruß. Er drehte langsam seinen Kopf in ihre Richtung und sagte: »Guten Morgen? Junge Lady, was hast du denn gestern Nacht gemacht?«

»Oh«, Julia sah an auf die Uhr, die über der Tür hing und deren Zeiger auf der zwei standen. Sie hatte völlig vergessen, dass sie diese Woche zum Spätdienst eingeteilt worden war und deshalb erst nach dem Mittag mit der Arbeit angefangen hatte. Ein Umstand, der ihr nach der gestrigen Videonacht sehr entgegen gekommen war.

»Nichts Besonderes«, flötete sie als Antwort auf seine Frage und klopfte sich dann aber mit der Hand auf ihre Kitteltasche. »Aber vorhin war ich noch in einem kleinen Buchladen und habe etwas für dich besorgt.«

Erfreut sah sie, wie seine Augen Glanz annahmen und er versuchte, sich im Bett mit dem Oberkörper etwas höher zu schieben. Seit sie ihn am Freitag das letzte Mal gesehen hatte, schien er älter, bleicher und zerbrechlicher geworden zu sein. Vielleicht lag es auch an dem Vergleich mit Matts Granny, die zwar ebenfalls alt und krank war, aber im Gegensatz zu Mr. Millers, also Robs, Zustand und Aussehen noch einem jungen Reh zu gleichen schien.

»Was ist es?«, wollte er wissen.

Julia blieb stehen, lehnte den Wischer an die Wand und zog das Buch aus ihrer Tasche. Es waren die schönsten Gedichte von Rainer-Maria Rilke - zumindest behauptete das der Titel - in einer deutschen Ausgabe.

»In Deutsch? Du musst mir vorlesen!«

»Natürlich!«, versicherte ihm Julia und griff gerade rechtzeitig zum Wischer, denn Abby steckte gerade ihren Kopf durch die Tür. »Julia, ich brauche dich nebenan!«

»Nachher, in meiner Pause«, wisperte Julia noch Rob zu, als sie den Putzwagen Abby hinterher durch die offene Tür rollte.

Sie hielt ihr Versprechen. Statt in die Cafeteria zu gehen, aß sie schnell eine Banane im Stehen vor ihrem Spind und schlich sich dann in Robs Zimmer. Dort zog sie sich einen Stuhl neben sein Bett und griff sich das kleine Buch, das sie auf seinem Nachtisch zurückgelassen hatte.

»Und welches soll ich lesen?«, fragte sie ihn, als sie das Buch aufgeschlagen hatte. »Es sind unglaublich viele!«

»Such dir eins aus!«, war nur die Antwort.

»Mhm«, unschlüssig blätterte Julia im Buch.

»Okay, nimm das auf Seite einundachtzig«, befahl ihr Rob, der ungeduldig ihrem stummen Blättern zugesehen hatte.

»Warum gerade das?«, wollte Julia wissen, die das Buch an der entsprechenden Seite aufschlug.

»Ich hätte auch die zweiundfünfzig nehmen können oder die hundertachtzig. Kein Grund. Nur so. Oder meinst du, das sollte eine Bedeutung haben?«

Julia schürzte die Lippen und schüttelte den Kopf. »Nein, natürlich nicht. Obwohl ich die hundertachtzig nicht gelesen hätte.«

»Tatsächlich? Zu deprimierend?«

»Ich habe ja die Befürchtung, dass sie das alle ein bisschen sind. Aber nein, das Buch hat nur hundertneunundfünfzig Seiten. Nur damit du Bescheid weist!«

Sie las von Seite einundachtzig bis neunzig, als sich die Tür öffnete und Abby gefolgt von einem Mann ins Zimmer kam. Julia fühlte sich ertappt, stoppte mitten in der Zeile und ließ das Buch sinken.

»Oh, hier bist du?«, wollte Abby wissen. »Ich dachte, du bist in der Cafeteria zur Pause? Liest du Mr. Miller vor? Das ist nett. Hier ist Mr. Millers Sohn Ralph. Er hat heute keine Zeit, zur Besuchszeit zu kommen, deswegen wollte ich ihn jetzt zu ihm bringen. Oh«, sie sah zu Mr. Miller hin und dann zu seinem Sohn, »er ist eingeschlafen.«

Julia fühlte sich schuldig und war schnell aufgestanden.

»Soll ich ihn wecken?«

»Ich bin nicht eingeschlafen«, ließ sich Rob vernehmen und wie zum Beweis riss er die Augen auf. »Ich habe nur zugehört. Ist das schön, wenn sich so viele Leute um einen einzigen alten Mann bemühen! Hallo, Ralph!«

Julia und Abby verließen gemeinsam das Zimmer. Gerade als Abby die Tür schließen und Julia gleichzeitig etwas fragen wollte, pingte Julias Handy in ihrer Hosentasche. Sie hatte eine Nachricht bekommen.

»Ich hoffe, dass das, was ich gerade gehört habe, nur deine Uhr war und nicht etwa dein Telefon, was ja, wie du wohl weißt, hier auf Station nicht erlaubt ist?«

Julia verzichtete auf eine Antwort und nahm die nächste Tür zum Treppenhaus, um von da zu ihrem Spind zu rennen. Ihr blieben noch fünf Minuten von ihrer Pause.

Die Nachricht war von ihrer Mutter. ›Und, hast du schön gefeiert gestern?‹, las Julia.

Gefeiert? Julia grübelte, als sie jetzt langsameren Schrittes zum Umkleideraum ging. Wieso denn das? Und was nur?

Die Tür zur Umkleide öffnete sich, als sie herein wollte und Mohammed ließ sie an sich vorbei hineingehen.

»Gratuliere, Weltmeister!«, sagte er, bevor er sich daran machte, den Raum zu verlassen.

»Wie bitte?« Julia schaute ihn verblüfft an und steckte ihr Telefon weg.

Mohammed stand in der offenen Tür und machte eine Bewegung mit dem Fuß, als wolle er einen Ball wegschießen. »Weltmeister? Deutschland? Gestern war Finale!« Er grinste breit und ging dann. Bei Julia fiel nun mehr als nur ein Groschen. Sie zog ihr Handy wieder aus der Tasche und rief die Nachricht ihrer Mutter wieder auf. Jetzt wusste sie, was sie antworten konnte, ohne sich total zu blamieren.

8 DIE WELT IST EINE BÜHNE...[i]

Julia lief Matt bis Ende der Woche nicht mehr über den Weg. Er hatte Früh- und sie Spätdienst. Wenn sie nach zehn Uhr abends in der WG eintrudelte, war er schon längst im Tiefschlaf. Nachdem sie das Wochenende fast ununterbrochen zusammen gewesen waren, hatte Matt jetzt so etwas wie Entzugserscheinungen. Nicht, dass er diese Tatsache vor irgendjemanden zugegeben hätte.

Aber am Donnerstagabend stellte er sich doch tatsächlich den Wecker auf zehn nach zehn des gleichen Tages. Es war schließlich halb elf, als er endlich weit genug wach war, um sich zu Julias Kabuff zu schleppen. Er stand ein paar Sekunden vor der geschlossenen Tür und lauschte auf Geräusche aus dem Inneren des Zimmerchens. Totenstille. Müde versuchte er sein Hirn, das sich noch im Traummodus befand, zum Nachdenken anzutreiben. Nach seiner Berechnung hätte Julia ungefähr gegen zehn Uhr zu Hause sein müssen. Es sei denn - natürlich - sie war noch unterwegs in der Stadt, einen trinken beispielsweise. Mit einer Kollegin.

Vielleicht auch einem Kollegen.

Plötzlich schwach auf den Beinen, lehnte er sich an die Tür. Dahinter hörte er ein leises Rascheln. Zaghaft klopfte er drei Mal. Nichts passierte. Er wartete, hob dann wieder die Hand und klopfte noch einmal - dieses Mal klang es unverschämt und unanständig dröhnend laut in seinen Ohren. Er sah sich geduckt und fast schon wie ein geprügelter Hund um, ob eine seiner anderen Mitbewohnerinnen empört aus ihrem Zimmer stürmen und ihn zur Rechenschaft ziehen würde. Dann fiel ihm ein, dass beide in die Ferien gefahren waren und bis zum nächsten Wochenende auch dort zu bleiben gedachten. Auch hinter Julias Tür gab es niemanden, der seinen Wagemut in irgendeiner Weise einer Reaktion würdig befand. Unschlüssig blieb er noch kurz vor der Tür stehen und fragte sich, ob seine Ohren ihm einen Streich gespielt hatten.

Eine andere Erklärung für dieses Geräusch - kleine Nagetiere beispielsweise - konnte er sich absolut nicht vorstellen. Bei dem Bohei, das Julia um Sauberkeit und Aufräumen trieb. Nachdenklich ging er in die Küche, als sich in seinem Rücken Julias Tür öffnete und er, aber auch sie, die in der offenen Tür stand und ihn mit großen Augen ansah, höllisch erschraken, jeweils den anderen so unerwartet vor sich zu finden.

»Ich dachte, du schläfst?«

»Hast du geklopft? Ich hab nichts gehört, weil...«, Julia deutete auf den Laptop, der auf ihrem Bett stand und an dem Kopfhörer angeschlossen waren.

»Ich wollte dich nicht stören«, Matts Müdigkeit war verflogen, aber seine Entschlossenheit leider ebenfalls. »Ähm. Meine Mutter hat angerufen.«

Julias Aufmerksamkeit schien zwischen Laptop und ihm hin und hergerissen zu sein. Obwohl er eindeutig das Gefühl hatte, dass sie momentan den Laptop anziehender fand. Ein niederdrückendes Gefühl. Was machte sie da eigentlich?

»Meine Mutter hat angerufen und gemeint, du hättest was liegen gelassen. Soll sie dir das nachschicken?«, sagte er schnell und versuchte, auf dem Bildschirm etwas zu erkennen. Es sah aus wie ein pausierter Film.

»Was vergessen?«, sie runzelte die Stirn. »Ich hab nix vergessen. Soweit ich weiß.«

»Eine Tüte Kekse?«, schlug Matt vorsichtig vor. Er verschwieg die kleinen Hinweise und Sticheleien, die seine gekränkte Mutter nicht hatte unterlassen können, ihm telefonisch mitzuteilen.

›Sie hätte ja sagen können, dass es zu wenig Essen gab. Oder das sie es nicht mochte. Oder was weiß ich, warum sie Kekse auf ihrem Zimmer horten muss. Ausgerechnet Kekse! Als hätten wir nicht genug davon in England, bringt sie auch noch ihre eigenen aus Deutschland mit.‹

Bei seinen Worten glättete sich plötzlich Julias Stirn. »Ach, *die* Kekse«, rief sie. »Die sind für deine Eltern gewesen. Als Dankeschön für ihre Einladung. Waren eigentlich ein Gastgeschenk für die Leute bei meinem Praktikumsplatz - aber, na, du weißt schon.«

Matt wurde rot, was Julia glücklicherweise nicht bemerkte. Er murmelte etwas, dass nach ein paar dankbaren Worten klingen sollte, war aber selbst zu peinlich berührt, um sich richtig bedanken zu können. Immerhin hatte ihn seine Mutter in ihrer beleidigten Hausfrauenehre so weit angesteckt, dass er sich sogar den Wecker gestellt hatte, um die Angelegenheit noch heute klären zu können.

Julia war zu ihrem Computer zurück gegangen und machte Anstalten, sich wieder vor dem Bildschirm auf dem schmalen Bett niederzulassen.

»Was machst du da eigentlich?«, wollte Matt wissen, der einen Schritt näher getreten war.

»Video schauen. Willst du mitgucken?«

Er musste breit grinsen, als er sie musterte, wie sie selbst, klein wie sie war, kaum Platz auf diesem Bett fand, um einigermaßen bequem zu sitzen.

»Wohl kaum hier.«

Was sie sich ansah, brauchte er nicht fragen. Inzwischen hatte er in der Gestalt auf dem Bildschirm die gleiche Person ausgemacht, die ihm von einem Poster an Julias Tür aus perserkatzengrünen Augen anstarrte.

»Macht das Spaß, auf so einem kleinen Bildschirm Filme zu schauen?«

»Klar«, Julia nahm sich die Ohrstöpsel vom Bett. »Ich liebe es.«

»Das heißt, du würdest keinen zwanzig Zoll großen Bildschirm vorziehen?«

Abwartend sah ihn Julia, mit den Ohrstöpseln in der Hand, an. »Och, nö, ein doppelt so großer Bildschirm macht sicher nur halb so viel Spaß.«

»Na dann«, sagte Matt bedauernd und drehte sich um.

»Wieso?«, wollte sie nun doch wissen.

Er blieb stehen. »Zufällig befindet sich ein Bildschirm mit zwanzig Zoll großem Durchmesser in meinem Besitz.«

»Tatsächlich? Das ist schön für dich!«, sie grinste ihn breit an. »Falls das ein Angebot war, deinen Fernseher zum Schauen zu nutzen, ist das echt lieb von dir. Aber ich kann doch nicht einfach stundenlang bei dir Filme anschauen. Schon gar nicht welche, die du verachtest.«

Matt öffnete protestierend den Mund. Das war dann doch zu stark, bevor er aber etwas sagen konnte, hatte sie auch schon zur Rundumkeule ausgeholt.

»Außerdem müsste ich dann bis morgen Abend warten.«

»Wieso?«

Sie hatte sich schon den rechten Hörer ins Ohr gestopft und sah ihn jetzt mit einem langen Blick über die Schulter an.

»Ich weiß, dass du morgen Frühdienst hast und in knapp sechs Stunden aufstehen musst. Du solltest längst schlafen.«

Matt zuckte lässig mit den Schultern und meinte in diesem Moment sogar, was er sagte: »Na und?«

Sie sahen »Scandal in Belgravia«. Ausgerechnet die erste Szene, die Julia auf Matts Fernseher zu Gesicht bekam, war ein halbnackter Sherlock. Matt saß versteinert neben ihr, während sie sich königlich amüsierte. Lange hielt er diese Position allerdings nicht durch, da sie die Gelegenheit nutzte, einen Muttersprachler, dazu auch noch einen Londoner, neben sich zu haben.

»Wen meinen sie damit?«, wollte sie wissen, als Anspielungen auf ein junges, weibliches Mitglied der königlichen Familie fielen.

Matt blies die Backen auf und zuckte mit den Schultern.

»Mann, du bist mir vielleicht ein Untertan!« Julia knuffte ihn freundschaftlich in die Seite, ohne dabei die Augen vom Bildschirm zu nehmen.

Als er sie ein bisschen später fragte, ob sie denn - wie geplant - das

British Museum besucht hatte, musste er seine Frage wiederholen.

Dieses Mal zuckte sie gleichgültig mit den Schultern. »Ach, naja. Ganz schön eigentlich. Aber ich hab's nicht so mit Geschichte. Außerdem kosten die Sonderausstellungen doch alle was. Wusstest du das?«

Matt zog fragend die Augenbrauen hoch und versuchte, einen neutralen Gesichtsausdruck zu wahren.

Julia, deren Blick für ein paar Sekunden nicht am Bildschirm klebte, rief laut: »Ha, du warst noch nicht drin! Gib es zu!«

Er reagierte nicht, da er gerade mit wachsender Begeisterung zusah, wie Sherlock und - besser noch - sein Darsteller, von John Watson verprügelt wurde. An diese Szene konnte er sich gar nicht mehr erinnern. Sie hatte nur einen großen Nachteil - sie war ganz einfach viel zu kurz.

»Natürlich war ich noch nicht in diesem Museum. Man kann ja schließlich nicht alle Museen einer Stadt besuchen.«

Sie schwiegen, bis Sherlock sich mit seinem stöhnenden Telefon daheim im Schlafzimmer wiederfand. Julia krümmte sich vor Lachen über den unter Drogen stehenden Mann. Selbst Matts Mundwinkel bewegten sich kurzzeitig nach oben. Eine gute Show, keine Frage, dachte er.

»So, wie fandest du denn dann das Museum of London?«

Matt verstand erst, dass Julia mit ihm gesprochen hatte, als er ihren Blick bemerkte.

»Museum of London?«

»Wenn du bisher keine Zeit für das British Museum gehabt hast, wird's doch aber für das Museum of London gereicht haben? Oder die Tate Modern? Oder die Tate Britain?«

»Haha, ich studiere hier, Julia. Hast du das etwa vergessen?«

»Nein, nein, aber du kannst mich ja in eines von diesen Museen begleiten. Schadet dir bestimmt nicht, deinen Horizont bisschen zu erweitern.« Julia wandte ihm kurz ihr Gesicht zu und grinste breit. Dann sahen sie sich den Rest des Films schweigend an.

Julia mochte Irene Adler unerträglich finden - schön, klug und perfekt gekleidet wie sie war, Matt dagegen hatte mehr Probleme mit deren männlichen Gegenpart - aber am Ende hingen sie doch beide regungslos an Sherlocks Haken und wollten endlich die Auflösung präsentiert bekommen. Matt hatte die letzten Minuten des Films, der, genau wie er selbst, leider etwas an Schwung verloren hatte, Probleme, die Augen offen zu halten. Dankbar registrierte er nun im Dämmerschlaf, dass der Abspann lief und Julia sich beeilte, die DVD aus dem Player zu nehmen und seinen Fernseher auszuschalten.

»Du wirst mich dafür noch hassen«, sagte Julia, als sie ihm noch eine gute Nacht wünschte und in ihrem Kabuff verschwand.

Natürlich tat er das nicht. Selbst wenn er solche niederen Gefühle hegen sollte, hätte er eine ganz andere, nahe liegende (ihm leider nicht persönlich bekannte) Zielperson gewählt, die sich wunderbar dafür eignete, solche und ähnliche gearteten Emotionen auf ihn zu übertragen. Er war nicht einmal besonders müde. Dafür hatte er aus ihm unerklärlichen Gründen unbändige Lust, sämtliche Mülleimer, an denen er vorbei kam, zu treten.

Nachdem er sich morgens in Barts umgezogen hatte, donnerte er mit mehr als nötigen Schwung die Tür zu und klemmte sich dabei die linke Hand ein. Gedämpft fluchend hüpfte er eine Weile zwischen den Spinden herum, bis ein anderer Krankenpfleger herein kam, den er zuvorkommend grüßte und dann nach draußen ins Treppenhaus verschwand, um auf seine Station zu gehen.

»Idiot!«, sagte er laut in den stillen Gang und erschrak über seine eigene Stimme.

Danach blieb ihm keine Zeit mehr, sich über seine persönlichen Unzulänglichkeiten aufzuregen. In der Nacht hatten sie eine neue Patientin mit schweren Kopfverletzungen herein bekommen. Die Oberschwester sah gerade ihre Sachen durch, da noch immer niemand aus ihrer Familie über den Unfall informiert worden war.

»Ich glaube, sie kommt aus Russland«, hörte Matt sie sagen, als er ins Zimmer kam.

Sie stand mit dem Pass der Patientin da und dreht ihn unschlüssig in der Hand. Die Sozialarbeiterin neben ihr blätterte ein Buch durch, das sie anscheinend unter den persönlichen Sachen der Frau gefunden hatte.

Matt sah seiner Kollegin Sharon über die Schulter. »Für mich sieht das eher nach einem ukrainischen Pass aus«, sagte er.

»Ukraine? Bist du sicher?«, Sharon sah ihn fragend über den Rand ihrer Brille hinweg an und reichte ihm den Pass.

»Ausgerechnet Ukraine«, murmelte die Sozialarbeiterin, Jeannette, kopfschüttelnd.

»Wieso?«

»Hörst du keine Nachrichten?«, Jeannette machte sich daran, den Raum zu verlassen. »Ich versuche, einen Dolmetscher aufzutreiben und jemanden von der Behörde zu erreichen.«

Sharon kontrollierte die zahlreichen Monitore, die um das Bett der Frau herumstanden und murmelte: »Ich glaube nicht, dass wir einen Dolmetscher brauchen werden.«

Matt wechselte eine der Infusionen, kontrollierte den Behandlungsplan, setzte sein Häkchen und verließ dann mit einem letzten Blick auf die schlafende Frau den Raum. Ihr Vorname war in seinem Kopf haften geblieben, so dass er hellhörig wurde, als er ihn später vor dem Stationszimmer hörte. Sie hieß Irene.

Ein Polizist stand im Gang und sprach mit Sharon.

»Niemand hat etwas gesehen. Was soll man auch erwarten?«, traurig schüttelte der grauhaarige Verkehrspolizist den Kopf. »Wenn sie sich melden, fliegt auf, dass sie keine Arbeitsgenehmigung haben und dann - ab nach Hause. Hier in London werden wir jedenfalls keine Angehörigen finden. Probieren sie's bei ihr daheim.«

Matt sah Sharon fragend an.

»Irene, die Frau mit den Kopfverletzungen?« Sie nickte. »Von einem LKW überfahren. Kam gerade vom Begräbnis ihres Bruders. Es waren zwar andere Leute dabei, aber die sind jetzt natürlich wie vom Erdboden verschluckt. Keine Ahnung, wen man anrufen soll. Und wer das tun soll. Jeannette ist mit der Familie des kleinen Bob jedenfalls vollkommen ausgelastet.« Sharon sah ihn mit einer Mischung aus Verzweiflung und Hoffnungslosigkeit an.

»Ich schau, ob ich was rausfinde«, versprach er ihr und ging ins Stationszimmer zurück. Eigentlich hatte er gleich Dienstschluss, war wirklich hundemüde und dazu auch noch hungrig. Andererseits war morgen Wochenende, zu Hause wartete nur sein immer noch chaotisch aussehendes Zimmer auf ihn und das Wetter, stellte er nach einem kurzen Blick durchs Fenster fest, sah auch nicht vielversprechend aus.

In der Behörde erreichte er niemanden. Natürlich - er sah auf die Uhr - es war Freitagnachmittag, wahrscheinlich waren alle schon nach Hause gegangen. Die Botschaft hatte Jeannette schon informiert und dort hatte man - leider, leider - noch keine Neuigkeiten für ihn.

Er gab ihren Namen bei Google ein und stieß sogar auf einige ukrainische Webseiten. Das nützte ihm herzlich wenig, da er kein ukrainisch verstand oder gar lesen konnte. Entnervt lehnte er sich zurück und überlegte, was er Sharon sagen sollte. Immerhin hatte er sich bemüht, aber warum sollte er Erfolg haben, wo Jeannette - deren eigentliche Aufgabe das doch war - versagt hatte?

Ausgerechnet dann kam ihm Sherlock in den Sinn. Für den wäre es vermutlich ein Leichtes gewesen, aus der Kleidung und den persönlichen Gegenständen der Frau zu lesen. Beispielsweise, dass sie auf einem Begräbnis gewesen, vor drei Tagen über Schweden nach London gereist, um ihre Spuren zu verwischen, aber am Ende doch von einem russischen LKW, der seine geheime Ladung mit polnischen Äpfeln getarnt hatte, überrollt worden war... Matt fuhr sich mit beiden Händen durch die Haare und massierte seine Kopfhaut.

Nein, Fernsehserien nach Mitternacht zu schauen war keine gute Idee.

Immerhin hatte ihn sein müdes Hirn, das gerade dabei gewesen war, Amok zu laufen, auf eine Idee gebracht.

Er sah die Sachen der Frau durch und fand, was er gesucht hatte. Ihr Handy war noch von der alten Generation - kein Smartphone und die Texte darin natürlich für ihn absolut unverständlich. Aber immerhin hatte dieses Telefon Symbole und er brauchte nicht lange, um herauszufinden, dass mit ihm fast nur eine Nummer angerufen worden war. Und das mehrmals täglich.

Gefundenes Fressen für Verschwörungstheoretiker, dachte er sich, schrieb sich dann die Nummer ab und machte sich auf die Suche nach Jeannette.

»Hast du einen Dolmetscher aufgetrieben?«, fragte er sie, als er sie endlich in der Cafeteria aufgespürt hatte.

Sie schluckte schnell das Stück Fleisch, dass sie im Mund hatte, runter: »Ja, aber der ist bis«, sie sah auf ihre Uhr und trank dann einen Schluck Wasser, »bis in einer Stunde in einem Job drin. Im Moment hat er wahnsinnig viel zu tun.« Sie stellte ihren Teller aufs Tablett und stand auf. »Wieso?«

»Ich habe da eine ukrainische Nummer, die er zuallererst mal anrufen sollte.« Matt steckte ihr den Zettel unter ihr Klemmbrett, das sie sich auf ihr Tablett legte und sah ihr nach.

Eigentlich war er hungrig und hier roch es natürlich aufdringlich nach Essen. Allerdings war ihm beim Anblick des schon ziemlich alt aussehenden Bratens auf Jeannettes Teller der Appetit vergangen. Er kaufte sich trotzdem eine Tüte Chips und einen Kaffee. Dann setzte er sich an einen leeren Tisch und schob sich langsam die Chips in seinen Mund.

Er musste kurz eingenickt gewesen sein, denn als er die Augen öffnete, sah er Julia, die ihm gegenüber saß, an ihrem Kaffee nippte und in ihrem Smartphone las.

Matt trank von seinem Kaffee, in dem Versuch, dem Ganzen einen Anschein von Normalität zu verleihen und da weiterzumachen, wo er aufgehört hatte, als er für ein paar Sekunden die Augen geschlossen haben musste. Der Kaffee war kalt und schmeckte widerlich. Tapfer schluckte er ihn herunter.

Julia hatte ihr Telefon weggelegt und beobachtet ihn. »Ich dachte, du hast Frühdienst?«

»Ja, dachte ich auch«, sagte er nur. Gemeinsam standen sie auf und brachten ihr Geschirr zurück.

»Viel Spaß!«, rief er ihr noch zu, als er auf seine Station abbog. Wieso hab ich das gesagt, fragte er sich, als er auf seine eigene Station kam. Inzwischen musste der Dolmetscher die ukrainische Nummer gewählt haben. Warum also jetzt nach Hause gehen?

Jeannette schien ebenfalls vergessen zu haben, dass sie eigentlich schon seit Stunden Feierabend hatte und daheim in ihrem stillen Garten hätte sitzen und den Schiffen auf der Themse nachsehen können. Sie hatte gerade ein Telefonat beendet und legte den Hörer auf.

»Noch hier?«, stellte sie fest, als ihr Blick auf Matt fiel, der in der offenen Tür ihres Büros stand.

»Es ist die Nummer der Tochter.«

Matt brauchte keine weitere Erklärung und nickte. »Das ist doch gut, oder?« Er verstand nicht, warum Jeannette dieser Tatsache einen solchen deprimierenden Beiklang verlieh.

»Was ist schon daran gut, wenn man erfährt, dass die Mutter schwerverletzt in einem Krankenhaus mehr als tausend Kilometer entfernt liegt«, sagte sie resigniert. »Aber ich weiß, was du meinst. Irene ist nicht alleine. Nur ist ihre Tochter blind und sitzt im Rollstuhl. Sie ist in einem Pflegeheim.«

»Oh, Scheiße«, sagte Matt.

»Du sagst es! Wie groß ist also die Wahrscheinlichkeit, dass sie ihre Mutter noch mal sieht?«

Matt konnte sich das Grinsen, trotz der ganzen Tragik dieser Geschichte, nicht verkneifen. »Sehr unwahrscheinlich, würde ich sagen. Höchstens natürlich, ihre Blindheit ist nicht permanent?«

Jeannette sah ihn bestürzt an. »Habe ich ›sehen‹ gesagt? Oh, Gott, ich muss heim!« Sie schaltete ihren Computer aus, nahm sich Schirm und Tasche und schloss die Tür hinter ihnen ab.

»Und jetzt?«

»Ich weiß nicht. Die Tochter will sie seh...ähm...besuchen. Aber so wie ich den Dolmetscher verstanden habe, ist die Bürokratie in diesem Land schwer zu toppen und es kann Wochen gehen, bis sie das organisiert kriegen. Und ob Geld dafür da ist, wer weiß? Abgesehen davon - wenn ich Sharon glauben soll, bleibt uns nicht mal eine Woche.«

»Das Leben ist unfair«, stellte Matt fest, als sie in den Innenhof traten.

Jeannette lächelte kurz ironisch. »Sehr wahr. Je älter ich werde, desto wahrer. Manchmal könnte ich vor Wut gegen eine Wand rennen. Oder zumindest treten. Aber ich tu's nicht. Hab mir mal mörderisch den Zeh dabei eingehauen. Gute Nacht, Matt.«

»Nacht, Jeannette!«

»Was hältst du von Kino?«

Matt kniete gerade auf dem Boden, um besser unter seinem Bett staubsaugen zu können und schlug sich den Kopf am Bettrahmen ein, als er Julias Frage hörte.

»Was?«, rief er und rieb sich die Stirn.

Julia stellte einen Fuß auf den Staubsauger und schaltete ihn ab. Dann wiederholte sie ihre Frage: »Was hältst du von Kino? Ich lad dich ein!«

Matt setzte sich auf den Boden und sah sie verwirrt an. Er hatte den halben Tag verschlafen gehabt und wollte die, wie er angenommen hatte, leere WG dafür nutzen, endlich einmal Ordnung in sein Zimmer zu bringen. Julia trug noch ihre Straßenschuhe, die sie sich unter seinem strengen Blick allerdings sofort von den Füssen streifte und in den Flur warf.

Matt merkte, dass er immer noch nicht auf ihre Frage geantwortet hatte.

»Kino? Welches Kino? Was für ein Film? Heute?«

»Ja, heute«, beantwortete sie fröhlich seine letzte Frage und ließ sich auf sein Bett fallen. »Den Rest verrate ich nicht. Du bist schließlich eingeladen.«

»Auch wenn man eingeladen ist, darf man wissen, wozu«, stellte Matt fest und warf ein Paar Socken, die er unter dem Bett gefunden hatte, auf den Berg Schmutzwäsche, der sich in einer Ecke des Zimmers auftürmte.

»Vielleicht«, flötete Julia. »Aber ich verrat es trotzdem nicht!«

Matt nahm sich den Staubsauger wieder und sammelte die Fussel, die sich in der Bürste gefangen hatten, ab. »Vergiss es«, rief er plötzlich.

»Was soll ich vergessen?«

»Ich weiß, was du sehen willst. Ohne mich!«

»Wie, du weißt, was ich sehen will?«, jetzt sah ihn Julia verwirrt an. »Das kannst du gar nicht wissen!«

»Natürlich«, Matt war aufgesprungen und zog sie vom Bett hinter sich her in den Flur bis vor ihre Zimmertür. »Du bist besser zu durchschauen als jede Glasscheibe.« Er öffnete die Tür und sie sahen sich Aug in Aug mit Khan aus Star Trek.

»Für so einen Mist verplempere ich keinen Samstagabend!«

Julia lachte auf. »Doch nicht Star Trek! Matt, das würde ich dir niemals antun. Wirklich!« Sie hatte sich seine Hand gegriffen und sah ihn treuherzig aus ihren braunen Augen an.

»Okay«, grummelte er und entzog ihr schnell seine Hand.

Sie nahmen die Fahrräder, um zum Kino zu kommen. Matt hatte gleich ein mulmiges Gefühl gehabt, als Julia dieses Transportmittel vorschlug. Aber was sollte er schon sagen, als Julia rief: »Wie gut, dass euer Ex-Mitbewohner zwei Fahrräder hier gelassen hat. Und das Wetter passt auch!«

Sie hängte ihn schon an der zweiten Ecke ab. Die Stadt war voll mit Bussen und Autos, zwischen denen sie sich rücksichtslos durchschlängelte. Er holte sie erst bei der nächsten roten Ampel ein, wo Julia ihm mitteilte, dass sie dort normalerweise nicht bei Rot halten würde (denn dort stünde nie ein Verkehrspolizist) - aber heute mache sie mal eine Ausnahme.

»Wir haben's ja nicht eilig!«

Haha, dachte er grimmig, als er in die Pedalen trat und seinen defensiven Fahrstil aufgab, um sie nicht völlig aus den Augen zu verlieren. Er hatte keine Ahnung, wohin sie unterwegs waren, da er diesen Teil der Stadt bisher immer nur mit der U-Bahn unterquert hatte. Aber sie hätten auch durch Neu-Dehli oder New York radeln können - von der Gegend bekam er sowieso nichts mit, da er sich nur noch auf ihren rotgeringelten Pullover, der einige Yards vor ihm zu sehen war, konzentrieren konnte.

Sie hielten vor einem unsäglich hässlichen, modernen Gebäudekomplex.

»Was ist das hier?«

Julia schloss ihre Räder zusammen. »Das Barbican. Kennst du das?«

Matt schüttelte den Kopf.

Als Julia mit den Tickets zurückkam, verkündete sie: »Ich hoffe, du hast nichts gegen einen ruhigen Film?«

Matt schüttelte wieder den Kopf. Sein Puls hatte noch nicht zu seiner Ruhefrequenz zurück gefunden und er fühlte sich nach dieser Höllenfahrt durch London leicht seekrank. Was auch immer »The Boyhood« für ein Film war, dachte er, als sie an einem der Plakate vorbeikamen und er es schnell im Vorbeigehen überflog, Bernhard Crumbleface spielte jedenfalls nicht mit. Wie schön!

»Schön, oder?«, fragte ihn Julia, als der Abspann vorbei war und die Lichter im Kinosaal wieder angingen.

»Ja«, Matt räusperte sich, »doch, sehr schön!«

Er war überrascht - über den Film und dass Julia geraden diesen ausgewählt hatte. Außerdem fand er es schwierig, wieder in die wirkliche Welt zurück zu finden und sich von der Geschichte dieser Familie zu verabschieden. Diesem Jungen beim Erwachsenwerden zuzuschauen, war ein bisschen wie ein Blick in seine eigene Kindheit gewesen.

Julia war unbeschwert und fröhlich wie immer. Auf sie schien der Film nicht den gleichen Effekt gehabt zu haben wie auf ihn - obwohl sie im gleichen Alter waren. Vielleicht machte hier die Sprache doch einen Unterschied. Oder die Musik. Julia war wahrscheinlich mit einer anderen Musik groß geworden.

Er summte auf dem Rückweg die Melodie von Coldplay's »Yellow« nach, die in seinem Kopf widerhallte und viele Erinnerungen wachgerufen hatte. Der Heimweg war deutlich ruhiger, aber dauerte auch sehr viel länger als die Hinfahrt, denn sie schoben die Räder.

»Wieso?«, wollte Matt wissen.

»Kein Licht!«

»Kein Licht? Echt?« Matt scannte sein Fahrrad und dann ihres und stellte fest, dass beide unbelastet von vermeintlich überflüssigen Schnickschnack wie Schutzblechen, Katzenaugen oder gar Rücklichtern waren.

»Wie«, fiel ihm dann ein, zu fragen, »du schiebst dein Rad immer, wenn du im Dunkeln von Barts kommst?«

»Nein, natürlich nicht«, Julia hatte sich kurz zu ihm umgedreht. »Das mache ich heute nur wegen dir!«

Matt kaute schweigend noch bis zur WG an der Tatsache, dass sie ihn anscheinend einer Art schonungsbedürftigen, Wirkt-älter-als-er-ist- und hat-dünnere-Nerven-als-gut-für-ihn-ist-Spezies zugeordnet hatte.

Von dieser Erkenntnis hatte er sich auch noch nicht am nächsten Morgen erholt, als er vor dem Badezimmerspiegel stand und Julia, wahrscheinlich mit ihrem Fahrrad über der Schulter, die Wohnung verlassen hörte.

Bin ich ein verweichlichtes, kopflastiges Jüngelchen, das Abenteuer scheut, fragte er sein Spiegelbild.

Ihm wurde klar, dass Jemand, der ihn nur ein paar Wochen kannte, zu diesem Schluss kommen konnte. Erst hing er nur über seinen Büchern und dann verbrachte er seine Semesterferien damit, in einem Krankenhaus zu jobben.

Wie aufregend!

Er kannte genug Kommilitonen, die ihre Ferien beim Tauchen in der Karibik zubrachten. Oder mit dem Jeep durch das australische Outback donnerten. Die, für die es wichtig war, ihre Freizeit mit einer politisch korrekten Beschäftigung zu verbringen, halfen halt bei Ärzte ohne Grenzen aus. Nur mussten all jene eben nicht selbst für den Großteil ihres Lebensunterhaltes aufkommen.

Großer Unterschied, dachte er, den leider nur niemand - außer ihm - zu seinen Gunsten auslegte. Nicht dass er darauf Wert legen würde, was irgendwelche Privatschulheinis von ihm dachten.

Er hatte Rasierschaum in seinem Gesicht verteilt und begann, sich zu rasieren.

Dreitagebart, schoss ein Gedanke durch seinen Kopf. Tom, sein Ex-Mitbewohner, den es in den südamerikanischen Busch verschlagen hatte, hatte so etwas getragen und damit zum allgemeinen Bild des unabhängigen, manchmal einsamen Stadtcowboys, dass er sehr pflegte, nicht unerheblich beigetragen. Warum auch immer Frauen auf solche Typen standen - denn schließlich endete es immer mit der Enttäuschung der weiblichen, von vornherein vergeblichen Erwartung eines Happy Ends - sie taten es wider besseren Wissens.

Matt schüttelte den Kopf, so dass etwas Schaum an den Spiegel flog, den er mit dem Handtuch wieder wegwischte. Dreitagebart stand ihm nicht. Blonde Stoppeln in seinem Gesicht sahen ganz einfach scheiße aus. Das hatte er in Mexiko, wo er sein sogenanntes *gap year* nach der Schule verbracht hatte, selbst sehen können. Mexiko? Vielleicht sollte er Julia mal beiläufig von Mexiko erzählen. Immerhin hatte er dort im absoluten Nichts gelebt und versucht mit drei anderen Freiwilligen eine Schule zu bauen. Er glaubte zwar nicht, dass das Gebäude, was sie mit vereinten Kräften errichtet hatten, lange gestanden hatte - aber das musste er Julia ja nicht auf die Nase binden.

Er klickte sich gerade durch seine Bildersammlung auf der Suche nach Fotos aus der Zeit in Mexiko, als er Julia zurückkommen hörte. Draußen zog gerade wieder eine dunkle Wolke über das Haus, die ihren nassen Inhalt mit viel Wumms und Donner loswurde. Grandios, dachte er, was für ein toller Tag, um ihn vorm Computer zu verbringen.

Als er eine halbe Stunde später in die Küche ging, um seine Teekanne aufzufüllen, traf er auf Julia, die mit nassen Haaren vor dem offenen Kühlschrank stand.

»Hast du geduscht?«, konnte er nicht unterlassen zu fragen.

»Klar, mit Dschungelregeneinstellung. Kann ich nur empfehlen!«

»Wann kommen eigentlich die anderen beiden wieder?«, wollte sie dann von ihm wissen.

Er zuckte desinteressiert mit den Schultern. »Keine Ahnung. Wieso? Vermisst du sie?«

Julia beantwortete ihm seine Frage erst ein paar Stunden später. Matt hatte sich von ihr breitschlagen lassen, auch noch den Rest der Sherlockreihe mit ihr anzuschauen. Viel Überwindung hatte ihn das nicht gekostet. Es war Sonntagabend und draußen jagte eine Gewitterwolke die nächste. Sie waren gerade beim zweiten Teil der dritten Season angelangt, als sie die Wohnungstür klappen und danach Schuhabsätze auf dem Holzboden klicken hörten.

Julia seufzte laut und deutlich.

»Du hast sie also nicht vermisst«, stellte Matt fest und fügte für sich im Stillen hinzu: ›Ich auch nicht!‹

Es dauerte nicht lang, bis Morena die nur angelehnte Tür von Matts Zimmer aufstieß.

»Hi, ihr zwei«, grüßte sie und lächelte vielsagend, als ob die Tatsache, dass Julia und Matt gemeinsam auf seinem Bett hockten und in seinen Fernseher starrten, eine besondere Bedeutung für sie hatte.

»Hi«, Matt steckte mehr Begeisterung in seinen Gruß, als vorhanden war. »Wie war der Urlaub? Gut siehst du aus!«

Was für ein Blödsinn sage ich da, dachte er sich. Wer wollte die unnatürlich dunkle Farbe ihrer Haut als gut aussehend bezeichnen? Noch nicht einmal ein englischer Mann konnte das schön finden. Wahrscheinlich hatte sie an sieben Tagen zwölf Stunden täglich in der Sonne gelegen. An irgendeiner spanischen Küste.

»Wo bist du gewesen?«, fragte Julia höflich.

»Ibiza«, Morena strich sich selbstzufrieden das sonnengebleichte Haar aus dem gebräunten Gesicht. »Party, Party, Party sag ich nur.

»Und du gehst immer noch deinem Hobby nach?« Sie war einen Schritt ins Zimmer getreten und hatte mit einem Blick erkannt, welcher Film da gerade auf dem Bildschirm pausierte. Sogar Matt hörte den mitleidigen Unterton, der in dieser Frage lag.

»Hier vorm Fernseher wirst du aber kaum einem echten Star begegnen. Dafür musst du unter Leute gehen, Julia!«

Matt fragte sich, ob sie das jetzt tatsächlich ernst meinte und was Julia zu dieser überflüssigen Bemerkung wohl zu sagen hätte. Keiner von ihnen hatte bemerkt, dass auch Pat wieder zurück war und schon eine Weile im dunklen Flur gestanden und zugehört hatte.

»Ach, halt die Klappe, Rena«, fuhr sie Morena nicht gerade freundlich an. »Als ob es besser ist, halbnackt an einem Promistrand auf Ibiza in der Sonne zu braten - erst hummerrot, dann lebkuchenbraun - und darauf zu hoffen, dass irgendein Leo-di-Caprio-Star dich wahrnimmt? Gute Nacht zusammen!« Ohne eine Antwort abzuwarten, verschwand sie in ihrem Zimmer und knallte die Tür hinter sich zu.

»Sie scheint sich nicht besonders gut erholt zu haben«, meinte Matt trocken. Julia und Morena waren viel zu verblüfft über ihren Auftritt, um überhaupt zu reagieren. Als Morena auch gegangen war, sahen sie sich zwar die Sherlockfolge weiter an, aber die Unbeschwertheit der letzten Tage war plötzlich verschwunden. Sogar Julia begann ungeduldig zu werden, da diese Folge - oder besser gesagt diese Hochzeit - einfach nicht enden wollte.

»Wenn jemand so meine Hochzeit zerreden würde, würde ich - ganz ehrlich - zur Mörderin werden!«, grummelte sie, als Benedum Cumberblah wieder einmal ansetzten, eine neue Geschichte zum Besten zu geben.

Matt kicherte in seine Cola. »Aber ich vermute mal, du würdest bei manchen Personen Gnade walten lassen, oder?«

»Dann eben knebeln!« Julias Augen glitzerten tatsächlich mörderisch.

Beide atmeten auf, als Sherlock ein allerletztes Mal ein Versprechen abgegeben hatte und dann die Musik des Abspanns lief.

»Hoffentlich ist der dritte Teil wieder besser«, meinte Matt.

»Morgen früh hat uns erst mal das wahre Leben wieder«, antwortete Julia. »Hast du auch Frühdienst?«

Am nächsten Morgen fuhr Matt gemeinsam mit Julia zu Barts. Aus eigenem Antrieb hätte er sich nie in London auf ein Fahrrad gesetzt. Aber der Himmel war wie blank poliert, die Straßen noch leer und still - es wäre einfach eine Schande gewesen, an so einem Tag in die dunklen Gänge der U-Bahn abzutauchen. Fand zumindest Julia.

Matt dagegen stellte fest, dass eine morgendliche Radtour mit Julia eine viel bessere Waffe gegen Müdigkeit war, als es ein dreifacher Espresso jemals sein konnte. Mehr als nur einmal befürchtete er, seine noch rudimentären praktischen Erfahrungen in Erster Hilfe einsetzen zu müssen - nicht weil Julia Gefahr lief, einen Unfall zu bauen, sondern mehr wegen einer Handvoll Autofahrer, die sie mit ihrer Fahrweise brutal erschrak, so dass Herzinfarkte zu befürchten waren.

Als sie in den Innenhof von Barts rollten, holte Matt sie ein und rief beim Absteigen: »Ich dachte, du kannst englisch!«

»Kann ich auch - ein bisschen zumindest.«

»Vielleicht solltest du es auch mal lesen lernen. Obwohl - liest du nicht meinen Terry Pratchett?«

»Mach ich auch«, Julia hatte sich ihre Tasche unter den Arm geklemmt und sah ihn ungeduldig an. Komm auf den Punkt, sagte ihm ihr wippendes Bein.

»In dem kleinen Park, den du mit schätzungsweise zwanzig Meilen pro Stunde durchquert hast, war Radfahren verboten. Große Schilder überall«, Matt gestikulierte in der Luft, um anzudeuten, wie groß diese Schilder in seiner Erinnerung wurden. »Das kann richtig, richtig teuer werden!«

Julia setzte eine bedrückte Miene auf - besser gesagt, sie versuchte es, musste dann aber doch lachen. »Ich weiß, Matt. Aber dafür müssen sie mich erst mal erwischen. Komm schon!« Sie drehte sich um und ging Richtung Personaleingang, wo sie ihm die Tür aufhielt. »Manche Regeln sind einfach blödsinnig, findest du nicht? Wen haben wir denn damit wehgetan, als wir dort durchgefahren sind? Sogar die Tauben haben noch gepennt.«

Als Matt ins Stationszimmer kam, saßen die meisten Kollegen der Frühschicht noch beim Frühstück. Die Stimmung war gedämpft.

»Es ist eine Schande!«, sagte Jeannette kopfschüttelnd.

Matt nahm sich eine Tasse und goss sich Tee ein. Bevor er sich traute zu fragen, was eine Schande sei, ergriff einer der Assistenzärzte das Wort: »Es ist so traurig, so traurig. Vor allem um die Kinder!«

Matt hätte am liebsten den Tee, den er gerade im Mund hatte, zurück in die Tasse gespuckt, so übel wurde ihm beim salbungsvollen Tonfall, den dieser Ausspruch begleitete. Er verabscheute den Typen, der das gerade gesagt hatte. Nicht nur weil er sich viel zu oft leutselig zu den Schwestern und Pflegern gesellte und so tat, als wäre er einer von ihnen, sondern vor allem weil er seit Wochen mit Sharon eine Affäre hatte, von der natürlich alle hier wussten, diese aber vor seiner Frau und den zwei kleinen Kindern, die praktischerweise weit weg in einem der Londoner Vororten lebten, geheim hielt.

So einer, fand Matt, hatte ganz einfach nicht das Recht, über das Elend und Unglück anderer Menschen zu sprechen. Vielleicht lag es auch an seinem gänzlich unerträglichen Vornamen. Im Moment, so schien es ihm, war er von Benedicts nur so umzingelt.

Er setzte seine Tasse ab und verließ das Zimmer. Draußen traf er Sharon, die die Visite vorbereitete. Das Gespräch im Stationszimmer über den Flugzeugabsturz in der Ukraine hatte ihn an Irene, die Patientin von letzter Woche, erinnert.

»Wie geht es ihr?«, fragte er Sharon.

Sie hob nachdenklich die Schultern. »Bestenfalls stabil, wenn du mich fragst«, war ihre wenig erfreuliche Antwort.

»Nichts«, sagte Jeannette, als er sie später danach fragte, ob sie denn irgendwas für die Tochter von Irene hatte tun können.

Er saß gerade im Stationszimmer am Computer, als ein Handy anfing zu klingeln. Seins war es nicht - das war in seinem Spind - also ignorierte er den Ton. Doch der Anrufer war penetrant. Er oder sie wartete zwischen den Anrufen eine halbe Minute und versuchte es dann erneut. Beim dritten Anruf begab sich Matt auf die Suche nach der Störquelle. Er nahm erst an, dass einer seiner Kollegen sein Telefon in einer der Jacken vergessen hatte, die über den Stühlen hingen. Doch deren Taschen waren leer und überhaupt schien der Ton aus einer anderen Richtung zu kommen.

Ausgerechnet in diesem Moment gab der Anrufer auf. Matt blieb eine Weile unschlüssig lauschend neben dem Tisch stehen und setzte sich dann wieder an den Stationscomputer. Kaum hatte er den nächsten Patienten aufgerufen, begann das Klingeln erneut. Es kam aus dem Schrank, in dem die persönlichen Dinge der Patienten lagerten. Ein Schrank, der eigentlich verschlossen sein sollte, dachte sich Matt, als er den Türgriff drehte und sich die Tür öffnete. Er fand das Telefon sofort. Es war das von Irene. Und es hatte wieder aufgehört zu lärmen.

»Hallo«, sagte er vorsichtig, als es kurz danach wieder anfing zu klingeln.

»Hallo?«, fragte eine Frauenstimme am anderen Ende. Beide schwiegen dann. Matt, weil sie ja die Anruferin gewesen war - warum also sollte er jetzt etwas sagen - und sie vielleicht, weil sie erschrocken war, doch noch eine Stimme zu hören.

»Wer ist da?«, fragte sie schließlich. Ihr Englisch klang holprig.

Matt erklärte langsam und in einfachen Worten, wer er war.

»Ich bin Irenes Tochter. Ich möchte sie besuchen«, sagte die Frau.

Matt überlegte krampfhaft, was er darauf antworten sollte. Er hatte hier doch keinerlei Bestimmungsrechte. Doch bevor er etwas sagen konnte, redete Irenes Tochter weiter. Matt hatte das Gefühl, dass sie die englischen Sätze auswendig gelernt hatte. Oder ablas. Ach nein, fiel ihm ein und er schlug sich gegen den Kopf, jetzt fing er schon an wie Jeannette. Sie war ja blind. Also doch eher auswendig gelernt.

»Ich komme morgen Abend. Können sie ihr das bitte sagen?«

Matt runzelte verwirrt die Stirn. Wusste sie denn nicht, dass ihre Mutter bewusstlos war? »Aber ihre Mutter.. ähm... schläft«, brachte er dann schließlich heraus. »Die ganze Zeit.«

»Ich weiß das. Können sie ihr bitte sagen, dass ich morgen komme? Auf Wiedersehen!«

Es tutete in seinem Ohr. Matt legte auf, das Telefon zurück an seinen Platz und schloss die Türen des Schrankes. Dann blieb er kurz davor stehen und atmete tief durch. Besser, dachte er sich, er brachte es gleich hinter sich.

Erleichtert stellte er fest, dass niemand bei Irene war. Er stellte sich ans Fußende ihres Bettes und sah in ihr verschwollenes, von einem breiten Verband bedecktes Gesicht.

»Ihre Tochter kommt morgen Abend«, sagte er in einem gedämpften

Tonfall.

Er räusperte sich und wiederholte den Satz noch einmal. Dieses Mal etwas lauter.

Dann schüttelte er über sich selbst den Kopf. Selbst wenn sie ihn hören konnte, verstand sie ja höchstwahrscheinlich nicht, was er da sagte. Und wenn Jeannette wegen so etwas den Dolmetscher anrufen würde, würden sie beide für wahnsinnig erklärt werden.

Als Matt am frühen Nachmittag Barts verließ, lief er automatisch Richtung U-Bahn. Er war schon draußen auf der Straße, als ihm einfiel, dass er heute mit dem Fahrrad zur Arbeit gekommen war. Also ging er zurück in den Innenhof, dorthin, wo sie am Morgen ihre Fahrräder stehen gelassen hatten. Gedankenverloren starrte er eine Weile auf die beiden Räder, die freundschaftlich aneinander lehnten und machte sich dann auf die Suche nach Julia.

Er fand sie in einen der Patientenzimmer, zu dem ihn eine fröhliche Schwester, die ein Gesicht wie ein Pfannkuchen hatte, geschickt hatte. Julia saß am Bett eines alten Mannes und las laut aus einem Buch vor. Wenn er sich nicht irrte, auf Deutsch.

»Hallo Matt«, rief sie erfreut, als er die Tür hinter sich schloss.

»Rob, das hier ist mein Freund Matt. Matt, das ist Mr. Miller.« Sie zwinkerte ihm kurz zu und Matt fiel sofort wieder ein, in welchem Zusammenhang er das erste Mal den Namen »Mr. Miller« gehört hatte.

»Hast du auf mich gewartet?« Julia strahlte ihn mit einem ihrer Hochwattlächeln an. »Wir sind allerdings noch nicht fertig mit Lesen. Hast du noch ein bisschen Zeit?«

Matt lehnte sich an die Tür. »Kein Problem. Ich warte.«

Julia hatte sich schon wieder ihrem Buch zugewandt und murmelte: »Oh, gut!«

»Ich kann hier sowieso nicht weg, da du unsere Fahrräder zusammen geschlossen hast.«

Julia hatte den Kopf geöffnet, blieb aber nun mit offenem Mund sitzen und starrte ihn an. Rob, also Mr. Miller, kicherte gackernd.

Als Julia am nächsten Morgen die Tür ihres Spindes schließen wollte, klingelte ihr Telefon. Dieser Ton war so ungewohnt für sie - schließlich hatte sie strengstens ihrer Familie untersagt, sie anzurufen - dass sie vor Schreck den Schlüsselbund fallen ließ, der prompt unter den Spind rutschte. Sie fluchte, kramte dann nach ihrem Handy und sah, dass ihre Mutter anrief.

Ihre Mutter würde nie so etwas Leichtsinniges tun, wie auf einem Handy im Ausland anzurufen, wenn nicht irgendetwas Schreckliches passiert wäre.

Fast schon ängstlich drückte Julia auf »Abheben« und flüsterte: »Hallo?«

»Happy birthday to you, happy birthday, liebe Julia, happy birthday to you!«, schallte es ihr blechern entgegen, so dass sie etwas Abstand zwischen ihr Ohr und den Lautsprecher brachte.

»Liebe Julia, ich weiß, wir sollen nicht anrufen und ich leg auch gleich auf - aber noch schnell von uns alles Gute zum Geburtstag! Feier schön!«

»Danke, Mama«, Julia flüsterte immer noch. »Mach's gut, Mama. Und sag viele Grüße!«

Sie legte auf und ging dann auf die Knie, um nach ihrem Schlüssel zu suchen.

»Was verloren?«, fragte jemand hinter ihr. Julia erschrak wieder, fuhr hoch und knallte mit dem Kopf gegen die Spindtür. »Aua«, sie hielt sich die Stirn und sah, dass Mohammed hinter ihr stand. »Ja, mein Schlüssel ist unter den Schrank gerutscht.«

Was für ein Start in den Tag, dachte sie, als sie endlich oben auf ihrer Station angekommen war. Was für ein Start in ihren Geburtstag! Wie hatte sie den nur vergessen können? Andererseits war das ganz leicht gewesen. Immerhin war sie im Urlaub - oder in so etwas ähnlichem wie Urlaub - und wer achtete da schon aufs Datum? Höchstens es ging darum, nicht den Flug nach Hause zu verpassen.

Der Gang ihrer Station war mit Girlanden geschmückt: britische und weiß-rote Flaggen, die sie keinem Land zuordnen konnte, hingen kreuz und quer unter der Decke. Auf der Empfangstheke stand ein kleiner Geburtstagkuchen aus Plastik mit einer einzelnen Kerze darauf. Wahrscheinlich eine Spieluhr, dachte Julia, als sie verwundert diesen Dekoartikel und die Girlanden betrachtete.

Konnte es sein, dass ...?

Bevor sie ihren Gedanken zu Ende gedacht hatte, fiel ihr Blick auf das Bild, das neben der Plastiktorte stand. Konnte das wahr sein? So ein Bohei für ein Kind, dass niemand hier von den Kollegen jemals persönlich kennen gelernt hatte (und kennenlernen würde)?

»Was ist das hier alles?«, fragte sie sicherheitshalber Abby, als diese ihr über den Weg lief.

»Was wird es wohl sein?«, fragte sie zurück. »Natürlich eine Geburtstagsparty für den kleinen Prinz George!«

»Äh«, Julias Augen waren zwei Fragezeichen in Fettdruck. »Er kommt hier vorbei?«

Abby lachte sich schier kaputt über ihre Frage. »Nein, tut mir leid, dich enttäuschen zu müssen, Süße, aber wir feiern die Party dieses Jahr ohne Georgie. Einfach um alle ein wenig aufzuheitern«, fügte sie noch hinzu, bevor sie im Stationszimmer verschwand.

Julia traf Matt zufällig beim Mittagessen in der Kantine und spendierte ihm ein Stück Kuchen. »Zur Feier des Tages!«

Misstrauisch sah er sie über den Tisch hinweg an. »Zur Feier des Tages? Du hast dich doch nicht hoffentlich von dieser Medienhysterie um das königliche Kleinkind anstecken lassen? Als ob es nichts Wichtigeres gäbe.«

Julia war etwas gekränkt wegen seiner Reaktion und schwieg. Aber ihre Einsilbigkeit, die eigentlich als Strafe für seine Fehlinterpretation der Umstände gedacht war, registrierte Matt nicht einmal. Lustlos schob er das Essen auf seinem Teller herum und beendete seine Pause zwanzig Minuten zu früh.

»Wie geht es ihr?«, war seine erste Frage, als er zurück auf Station war.

Die diensthabende Schwester schaute ihn kurz an und verzichtete darauf, nachzufragen, wen er meinte. »Sie bereiten sie gerade für den OP vor«, war ihre niederschmetternde Antwort.

Sein entsetzter Gesichtsausdruck war Anlass genug für sie, hinzuzufügen: »Ihr Hirndruck steigt weiter. Das ist das Einzige, was sie noch für sie tun können.«

Matt trieb sich noch lange nach Ende seiner Schicht auf Station herum, so dass Sharon ihn irgendwann zur Rede stellte.

»Ehrlich Matt, geh heim. Du kannst doch gar nichts tun!«

»Ja, aber ihre Tochter sitzt jetzt gerade im Flugzeug. Sie hat vorhin eine Nachricht geschickt, dass sich der Abflug verzögert hat. Da kann ich doch nicht heim gehen.«

Das Telefon auf Sharons Schreibtisch begann in diesen Moment zu klingeln. Statt ihm zu antworten, nahm sie den Hörer ab.

Ihr Blick verdüsterte sich, je länger sie dem Anrufer zuhörte. Matt wusste, was passiert war, ehe sie aufgelegt hatte. »Irene ist tot, oder?«

Julia hatte ihr Fahrrad stehen gelassen und war zum nächsten Supermarkt gebummelt, um für ihr Abendessen einzukaufen. Immerhin hatte nicht nur Klein-George heute Geburtstag, da konnte es auch für sie mal etwas anderes geben als Toast. Sie kaufte auch eine Flasche Wein, in der Hoffnung, dass Matt mit ihr ein Glas trinken würde. Vielleicht hatte er sich ja bis zum Abend von seiner schlechten Laune erholt. Sie war gerade in Barts Innenhof eingebogen, um ihr Fahrrad zu holen, als sie ihn auf einer der Bänke sitzen sah. Sein Gesichtsausdruck sah auch schon aus hundert Metern Entfernung deprimierend aus.

Julia ließ sich aber nicht abschrecken, sondern setzte sich neben ihn.

»Was ist denn mit dir passiert?«, fragte sie unverblümt.

Er warf ihr einen kurzen Blick von der Seite zu, als wollte er einschätzen, ob ihre Frage eine Antwort verdiene.

»Mit mir nichts«, sagte er dann. »Aber eine Patientin von uns ist gerade gestorben.«

Julia wusste nicht, was sie dazu sagen sollte. Matt war ihr nie als der Typ Medizinstudent vorgekommen, der zu viel Empathie in die Beziehung zu seinen Patienten steckte, als gut für ihn war. Aber sie wusste nicht, wie sie ihren Gedanken übersetzen sollte, ohne dass es verletzend klingen würde. Wahrscheinlich hätte sie es nicht einmal auf Deutsch geschafft. Also schwieg sie lieber.

»Es ist so«, begann Matt zu erklären. »Sie kommt aus der Ukraine, war nur zu Besuch hier - auch noch auf einer Beerdigung und zwar der ihres Bruders - und danach wurde sie überfahren. Sie hat eine Tochter, anscheinend ihre einzige noch lebende Angehörige, die in der Ukraine in einem Pflegeheim lebt. Sie ist blind und sitzt im Rollstuhl.«

»Wie traurig«, sagte Julia.

»Du kannst sagen ›wie beschissen‹«, verbesserte sie Matt. »Denn ihre Tochter hat sich gestern Abend auf dem Weg hierher gemacht, um sie zu besuchen, und sollte inzwischen gelandet sein.«

Dann benutzte er das böse F-Wort zum ersten Mal in ihrer Gegenwart. Nicht nur einmal, sondern immer wieder.

Julia schaute ihn erstaunt von der Seite an. Sie war nicht überrascht gewesen, dass sie Matt bisher nie dieses Wort hatte verwenden hören. Immerhin war er ein Pfarrerskind. Irgendwo musste doch die Welt noch in Ordnung sein, hatte sie gedacht. Sie war eher überrascht gewesen, wie oft die Engländer ›Fuck‹ benutzten. Sie hätte nie gedacht, dass sie so vulgär wären. Für sie war das ein typisch amerikanisches Wort gewesen und passte gar nicht auf diese Insel voller Teetrinker. In diesem Moment fiel ihr wieder der furzende Typ aus der Pension in Dover ein und sie konnte nur selbst den Kopf über sich und ihre fabrizierten Klischees schütteln.

Aber Matt, Matt war ganz anders. Er verwendete dieses Wort tatsächlich nur, wenn nichts anderes mehr passte. Dass er so leidenschaftlich sein konnte, dachte sie und sah ihn wieder an.

»Willst du jetzt auf sie warten?«, fragte sie ihn.

»Was?«, er sah sie überrascht an, als würde ihm erst jetzt wieder einfallen, dass sie ja neben ihm saß. »Nein, natürlich nicht. Irgendjemand vom Krankenhaus wird das tun und ihr dann erzählen, was passiert ist. Dann wird sie wieder abreisen.«

»Meinst du, sie ahnt etwas? Immerhin kommt sie einen weiten Weg.«

»Vielleicht. Sie scheint jedenfalls den Himmel in Bewegung gesetzt zu haben, um herzukommen. Heute Morgen hieß es noch, dass sie nicht kommen kann.«

»Und wer bringt sie her?« Julia kaute nachdenklich auf dem Tunnelband ihres Kapuzenpullovers. »Immerhin ist sie blind und auch noch im Rollstuhl.«

»Keine Ahnung«, Matt sah in den plätschernden Springbrunnen, bis die Bedeutung von Julias Worten langsam in sein Bewusstsein sank. Dann sprang er auf und rannte Richtung Krankenhauseingang.

Julia war aufgestanden. »He, was ist los?«, rief sie und als er nicht stehen blieb, rannte sie ihm hinterher.

Sie fand ihn auf dem Gang seiner Station vertieft in ein Gespräch mit einer Schwester.

»Sharon«, flüsterte er eindringlich, »sie ist blind und nicht besonders beweglich. Wieso denn nicht? Dann kann sie sich wenigstens in Würde von ihr verabschieden.«

»Würde? Wo ist denn da bitte die Würde?«, fragte Sharon heftig zurück.

»Denk doch hier mal nicht an Irene. Sie merkt das doch nicht mehr. Aber ihre Tochter«, er sah sie bittend an.

»Du bist völlig verrückt, total verrückt!« Sharon versuchte es jetzt auf eine andere Art.

Julia hatte sich ein paar Meter entfernt von ihnen positioniert und sperrte die Ohren auf. Die Station lag verlassen da, da schon die Nachtruhe begonnen hatte, so dass sie sich damit keine große Mühe geben musste.

Matt sagte nichts auf Sharons Anschuldigung. Das war auch nicht nötig, denn beiden war klar, dass sie Recht hatte.

»Das würde mich meinen Job kosten«, sagte Sharon jetzt.

»Du müsstest doch nicht mitmachen«, rief Matt aufgeregt. »Meine Idee, meine Verantwortung.«

»Und im Zweifel deine Exmatrikulation«, fügte Sharon hinzu.

»Quatsch«, Matt wollte überzeugend wirken, aber Julia sah, dass er etwas unsicher geworden war. »Studentischer Unsinn. Nichts weiter.«

»Warum ist dir das so wichtig?«, wollte Sharon von ihm wissen.

Er zuckte mit den Schultern. »Ich weiß nicht. Ich hab mir nur vorgestellt, wie sie sich wohl fühlt - also Irenes Tochter. Wir wissen nicht, was sie alles schon durchgemacht hat in ihrem Leben. Vielleicht ist sie ja eine echte Giftspritze. Oder eben nicht.« Er überlegte kurz und sagte dann: »Du kennst bestimmt solche Situationen, wo man unbedingt etwas erreichen will und es sieht auch so aus, als würde es klappen. Und dann, kurz vor dem Ziel - ätsch - das Leben dreht dir eine Nase und du guckst blöd aus der Wäsche. Das ist so ungerecht, weil man keine Macht hat, es zu ändern! Nur heute und hier ist das anders.«

Sharon hatte schweigend seiner kleinen Rede zugehört und sagte eine Weile nichts. Dann drehte sie sich um und ging Richtung Stationszimmer. »Ich habe jetzt Feierabend. Und weiß von nichts.«

»Wer soll mit ihr reden?«, rief Matt ihr hinterher.

Sharon drehte sich an der offenen Tür um. »Jeannette.«

»Jeannette, Jeannette«, murmelte Matt wie ein Mantra und lief den Stationsgang hinab. Dabei sah er in alle Räume, deren Türen offen standen. Julia folgte ihm wie ein Schatten, was er ignorierte, aber immerhin schien sie ihn auch nicht zu stören.

Vielleicht kann ich ihm noch nützlich sein, dachte Julia. Was auch immer er vorhat.

Vielleicht kann sie mir später nützlich sein, dachte Matt und drückte die Tür zum Treppenhaus auf. Sie fanden Jeannette in ihrem Büro ein Stockwerk höher.

»Ist sie schon da?«, fragte sie alarmiert, als sie Matt in ihrer Bürotür auftauchen sah.

»Nein, nein«, beruhigte Matt sie und sich selbst. »Jeannette«, sagte er dann fast feierlich. »Könntest du bitte dein Gespräch mit Irenes Tochter auf Morgen verschieben. Sie wird ja in einem Hotel übernachten und das wäre sicher auch der geeignetere Ort, um ihr zu sagen«, er räusperte sich kurz, »dass ihre Mutter heute Nacht verstorben ist.«

Jeannette hatte ihm zu Beginn nur mit halbem Ohr zugehört und gleichzeitig etwas an ihrem Computerbildschirm gelesen. Doch jetzt hatte er ihre volle Aufmerksamkeit.

»Heute Nacht?«, wiederholte sie.

»Genau«, Matt lächelte sie vorsichtig an.

Dann sagten beide lange Zeit gar nichts, sondern sahen sich nur an, so dass Julia begann unruhig zu werden.

»Okay«, Jeannette stand plötzlich auf, »dann kann ich nach Hause gehen.«

Sie trat neben ihnen auf den Gang und schloss ihre Bürotür ab.

Dann gab sie Matt die Hand und ging grußlos.

Matt bemerkte sie endlich, stellte Julia fest. Sie wusste nur nicht, ob ihr dieser Umstand auch gefiel, denn im Moment fand sie seinen Blick ein wenig angsteinflößend.

»Du solltest jetzt besser gehen, Julia«, sagte er und verzog keine Miene, als er fortfuhr: »Dass, was ich vorhabe, ist nicht unbedingt ... ähm ... regelkonform.«

Julia zog die Augenbrauen hoch. »Meinst du, so wie meine verbotene Radfahraktion durch den Park heute Morgen?«

Matt grinste kurz und fast wehmütig. »Nein, im Vergleich zu dem, was ich vorhabe, war das ein Dummejungenstreich.«

»Oh«, sagte Julia. »Was könnte denn passieren, wenn wir erwischt werden?«

»Ich würde vermutlich aus der Uni fliegen. Den Job hier wäre ich in jedem Fall los. Du auch. Vielleicht würden sie dich auch nach Deutschland zurück verfrachten. Also überleg es dir gut, ob du mitmachst. Immerhin hast du ja einen Plan!«

Julia lachte freudlos. »Einen Plan hab ich vielleicht - obwohl. Naja. Es ist jedenfalls nicht so, als würde ich eine Verabredung verpassen, wenn ich England schon im August verlassen müsste - wie du sehr wohl weißt. Also, was ist dein Plan?«

Statt zu antworten, öffnete Matt die Tür zum Treppenhaus und ging nach unten. Er freute sich, dass sie ihn nicht allein ließ. Julia freute das zwar auch, aber dieses Gefühl nahm rapide ab, je tiefer sie in Barts Treppenhaus stiegen. Das Krankenhaus war schon weitestgehend verlassen. Nur die Nachtschicht war noch unterwegs. Die Gänge waren spärlich beleuchtet und ihre Schritte hallten fast schon unheimlich darin.

»Wohin gehen wir?«, Julia flüsterte. Automatisch. Matt hatte ihr noch immer nicht erklärt, was er vorhatte. Keine Zeit, hatte er gemeint. Sie kamen an einem Schild vorbei. Dieselbe Aufschrift hatte sie schon in Sherlock gesehen. Aber das Gefühl freudiger Erregung, an einem Ort zu sein, an dem auch BC gewesen sein musste, blieb aus. Stattdessen hielt sie Matt mit plötzlich klammen Fingern am Arm fest.

»Ist das das, was ich denke, das es ist?«

Matt reagierte total cool. »Wenn du damit Leichenhalle meinst, dann ist es tatsächlich das, was du denkst, das es ist.« Er probierte, die Tür zu öffnen - ohne Julias alarmierten Gesichtsausdruck überhaupt zu bemerken - und musste feststellen, dass sie verschlossen war.

»Scheiße«, flüsterte er und lehnte den Kopf an die Wand, weil ihm plötzlich übel geworden war. Natürlich war die Tür abgeschlossen und natürlich öffnete sie sich auch nicht, wenn er seine Karte davor hielt. Idiot, Idiot, Idiot!

»Wer hat denn Zugang?«, fragte Julia. Es war nicht zu übersehen, dass Matt nicht damit gerechnet hatte, hier schon auf ein ernsthaftes Hindernis zu stoßen. Sein offensichtlicher Schock ließ sie wieder ruhiger werden und ihren Anfall von Panik vergessen.

»Sharon und die anderen Oberschwestern«, er flüsterte immer noch. Julias Frage hatte ihn aber auf eine Idee gebracht. »Ich renn schnell auf Station. Vielleicht lässt sich doch noch was machen.« Noch bevor er seinen Satz beendet hatte, drehte er sich um und lief los.

Julia stand still und sah ihm entsetzt nach. Dann setzten ihre Überlebensinstinkte ein und sie rannte ihm hinterher.

»Du brauchst nicht mitkommen«, rief er ihr atemlos auf der Treppe zu, als sie, zwei Stufen auf einmal nehmend, nach oben liefen.

»Du glaubst doch nicht«, schnaufte Julia, »dass ich alleine da unten bleibe. Bei den Toten.«

»Wieso? Die können dir, im Gegensatz zu den Lebenden, nichts mehr tun.«

Matt stieß die Tür zur Station auf und sah sich vorsichtig um. Es war niemand zu sehen. Im Stationszimmer kontrollierte er zuerst den Schreibtisch der Stationsschwester. Dort lag keine Schlüsselkarte. Dann öffnete er Schubladen und Schränke.

»Wem gehört diese Jacke?«, fragte Julia, die am Pausentisch stehen geblieben war und auf eine pinke Fleecejacke deutete.

»Sharon«, sagte Matt und stoppte seine Aktivitäten abrupt. Atemlos sah er zu, wie sie die Taschen der Jacke betastete. Dann sah sie zu ihm hinüber und schüttelte traurig den Kopf. Sein Herz sank ins Bodenlose.

»Oder suchst du so was?« Matt hatte sich schon abgewandt, um weiter zu suchen, als er sich wegen Julias Ausruf wieder umdrehte und sie eine Schlüsselkarte hochhalten sah.

In zwei Schritten war er bei ihr und riss ihr die Karte aus der Hand. Es war Sharons.

»Julia, du ... !«, sagte er nur.

Sie grinste.

Den Rückweg zur Leichenhalle schafften sie in Rekordzeit. Dieses Mal öffnete sich die Tür und sie schlichen sich in den angrenzenden Raum. Sie brauchten nicht lange, um den Kühlraum zu finden. Matt kannte sich hier aus. Er hatte vorher in den Unterlagen nachgesehen, wo er Irene finden würde und hielt jetzt kurz vor der silbrig glänzenden Tür inne. Dann drehte er den Griff und öffnete die Tür. Julia hatte sich umgedreht. Sie trug noch ihren Arbeitskittel, dessen oberen Saum sie sich über den Mund gezogen hatte, um durch den Stoff zu atmen. Als ob das etwas nützte, dachte Matt.

»Wir brauche eine Krankenbahre für den Transport«, sagte er stattdessen. »Warte hier, ich hol schnell eine vom Gang.«

Diese Bemerkung brachte wieder Leben in Julia. Sie sah zu ihm, entdeckte dann die Tote in der Kühlzelle und sagte schnell: »Ich hol die Bahre.« Damit verschwand sie auf dem Weg, den sie gekommen waren.

Es dauerte nicht lange, bis sich die Türen wieder öffneten und sie eine Trage vor sich her in den Raum schob. Sie rangierte, bis sie neben der Toten stand und trat dann drei Schritte zurück.

»Komm schon«, bat Matt. »Ich brauch deine Hilfe. Das hier ist Irene. Sie braucht auch deine Hilfe.«

Julia schwieg und schluckte. Dann fasste sie mit an. Gemeinsam wuchteten sie Irene auf die Trage. Matt schloss die Kühlkammer und löste dann die festgestellten Räder der Bahre. Er schob sie zur Tür und flüsterte dann Julia zu: »Kannst du mal gucken, ob jemand draußen ist?«

Julia zögerte und sah kurz zu der Toten auf dem Bett. »Willst du nicht was über sie drüberlegen? Ich meine, sie sieht schon ein bisschen mehr als nur krank aus.«

Matt fluchte. Das hätte er fast vergessen. Er rannte zu den Schmutzwäschebehältern und fand ein Laken, mit dem er Irene bis zum Kinn zudeckte. Dann drapierte er noch ein Kissen so um ihren Kopf, dass kaum mehr als ihre Nasenspitze hervorragte. Julia betrachtete seine Bemühungen mit einem kritischen Blick, hielt aber weiterhin einen Sicherheitsabstand von zwei Metern ein. Als er fertig war, nickte er ihr zu.

Sie öffnete lautlos die Tür und verschwand nach draußen. Dann lief sie den Weg zur Kapelle ab - wie er ihr es befohlen hatte - und kontrollierte unterwegs die Seitengänge. Es war niemand zu sehen. Sie drehte um und bog gerade in den Gang zur Pathologie ein, als sie plötzlich schnelle Schritte hinter sich hörte. Julia verlangsamte ihre eigenen und ging dann an der Tür zur Pathologie vorbei. Sie drehte sich halb um, um zu sehen, wer hinter ihr war und um sich dann eine Strategie zu überlegen.

Ein junger Arzt, den sie noch nie auf ihrer Station gesehen hatte, folgte ihr und musterte sie neugierig. Er ging nicht, wie sie gehofft hatte, mit einem kurzen Gruß und einem Nicken - so wie es hier alle Ärzte dem niedereren Personal gegenüber taten - an ihr vorbei, sondern blieb neben ihr stehen.

»Hi«, leutselig lächelte er und starrte sie dabei ungeniert an. Sofort fand sie ihn ekelhaft.

»Hi«, gab sie zurück. Wenn er der Meinung war, sie würde sich dadurch geschmeichelt fühlen, dass er sich dazu herabließ, sie zu bemerken, hatte er sich mächtig in ihr geirrt.

»Hoffentlich willst du nicht in die Pathologie?«, fragte er neugierig. »Da ist jetzt niemand mehr.«

»Was?«, Julia hatte ihm nicht richtig zugehört, da sie gerade beobachtete, wie sich die Tür der Pathologie einen Spalt weit öffnete und Matt vorsichtig heraus linste. »Ähm«, sie drehte sich so, dass der Arzt - wenn er denn weiter damit fortfahren wollte, sie anzuglotzen - mit dem Rücken zu Matt und der Tür stand, »Ja, ich weiß. Ich warte hier nur auf einen Freund.«

»Tatsächlich? Interessante Wahl für einen Treffpunkt!«

»Ja«, Julia erwärmte sich langsam für diese Gespräch. »Wir sind beide riesengroße Sherlockfans und wollten mal die Szenerie in uns aufnehmen, wenn niemand mehr hier ist.«

Das Gesicht ihres Gegenübers wurde lang. Julia freute sich diebisch, dass ihre Strategie aufgegangen war. Angeblich war ganz Großbritannien Fan dieser Serie, aber bisher war sie nur Engländern begegnet, die dem Ganzen eher neutral - und bei den meisten Männern - sogar ablehnend gegenüber standen. Woran lag das nur?

Der junge Arzt schien es jedenfalls plötzlich eilig zu haben, von hier fort zu kommen. Er murmelte einen kurzen Gruß und etwas, dass nach »Viel Spaß!« klang und verschwand mit wehenden Kittelschößen um die nächste Ecke.

Matt, der die ganze Zeit wie auf Kohlen hinter der einen Spaltbreit offenen Tür gestanden hatte, ließ laut die Luft aus seinen Lungen und stieß dann die Tür auf.

Er sagte nichts, als er die Trage an Julia vorbeirollte und darauf wartete, dass sie hinter ihm die Tür wieder schloss. Sein Blick genügte ihr allerdings, um »Was willst du? Es hat doch funktioniert!« zu rufen.

»Ja«, brummte er widerwillig. »Und du wirst nicht glauben, wen du da gerade eine Abfuhr erteilt hast. Dr. Benedict Clark, besser bekannt als

Schwesternflachleger.«

»Was? Ernsthaft?«, Julia prustete unterdrückt.

Schweigend liefen sie dann zum Raum neben der Kapelle, in der die Angehörigen von den Toten Abschied nehmen konnten. Julia schloss auch diese Tür sorgfältig hinter sich und lehnte sich dann dagegen. »So, ich hoffe, du hast jetzt vor, mir zu erklären, was wir hier eigentlich tun?«

Matt scannte den Raum und überlegte, gleichzeitig sagte er ungeduldig zu Julia: »Nach was sieht es denn aus?«

»Nach einer Vorbereitung für ein Treffen einer Toten mit - vermute ich mal - ihrer Verwandtschaft. Übrigens, hängt ihr da was aus dem Mund raus?« Julia war nähergetreten und machte einen langen Hals.

»Das ist der Beatmungsschlauch«, antwortete Matt, ohne einen Blick auf Irene zu werfen. Bevor Julia eine Frage dazu stellen konnte, redete er schnell weiter: »Du hast Recht mit deiner Vermutung - mit dem kleinen, feinen Unterschied, dass Irenes Tochter annimmt, dass ihre Mutter noch lebt.«

Julia nickte langsam.

»Nimm es mir nicht übel«, sie stand jetzt neben der Trage, »aber für mich sieht sie nicht sehr lebendig aus.«

»Irenes Tochter ist blind«, zog Matt seinen - vermeintlichen - Joker aus dem Ärmel.

»Ja, ich weiß, das hattest du gesagt. Aber das heißt doch nicht, sie ist auch blöd?«

Matt wurde sauer - immerhin hatte er einen Plan, den er für gut hielt - und Julia kritisierte ihn, ohne überhaupt zu wissen, was er vorhatte und stahl ihm damit kostbare Zeit.

»Natürlich nicht!«, fuhr er sie unwirsch an. »So soll sie sie auch nicht sehen, dass heißt besuchen, treffen - was auch immer. Ich muss noch ein paar Geräte holen.« Damit wollte er aus dem Raum stürmen, Julias nächste Worte stoppten ihn aber.

»Vielleicht findest du auch irgendwas, womit wir sie aufwärmen können?«

Matt starrte sie an.

»Ich meine«, Julia berührte vorsichtig Irenes Hand. »Blinde wollen ja eher fühlen und berühren. Wenn das hier die Hand meiner Mutter wäre, würde ich mich ziemlich erschrecken und denken, dass jemand sie vor nicht mal fünf Minuten aus einer Kühlkammer gezogen hätte.«

Scheiße, dachte Matt, Scheiße! Wie hatte er das übersehen können?

»Ein Föhn?«, Julia runzelte fragend die Stirn.

Matt schüttelte den Kopf und zwang sich zum Nachdenken, statt dem Impuls nachzugeben, einen Panikanfall zu bekommen.

»Warte hier«, befahl er Julia und rannte los.

Im Technikraum wurde er fündig. Dort hatte er erst letzte Woche eine

Beatmungsmaschine hingebracht, bei der die Anzeige kaputt war. Er fand auch eine Wärmematte und schlich sich danach auf die nächste Station, um ein paar Infusionen aus dem Wärmeschrank mitgehen zu lassen.

Mit seinen Funden kehrte er zu Julia zurück. Sie hatte die Berührungsängste gegenüber der Toten inzwischen verloren und half ihm, ihre Hände aufzuwärmen. Matt schloss das transportable Beatmungsgerät an Irenes Tubus und stellte die minimalste Luftmenge ein. Er betete inständig, dass Irene von einer pathologischen Untersuchung verschont blieb oder dem Pathologen nicht auffiel, dass sie lange nach ihrem Tod noch beatmet worden war.

In ihre rege Arbeit platzte das Piepen seines Pagers wie ein Granateneinschlag. Julia ließ den Infusionsbeutel auf den Steinboden fallen, den sie Irene gerade unter die rechte Hand schieben wollte.

»Mein Gott, was ist das?«

Matt hatte den Pager aus seiner Brusttasche gefummelt und sah auf die angegebene Nummer. »Die Tochter ist da«, sagte er tonlos. Sharon oder Jeannette mussten seine Nummer am Empfang abgegeben haben.

Noch ein Punkt, den er völlig außer Acht gelassen hatte.

Julia hatte den Beutel vom Boden aufgehoben und starrte ihn mit schreckgeweiteten Augen an.

»Und jetzt?«

»Showtime?«

Beide musterten den Raum. Neben das Bett hatte Julia einen Stuhl geschoben, den Matt nach kurzem Nachdenken wieder wegstellte. »Rollstuhl«, sagte er kurz.

»Oh!« Julia strich die Bettdecke glatt. »Und was ist, wenn sie nicht allein kommt? Ich meine, sie wird bestimmt nicht allein hierhergekommen sein, oder?«

Diesen Punkt hatte Matt in Betracht gezogen. »Sie darf ganz einfach nur allein zu ihr«, bestimmte er kurzerhand. »Ich hol sie jetzt, okay?«

Julia nickte stumm und wärmte weiter Irenes Hände.

Ihr Atem normalisierte sich erst wieder, als Matt die Tür zur Pathologie schloss und sie beide kurz davor stehen blieben. Er brachte Sharons Karte zurück, während Julia schon in den Personalraum ging, um sich umzuziehen.

Sie sah auf die Uhr und stellte fest, dass sie in knapp sieben Stunden schon wieder hier sein musste. Vor dem Spind standen noch ihre Einkäufe, aber der Hunger war ihr schon vor Stunden vergangen. Sie nahm sich die Flasche Rotwein, drehte den Schraubverschluss auf und nahm einen Schluck, als sich die Tür öffnete und Matt hereinkam.

»Meinst du, sie hat was gemerkt?«, fragte sie ihn und hielt ihm die Flasche hin.

Er zögerte kurz, griff dann aber nach dem Flaschenhals und trank, bevor er unschlüssig den Kopf schüttelte: »Ich weiß es nicht. Als ich sie bei dem komischen Verwandten, der sie hergebracht hat, wieder abgeliefert hatte, hat sie mir lange die Hand gedrückt. Gesagt hat sie aber nichts. Sie war nur so unglaublich traurig.«

Sie war ganz anders gewesen, als er sie sich vorgestellt hatte. Erst als er sie gesehen hatte, war ihm klar geworden, dass er eine ärmlich gekleidete, ältere Frau in einem klapprigen Rollstuhl erwartet hatte. Stattdessen wurde sie in einem schwarzen Range Rover vorgefahren und von zwei Männern in dunklen Anzügen begleitet. Der eine war dafür zuständig gewesen, den Rollstuhl aus dem Kofferraum zu holen, der andere hob sie dann dort hinein. Wenn Matt nicht so angespannt gewesen wäre, hätte er sich vielleicht über die Typen amüsiert - vor allem, da die beiden wie »Men in Black« in Sonnenbrillen daher gekommen waren.

»Ich glaube«, sagte er abschließend, »sie weiß, dass sie ihrer Mutter nicht mehr lebend wieder begegnen wird.«

Dann ergriff er die Hand der verwunderten Julia und schüttelte sie fast feierlich. »Ich danke dir, Julia. Ohne dich hätte ich das nicht geschafft!«

»Ich weiß!«, sie grinste ihn an, »Es war mir eine Ehre!« Als Matt zweifelnd mit den Augen rollte, fügte sie noch hinzu: »Doch wirklich! Abgesehen davon werde ich diesen Geburtstag nie vergessen!«

»Wie, diesen Geburtstag? Du meinst den von diesem kleinen Babyprinzen?« Matt schaute sie an, als wäre sie eine Wanderdüne am Ufer der Themse.

»Nein, ich meine meinen eigenen!« Julia schlug die Tür ihres Spindes zu.

»Wie, deinen?«, Matt begriff es nicht. »Du hast zusammen mit Georgie-Prinzilein Geburtstag?«

»Irrtum, mein Lieber!«, Julia nahm einen Schluck aus der Flasche, bevor sie sie in ihre Tasche packte. »Georgilein hat zusammen mit mir Geburtstag!«

9 ...ABER DAS STÜCK IST SCHLECHT BESETZT [i]

Matt schlich am nächsten Tag förmlich auf Zehenspitzen durch die Station - ständig begleitet von der Angst, einem vorwurfsvollen, anklagenden oder - schlimmer noch - enttäuschten Blick seiner Kollegen zu begegnen. Aber alles schien normal. Ein Umstand, den er fast noch enervierender fand. Weder Sharon noch Jeannette waren ihm bisher begegnet. Letztere saß wahrscheinlich gerade bei Irenes Tochter im Hotel oder war auf dem Weg dahin. Nur wo blieb Sharon, fragte er sich bang. Er kontrollierte noch einmal den Dienstplan und musste feststellen, dass er sich nicht geirrt hatte - sie war, wie er auch, für die Frühschicht eingeteilt. Und jetzt war es schon halb acht.

Er machte heute keine gute Arbeit, dass wusste er ganz genau. Aber es ließ sich nicht ändern. Seine Gedanken fuhren Karussell. Immerhin hatte er Sharons Karte verwendet, um in die Pathologie zu kommen. Und auch, um in der benachbarten Pädiatrie die Infusionen zu stehlen. Was wusste er denn, wie diese Zutritte zentral registriert wurden? In Zeiten von NSA und Edward Snowden war alles vorstellbar - selbst, dass ein Krankenhaus seinen permanent überarbeiteten Mitarbeitern hinterher schnüffelte.

»Könnten sie bitte den Arm freimachen, Mrs. Torben?«, bat er seine Patientin.

»Ja, könnte ich«, antworte sie und sah ihn kritisch an. »Aber ist das wirklich notwendig?«

»Natürlich, Mrs. Torben«, versicherte er ihr automatisch. »Sie wissen doch, dass wir regelmäßig ihren Blutdruck kontrollieren müssen.«

»Regelmäßig ist gut«, murrte die alte Dame etwas ungehalten, wie Matt überrascht feststellte. »Also ich finde, alle zwei Minuten ist ein bisschen übertrieben. Finden sie nicht auch, Sharon?«

Matt registrierte kaum, was sie gesagt hatte, denn er hatte Sharon, die abgehetzt in den Raum geeilt war, auch bemerkt. Von Mrs. Torben so angesprochen, reagierte Sharon aber viel entspannter, als Matt anhand ihres gestresst wirkenden Gesichtsausdruckes gedacht hätte. Sie lächelte ihn beruhigend an, legte kurz eine Hand auf Mrs. Torben's Arm und meinte: »Da haben sie sicher recht. Vielleicht wollte Mr. King auch nur testen, welchen Einfluss seine Anwesenheit auf sie hat?«

Matt wurde, zu seinem Ärger, rot. Mrs. Torben amüsierte sich dagegen großartig. Er packte seine Sachen zusammen und war froh, mit allen Patienten durch zu sein und den Raum verlassen zu können. Beruhigt war er aber nicht. Denn warum Sharon erst jetzt aufgetaucht war, wusste er noch immer nicht.

Er sah Jeannette, als er in den Gang trat. Sie war auf dem Weg ins Arztzimmer und wurde vom Chefarzt begleitet. Aber als sie seinen unglücklichen Blick bemerkte, formte sie Daumen und Zeigefinger wie ein Taucher zu einem Kreis. Alles okay also? Matt konnte es kaum glauben. Er schwebte förmlich ins Dienstzimmer ein, wo sich der Großteil der Belegschaft schon zum morgendlichen Tee eingefunden hatte. Die Stimmung war merkwürdig unterdrückt erregt und nicht müde-lethargisch wie sonst. Matt nahm sich seinen Tee und stellte sich ans Fenster in der Hoffnung, sein abgewandter Rücken würden die versammelten Schwestern als Desinteresse und vor allem als Freifahrtschein zur Weiterführung ihres Austausches von Kliniktratsch auffassen. Sie hatten ganz kurz zum Wetter umgeschwenkt, als er hereingekommen war, dieses Thema aber schnell wieder beendet, da es anscheinend Interessanteres zu besprechen gab. Matt spitzte die Ohren, während er in einer Zeitschrift, die wohl von irgendeinem Patienten stammen musste, blätterte.

»Furchtbar peinlich«, raunte eine der Schwestern. »Stellt euch nur vor!«

Ihrem Tonfall entnahm Matt, dass sie so zufrieden mit den morgendlichen Ereignissen war wie ein fetter Mops vorm Kamin. Für ihn lagen diese allerdings immer noch in völliger Dunkelheit.

»Zumindest bleiben wir dann wohl eine Weile von Dr. Clarks Anwesenheit verschont.«

»Arme Sharon«, sagte Meredith und meinte es auch so. Im Gegensatz zu den Anderen schien sie die Situation nicht zu genießen, sondern stand auf und ging aus dem Raum. Die anderen Schwestern schwiegen kurz, dann klingelte das Telefon. Während Angela den Anruf beantwortete, hörte Matt eine der Schwestern sagen: »Natürlich tut mir Sharon leid. Aber ehrlich gesagt bin ich auch froh für sie. Der Ehefrau des Liebhabers gegenüber zu stehen, während der Typ noch in den Federn liegt, ist zwar ein heftiger Schock, aber ein heilsamer.« Mehr konnte sie nicht sagen, da in diesem Moment Sharon ins Zimmer kam, aber Matt hatte auch so genug gehört.

Er war erleichtert, dass seine gestrige Aktion bisher keine Wellen geschlagen hatte. Und vielleicht nie würde. Aber er war auch verwirrt, da er nicht wusste, wie er sich Sharon gegenüber verhalten sollte. Er hatte gerade mehr als genug über ihr Privatleben erfahren, als er jemals würde wissen wollen. Den Rest seines Arbeitstages ging er ihr aus dem Weg und hasste sich dafür. Das hatte sie wahrlich nicht verdient!

»Was bist du nur für ein Held«, sagte er zu seinem Spiegelbild, als er sich umzog. Aber sein schlechtes Gewissen war nur von kurzer Dauer. Er fuhr guter Dinge Richtung Camden, um sein Vorhaben in die Tat umzusetzen. In der gestrigen Nacht, als sie endlich daheim angekommen waren, hatte er noch lange wachgelegen. Was für ein Tag, hatte Julia gesagt und dass war er gewesen! Matt ging Irenes Gesicht nicht aus dem Kopf und dann wieder musste er kichern, als er plötzlich Julias Gesicht vor sich sah und wie es sich verändert hatte, als sie die Hinweisschilder zur Pathologie erst gelesen und dann verstanden hatte. Und dann hatte er plötzlich eine Idee gehabt, was er ihr zum Geburtstag schenken konnte.

»Ein Fahrradhelm«, völlig verdattert hielt Julia den gelb-orangenen Helm in den Händen, den sie gerade aus drei Lagen Zeitungspapier, liebevoll verklebt mit ungefähr zwei Metern Tesafilm, gepellt hatte.

»Fahr ich wirklich so schlecht?«, wollte sie von Matt wissen, als sie den Helm aufprobierte. »Passt«, rief sie dann und klopfte sich mit der Faust auf den jetzt geschützten Kopf.

Matt hatte ihr Frage nicht beantwortet, da er erst jetzt begriff, dass sein Geschenk tatsächlich als dezenter Hinweis in Richtung ihrer rasanten Fahrweise aufgefasst werden konnte. Nur das man hier nicht mehr von dezent reden konnte. Glücklicherweise wurde er nicht rot und glücklicherweise erwartete Julia nicht wirklich eine Antwort von ihm. Er hätte auch keine gehabt. Der Helm war eine spontane Idee gewesen und als er im Laden mit Bedacht den knalligsten von allen ausgewählt hatte - aus rein egoistischen Gründen, denn so war sie viel besser für ihn zu sehen - hatte er sich sehr für seine Idee begeistert gehabt. Bevor er aber beginnen konnte, sich für sich selbst zu schämen, riss ihn Julia aus seiner Grübelei.

»Und was ist das?«, fragte sie und hielt das zweite verpackte Päckchen hoch.

Sie war total begeistert von den Überraschungsgeschenken gewesen - auch wenn sie ihm zwischendurch mehrmals versichert hatte, dass er ihr doch nichts zum Geburtstag hätte schenken müssen.

»Packs aus!«, forderte Matt sie auf und fand zu seinem vorigen Selbst zurück, dass Freude daran hatte, jemand anderem Freude zu bereiten.

Julia riss das Papier auf und sagte dann, merklich gedämpfter: »Oh, Fudge. Wie nett!«

Matt hätte am liebsten laut gelacht über das Schauspiel auf ihrem Gesicht. Freude wechselte mit Abscheu und diese wurde von geheuchelter Dankbarkeit abgelöst.

Er nahm ihr die Packung Fudge aus der Hand und sagte: »Wenn du die nicht magst, geben wir sie Pat.« Julia öffnete den Mund, um irgendetwas Abwehrendes loszuwerden, Matt redete aber einfach weiter: »Ehrlich gesagt mag ich das Zeug auch nicht. Ich dachte nur, ich schenk dir was Typisches aus meiner Heimat.«

Julia zog verständnisvoll die Nase kraus und meinte: »Ich weiß, was du meinst! Ich frage mich, ob deine Mutter meine Kekse mochte. Aber wahrscheinlich würde sie nicht einmal dir gegenüber die Wahrheit sagen.«

Matt schwieg.

»Und womit willst du jetzt dein Haupt schützen?«, fragte ihn Julia am nächsten Morgen, als sie wie die Tage zuvor durch die noch überwiegend stillen Straßen zur Arbeit radelten.

Ihre Frage war pure Berechnung gewesen, denn als sie über eine Ampel fuhr, die gerade auf Rot gesprungen war, blieb er natürlich stehen und konnte sie noch rufen hören: »Ich wusste es - es ist doch mein Fahrstil!«

Ihr Helm war tatsächlich noch eine halbe Meile weit sichtbar, aber er hatte trotzdem keine Chance, sie bis Barts wieder einzuholen.

Julia saß in ihrer Pause bei Rob und las aus dem Rilkebuch vor. Sie unterbrach sich und gähnte herzhaft hinter vorgehaltener Hand.

»Sorry, Rob.«

»Das ist heute schon das dritte Mal!«, beklagte sich Rob.

»Wie, das dritte Mal?«

»Dass du gähnst. Du solltest früher ins Bett gehen, Mädchen.«

»Ich hab halt Frühdienst«, verteidigte sich Julia.

»Eben«, stimmte Rob ihr zu, »deshalb sage ich, du solltest früher ins Bett gehen.«

Julia sah, wie Abby an der offenen Zimmertür vorbeilief, ihren Blick bemerkte und näher kam.

»Dich wollte ich heute noch kurz sprechen, Julia«, sagte sie, als sie neben Robs Bett stehen blieb. Ihr ungewöhnlich ernster Tonfall verursachte eine leichte Panik in Julia - sie dachte an Irene, Matt, sein Studium und fragte sich, welche der zahlreichen Strategien, die sie sich für den Fall der Fälle, dass sie auffliegen sollten, zurecht gelegt hatte, sie fahren sollte.

»Julia, wie lange bist du noch in Barts angestellt?«, fragte sie Abby.

Damit hatte Julia nicht gerechnet. Sie sah Abby verblüfft an und stotterte dann: »Äh, äh, bis September? Mitte September? Ich bin mir grad nicht sicher...«

»Die Neuropsychologie braucht gerade dringend eine Putzkraft«, meinte Abby jetzt wie beiläufig, so dass sich Julia fragte, was das mit ihrer vorherigen Frage und vor allem mit ihr zu tun hatte. »Ich bin einverstanden, dich für eine Weile an sie auszuborgen.«

Ausborgen, dachte Julia alarmiert. Und was ist mit mir? Muss ich nicht auch einverstanden sein? Aber das sagte sie natürlich nicht laut - schließlich konnte sie froh sein, hier überhaupt arbeiten zu dürfen.

»Das heißt«, dachte Julia nun doch laut, »ich müsste woanders hin? Ab wann?«

»Ja, es tut mir leid, Julia, das müsstest du. Aber die Kollegen dort sind sehr nett und hilfsbereit und alles. Ab morgen?«

War das eine ernstgemeinte Frage, dachte sich Julia.

»Du wärst leider auch in einem anderen Haus.«

»Und was ist mit uns? Wer kümmert sich um uns, wenn Julia weg ist?«, schaltete sich Rob in das Gespräch ein.

Abby strich kurz über die bewegungsunfähigen, unglücklichen Hände von Rob. »Wir alle kümmern uns um sie, Mr. Miller - wie sie wohl wissen. Und wenn es ums Vorlesen geht, kann Julia natürlich jederzeit vorbeikommen - wenn sie möchte«, sagte sie, bevor sie rausging.

Nach der Arbeit stand Julia vor ihrem Fahrrad und war ratlos. Das Gespräch mit Abby lag ihr noch immer schwer im Bauch. Sie hatte ihre Zugangskarte für die Station abgeben müssen - drüben würde sie ja am nächsten Tag eine neue bekommen, hatte ihr Abby versichert - und fühlte sich nun seltsam. Als hätte ihr jemand den Wohnungsschlüssel weggenommen oder den Reisepass und sie damit ohne Möglichkeit gelassen hatte, wieder nach Hause zu kommen. Wer hätte noch vor ein paar Wochen gedacht, dass sie es vermissen würde, gefüllte Bettpfannen auszukippen?

Sie schloss ihr Fahrrad ab und gab Matts einen freundschaftlichen Stupser. Seit seinem Ausflug zum Fahrradladen mussten sie sich jetzt auch nicht mehr ein Schloss teilen und jeder konnte kommen und gehen, wie er wollte. Wenn er oder sie denn wusste, was er oder sie wollte, grübelte sie am Hofeingang von Barts. Dann stieg sie auf und schlug eine Route ein, die sie schon eine ganze Weile nicht mehr gefahren war. So kam es ihr zumindest vor.

Sie blieb aber nicht in Hampstead Heath, sondern fuhr weiter zur Pergola und suchte sich dort eine abgelegene Bank zwischen blühenden Sträuchern. Dann steckte sie sich ihre Kopfhörer in die Ohren und durchsuchte ihren MP3-Player nach irgendeiner Musik. Sie wurde nicht fündig. Alles schon tausendmal gehört, dachte sie, und nichts passt.

Auf der Webseite, auf der sie fast täglich unterwegs war, um keine Neuigkeiten von BC zu verpassen, blieb sie nur kurz. Dann öffnete sie ihren Kalender und begann zu zählen. Die Halbzeit ihres heimlichen Londontrips war also schon rum und sie hatte es nicht einmal bemerkt. Nachdenklich legte sie ihr Kinn auf ihre angezogenen Beine. Wieso hatte sie eigentlich das Gefühl, dass jemand ihr den Job gekündigt hatte? Ihre Kommilitonen würden ihr einen Vogel zeigen, wenn sie ihnen erzählen würde, dass sie um einen Putzjob trauerte. Eine Arbeit, die sie ja noch nicht einmal richtig verloren hatte - sie war nur wie ein Möbelstück umgesetzt worden.

Vielleicht war das auch ganz gut so, dachte sie und streckte die Beine aus. In einem Monat würde sie sowieso gehen müssen, so dass der morgige Wechsel der Station diesen nächsten Abschied wahrscheinlich nur leichter machen würde. Und dann, dachte sie, und dann? Dann - denke ich nicht weiter. Das ist nur Robs Rilke, der mich gerade so runterzieht. Sie legte den Kopf in den Nacken und starrte in die blühende Farbenpracht über ihr. Lass dich nicht verrückt machen, würde Rob sagen.

Verrückte also, dachte sie, als sie am nächsten Tag wie angewiesen sich auf der Station der Neuropsychologie meldete. Sie hatte gestern Matt noch interviewt, was denn genau hinter der Bezeichnung Neuropsychologie steckte und das war also dabei herausgekommen. Okay, Matt hatte natürlich nicht diese Vokabel verwendet, sondern viel mehr Wörter und Zeit gebraucht, um am Ende trotzdem beim selben Resultat angelangt zu sein.

Nachdem Julia einigen der Patienten dieser Station begegnet war, die alle genauso verrückt aussahen wie sie selbst, war ihr dieses Vorurteil - auch wenn sie es nur gedacht hatte - sehr peinlich. Sie versuchte, ihren Fauxpas zu kompensieren, indem sie sich besonders Mühe mit ihrer Arbeit gab. Aber im Gegensatz zu Abbys Station war sie hier tatsächlich nur die Putze, die unsichtbar durch die Gänge zu huschen hatte. Die hiesige Oberschwester hatte bei ihrer Einführung mindestens dreimal darauf hingewiesen, dass sie sich von den Patienten fern zu halten hatte - im Klartext bedeutete das: Sprechen war hier für sie verboten.

Sie wischte gerade die Blätter einer der großen Grünpflanzen, die auf dem Gang standen, ab, als es in einem der Zimmer laut wurde und dann anscheinend ein Gegenstand von innen gegen die Tür flog. Bevor sie sich überlegen konnte, ob sie vielleicht nachsehen sollte, ob jemanden etwas passiert war, öffnete sich die Tür des Zimmers und eine Krankenschwester verließ eilig den Raum. Danach herrschte wieder Stille. Julia setzte ihre Blätterpolieraktion fort und putzte sich dann weiter durch einen nicht enden wollenden Vormittag. Ihre Pause verbrachte sie in der Cafeteria. Dort hielt sie aber umsonst nach bekannten Gesichtern Ausschau. Sie setzte sich an einen Tisch am Fenster und sah in den Regen hinaus.

Als sie nach Ende ihrer Schicht langsam die Treppen zum Personalraum herunterstieg, versuchte sie die Wörter zu zählen, die sie an diesem Tag bisher gesprochen hatte. Okay, morgens die gemeinsame Fahrt mit Matt hierher zählte nicht mit. Und danach? Die Anmeldung bei der Oberschwester waren vielleicht zehn Wörter gewesen. Danach hatte sie nur nicken müssen. Die Bestellung ihres Lunches in der Cafeteria? Vielleicht sechs. Dann war auf ihrer Station Besuchszeit gewesen, aber nur eine Handvoll Leute waren aufgekreuzt. Die Hälfte davon wiederum hatte sie schlicht übersehen - sie hoffte, um ihr Ego nicht noch mehr zu belasten, dass es an den Sorgen lag, die den Besuchern die Sicht umwölkt hatte. Mit dem Rest der Besucher hatte sie einen kurzen Gruß und maximal eine Bemerkung übers Wetter ausgetauscht. Also grob geschätzt wieder zehn Worte. Zusammen machte das weniger als dreißig - also pro Stunde ungefähr drei Wörter. Wow, dachte sie, kein Wunder, dass die anderen der Putzkräfte - Ausländer wie sie, nur meist aus anderen Gegenden der Welt - kein oder nur sehr schlecht Englisch sprachen. Wie sollte man auch sprechen lernen, wenn man es nicht tat?

Als sie im Hof Matts Fahrrad stehen sah, entschied sie spontan, auf ihn zu warten. Sie setzte sich auf eine Bank, zog ihr Telefon raus und begann, die üblichen Seiten abzuklappern. Schon auf der zweiten fand sie Neuigkeiten - BC war zurück aus den Staaten. Soso, dachte Julia und sah auf, wurde auch langsam Zeit! Sie sah, wie Ralph, Robs Sohn, über den Hof ging und ihr zuwinkte. Sie winkte zurück. Dann fiel ihr Rob ein. Verdammt, sie hatte ihm doch vorlesen wollen! Einen Tag war sie nicht vor Ort gewesen und hatte schon alles und alle vergessen. Morgen, dachte sie, morgen nehm ich mir eine Stunde Zeit. Versprochen, Rob!

Julia fühlte sich schon viel besser, nachdem sie auf dem Nachhauseweg Matt alles, was sie an diesem Tag erlebt hatte, erzählen konnte. Viel war das im Grunde genommen nicht, aber der Effekt dieses Wenigen war trotzdem auf sie enorm genug gewesen, um ihr fröhliches Wesen ins Wanken zu bringen. Matt lauschte geduldig ihren Ausführungen, als sie ihre Räder durch einen Park schoben, und schwieg die meiste Zeit.

Natürlich tat sie ihm leid - prinzipiell war es zwar kein Karriereabstieg, wenn man keine schmutzigen Bettpfannen mehr putzen musste, aber in Julias Fall wog die soziale Komponente ihres bisherigen Jobs einfach alles andere auf. Der Mensch als an sich soziales Wesen konnte so einen Tausch nicht gut finden.

Trotzdem war Matt nicht ganz bei der Sache. Heute hatte er endlich seine Prüfungsnote erhalten und war frustriert. Er kam sich lächerlich dabei vor und schalt sich einen Riesenidiot, aber das half nichts. Sein Frust über die Note blieb. Natürlich erzählte er nichts davon Julia. Sie war mit ihren eigenen Sorgen beschäftigt und würde ihn wahrscheinlich überhaupt nicht verstehen. So, wie er sie einschätzte, gehörte sie zu der Art Studentin, die dem Dozent noch vor Dankbarkeit um den Hals fiel, wenn er ihr ein »gerade noch so bestanden« gab.

Matt dagegen hatte mehr von sich erwartet. Streber, Streber, dachte er. Aber was war verwerflich daran, wenn man nicht nur bestehen, sondern auch gut bestehen wollte? Wer konnte es nur cool finden, besonders schlecht durch seine Prüfungen zu kommen? Doch nur Typen, die so ihre Defizite tarnen wollten.

Später klopfte er an Julias Zimmertür, um ihr die Sherlock-DVDs, die noch in seinem Zimmer gelegen hatten, zurück zu bringen. Natürlich war das ein Vorwand, um aus seinen eigenen stillen vier Wänden, in denen er gerade nichts mit sich anzufangen wusste, heraus zu kommen und nachzusehen, wie sie ihre Abende verbrachte, wenn sie nicht Videos ansah.

Sie sah sich Videos an. Mit Benebus Cucumbera natürlich. Er blieb neben ihrem Bett stehen, auf dem sie mit verschränkten Beinen saß und ihren Laptop auf dem Schoss hatte und legte die DVD-Box neben sie.

Jetzt erst bemerkte sie ihn und entstöpselte ihre Ohren. »Matt«, rief sie erfreut. »Ich hab dich gar nicht klopfen hören.«

Matt war zwar etwas durch ihre offensichtliche Freude, ihn zu sehen, besänftigt, trotzdem konnte er es nicht lassen, sie zu fragen: »Und was guckst du da?«

»Oh, das?«, Julia hatte das Video gestoppt und ließ es jetzt für ihn - mit Ton - weiterlaufen - als würde er daran ernsthaft interessiert sein.

»Irgendeine Talkshow. Ganz witzig, das!«

»Aha«, meinte er betont neutral. »Findest du das nicht, mhm, irgendwie, äh, Zeitverschwendung?«, fragte er dann vorsichtig. »Ich meine, du könntest doch ein Buch lesen, oder so?«

Julia hatte das Video wieder gestoppt und sah ihn an. Man konnte sagen kampfbereit - aber vielleicht bildete er sich das nur ein.

»Was ist denn hier der Unterschied zu Pat oder Morena, die fast jeden Abend vor ihrem Fernseher verbringen?«, wollte sie freundlich wissen.

»Keiner«, sagte Matt prompt. »Das finde ich genauso sinnlos.«

»Aber ein Buch lesen wäre für dich keine Zeitverschwendung?«

»Nein, natürlich nicht«, meinte er siegesgewiss.

»Okay«, stimmte sie ihm zu seiner Überraschung zu, klappte den Laptop zu und griff sich ein Buch, das unter dem Bett auf dem Boden lag. »Dann les ich eben!« Sie hielt sich dann das geöffnete Buch so vors Gesicht, dass ihn der bunte Umschlag und der Titel - vor allem das Porträt darauf - direkt anzuspringen drohte.

»Benedict Cumberbatch: The Biography«, las er.

Es verschlug ihn die Sprache, womit Julia, die ihn über den Rand ihrer Lektüre hinweg angrinste, natürlich gerechnet hatte.

»Besser so?«

Matt holte Luft und lehnte sich an die Wand. Noch gab er sich nicht geschlagen.

»Ich meine ja nur«, sagte er und verschränkte die Arme vor der Brust, »dass du schließlich auch ein eigenes Leben hast, um das du dich kümmern solltest.« Sobald dieser Satz raus war, wusste er, dass er das Ganze falsch angepackt hatte.

»Aber ich kümmer mich ja um mein Leben. In den letzten Wochen tue ich mehr dafür, als in den ganzen Jahren davor!«

Matt hatte gar nicht hingehört, sondern versucht sich in einer anderen Taktik: »Ich meine, du solltest lieber anfangen, dein Leben zu leben, als deine Zeit mit so einem ...« Er holte Luft, überlegte kurz und redete schnell weiter: »Mit so etwas zu verplempern. Stell dir mal vor, du wirst - wie Irene - morgen von einem LKW überfahren. So ganz unwahrscheinlich ist das immerhin nicht bei deiner Fahrweise.«

Julia rollte genervt mit den Augen. »Immerhin hab ich jetzt einen Helm!«

»Lenk nicht ab«, fuhr er sie wütend an. »Der nützt dann auch nichts mehr. Ich meine - stell dir das doch mal vor! Diese Verschwendung! Das«, rief er und deutete auf ihren geschlossenen Laptop, »ist eine Scheinwelt, der du hinterher rennst.«

Julia hatte das Buch zugeklappt und sah ihn an. »Ich verstehe ja, dass du das so siehst. Aber im Gegensatz zu den restlichen Jahren - vor allem zu meinen studierend verbrachten - mache ich gerade jetzt einmal etwas, was mir richtig wichtig ist. Egal wie sinnlos das für andere sei mag. Für mich ist es das nicht. Versuch es zu akzeptieren, Matt. Du brauchst es ja nicht zu verstehen.«

Sie war bei ihrer kleinen Rede, die sie sich zusammen gesucht hatte, ungewöhnlich ernst geworden. Jetzt grinste sie aber wieder und sagte: »Etwas Gutes hat das Ganze in jedem Fall - mein Englisch profitiert unheimlich.«

Matt musste lachen und war, wie sie geplant hatte, von seinem ursprünglichen Anliegen abgelenkt. Er drehte sich um und wollte ihr schon eine gute Nacht wünschen, als er sich Auge in Auge mit Benelump Crumblepork fand. Er hasste diese Poster!

»Sag mal«, fragte er mit einer Hand auf der Klinke, »findest du dieses Bild nicht auch etwas vorpubertär - auch wenn es dir wirklich und richtig wichtig ist?«

Bevor ihn das Kissen, das sich Julia schnell gegriffen hatte, treffen konnte, hatte er hinter sich schon die Tür zugezogen und stand breit grinsend im Flur. Hoffentlich hatte dieser Mistkerl das Kissen mitten ins Gesicht bekommen!

Dann ging er in sein Zimmer, legte sich aufs Bett und schaltete den Fernseher ein.

»Gottseidank ist heute Freitag«, murmelte Julia vor sich hin, als sie am nächsten Tag in einem leeren Patientenzimmer stand und das Fenster von innen putzte. Genau genommen gehörte diese Tätigkeit nicht zu ihren Aufgaben, aber sie langweilte sich kolossal. Die Putzerei, wie sie von der Oberschwester für die Station vorgesehen war, hatte sie schon vor der Frühstückspause erledigt gehabt und nun fragte sie sich, wie sie den Rest ihres Arbeitstages verbringen sollte. Was hatte ihre Vorgängerin - oder gar Vorgänger? - nur anders gemacht, dass sie mit dieser Station allein ausgelastet zu sein schienen? Und wieso hatten die sich hier beklagt, dass sie dringend jemanden dafür brauchten?

Julia hatte an diesem Tag viel Zeit zum Nachdenken. In ihrer Pause beschloss sie, langsamer zu Arbeiten. Viel langsamer. Das schindete zwar Minuten, die aber so schleppend verrannen, wie nie zuvor in ihrem Leben (abgesehen von mancher Wirtschaftsrechtvorlesung). Dazu kam noch, dass, je niedriger das Tempo ihrer Bewegungen wurde, die Gedanken in ihrem Kopf umo schneller entstehen wollten. Leider, um zu bleiben und nicht - wie es sonst der Fall war, wenn sie nicht wusste, was sie zuerst tun sollte - einfach wieder zu verpuffen.

Sie traute sich nicht, ihr Handy mit auf Station zu nehmen, um Musik zu hören, die ihre Gedanken zuverlässig übertönt hätte. So wie sie die Oberschwester einschätzte, besaß sie Röntgenaugen und hätte in zehn Sekunden rausgefunden, dass das, was am anderen Ende ihrer Kopfhörer hing, kein simpler MP3-Player, sondern ein für sie hier verbotenes Telefon war. Also ließ sie es im Spind und versuchte stattdessen, Rilkegedichte zu rezitieren.

Sie atmete auf, als sie gehen konnte und lief, ohne sich umzuziehen, auf ihre alte Station, um ihr gestriges Versprechen einzulösen. Doch Rob war nicht da. Sein Bett war verschwunden und seine Sachen lagen nicht mehr an ihrem Platz.

Julia stand wie angenagelt und starrte den Platz an, zu dem Rob ganz einfach gehörte. Sie hatte sich so an seine Anwesenheit gewöhnt, dass sie gar nicht auf den Gedanken gekommen war, dass er eines Tages entlassen werden könnte. Aber das war ja schön für ihn, dachte sie und winkte den beiden anderen Patienten zu, die sie - wie immer - nicht wirklich zu bemerken schienen, als sie das Zimmer wieder verließ.

Sie hätte Rob nur gern auf Wiedersehen gesagt.

Vor der Zimmertür lief ihr Abby über den Weg, die sie freudig begrüßte. »Süße, wie geht es dir?«

Julia gab - wie immer, wenn ihr jemand diese Frage hier stellte - die gleiche, nichtssagende Antwort: »Prima, alles bestens!«

Denn so lieb Abby auch sein mochte, an einer ehrlichen Antwort auf ihre Frage war sie nicht wirklich interessiert. Und was hätte es Julia auch genützt, vor Abby - der sie am Ende den neuen Job zu verdanken hatte - die Wahrheit über ihre derzeitige Langeweile und insbesondere ihre Einsamkeit dort drüben im anderen Haus auszubreiten.

»Wolltest du Rob besuchen? Er ist nicht mehr da.«

»Ja, das hab ich gesehen«, sagte Julia und lächelte. Dann wunderte sie sich über Abbys ernsten Gesichtsausdruck und schaltete schnell. »Er wurde also nicht entlassen?«

»Nein, er wurde verlegt. Er hatte einen zweiten Anfall.« Abbys Pager begann in diesem Moment zu piepen, so dass sie entschuldigend die Hände hob. Im Weggehen rief sie Julia noch zu, wo sie Rob finden würde.

Rob war nicht allein. Sein Sohn Ralph saß neben seinem Bett und hielt seine Hand. Julia wollte sich, nachdem sie einen vorsichtigen Blick in das Zimmer geworfen hatte, schon wieder zurückziehen, aber Ralph winkte ihr auffordernd zu.

Jetzt erst sah sie Rob von vorn und erschrak. Das war nicht mehr derselbe Mann, den sie noch vor drei Tage gesehen hatte. Seine Augen waren zwar offen, aber er schien nichts wahrzunehmen. Seine Lachfalten, das Zwinkern seiner Augen und die Nasenlöcher, die er, wenn die Physiotherapeutin wieder mal etwas von ihm verlangt hatte, wozu er nicht bereit gewesen war, aufblähen konnte wie Pferdenüstern, waren jetzt still. Die offenen Augen machten die Hoffnung zunichte, dass er schlafen könnte.

Ralph hatte einen forschenden Blick auf ihr Gesicht gerichtet, so als wollte er ihre Reaktion auf den Anblick seines Vaters prüfen. Also versuchte Julia eine neutrale Miene zu ziehen und lächelte ihm vorsichtig zu.

»Hallo, Rob! Hallo, Ralph!«, sagte sie forscher, als sie sich fühlte.

Dann wusste sie nicht weiter. Sie traute sich nicht, wie sonst, Rob zu fragen, wie er sich heute fühlte. Er sah ganz einfach nicht so aus, als würde er von seiner Umgebung etwas bemerken. Aber er sah eben auch nicht aus, als würde er schlafen. Sie konnte aber auch nicht so tun, als wäre er nicht da.

»Wie geht es dir, Ralph?«, flüchtete sie sich schließlich in die englischste aller Fragen, nur dass sie tatsächlich eine ehrliche Antwort erwartete.

»Nicht schlecht«, sagte Ralph und versuchte ein optimistisches Lächeln.

Julia sah kurz die Tränen in seine Augen steigen, die er aber rasch wegblinzelte. Es kam gar nicht in Frage, dass ein gestandener Polizist vor einem jungen Mädchen die Fassung verlor.

Julia hatte sich zum Fenster gedreht und richtete die Jalousien so ein, dass etwas mehr Licht in das trüb beleuchtete Zimmer fiel.

Ralph räusperte sich: »Er blinzelt manchmal, wenn ich ihn etwas frage. Das ist gut - sagt der Arzt.«

»Das ist doch toll«, freute sich Julia. »Ich wollte ihm etwas vorlesen. Meinst du, das ist okay? Ich kann auch später wiederkommen?«

»Nein, nein«, Ralph schüttelte energisch den Kopf. »Bleib hier. Ich muss leider los - eigentlich habe ich gar nicht frei. Schön, dass du ihn besuchst, Julia!«

Als Ralph gegangen war, suchte Julia nach dem Rilkebuch und fand es schließlich in Robs Nachtisch. Sie schlug die Seite auf, bei der sie beim letzten Mal unterbrochen worden waren und setzte zum Lesen an. Und sie brachte kein Wort heraus. Die Stille im Raum war erdrückend. Sie stand auf und kippte das Fenster an, damit die Geräusche der Stadt ins Zimmer kommen konnten. Dann setzte sie sich wieder und suchte ein anderes Gedicht. Der Panther kam ihr in diesem Moment ganz einfach nicht passend vor. Sie sah in Robs Gesicht, dessen Blick im Nirgendwo endete und fragte sich, ob er dieses Gedicht eigentlich gemocht hatte. Mochte, verbesserte sie sich schnell. Wieso dachte sie in der Vergangenheitsform, wenn es um Rob ging? Sie sah doch, wie sich sein Brustkorb regelmäßig hob und senkte. Es hatte sich doch ganz anders angefühlt, als sie mit Irene in einem Raum gewesen war, oder?

Dann las sie ihm doch »Der Panther« vor.

»Matt«, Julia stand in seiner offenen Tür und drehte ihren umgedrehten Fahrradhelm auf ihrem Zeigefinger. »Kommst du mit?«

Er legte das Buch beiseite, in dem er gerade versucht hatte zu lesen und sah sie verwirrt an. Welche Verabredung hatte er bloß vergessen? Mit Julia?

»Wohin?«

»Raus«, war ihre schlichte Antwort.

»Raus?« Wie, dachte er, war das eine Einladung auf den Spielplatz? Das letzte Mal, als er so eine Aufforderung gehört hatte, musste er fünf oder sechs Jahre alt gewesen sein.

»Hey, es ist Freitagabend. Ich muss etwas unternehmen!« Sie setzte sich den Helm auf, so als hätte er schon abgelehnt. Schnell stand er auf und ging ihr in den Flur hinterher.

»Ach dieses raus meinst du mit raus«, sagte er. »In den Pub gehen. Wieso nicht?« Er nahm sich seine Jacke vom Haken und zog sie über.

Julias Locken flogen, als sie den Kopf schüttelte. »Quatsch - Pub!«, sagte sie abfällig. »Als ob es nichts anderes gäbe hier in London!«

»Und das wäre?«

»Musik, Theater, Kino. Zufällig hat mir Mohammed heute einen Tipp gegeben, wo es all das an einem Platz fast umsonst gibt!«

»Mohammed ist anscheinend eine unerschöpfliche Quelle an Informationen«, sagte Matt leicht angesäuert, als er ihr mit dem Fahrrad über der Schulter die Treppe hinunter folgte.

»The Scoop?«, fragte Matt Julia ungläubig. »Was soll denn das sein?«

»Keine Ahnung«, sie zuckte fröhlich mit den Schultern. »Wir werden es ja sehen!«

»Aha«, meinte Matt nur, als sie am Rand des kleinen Amphitheaters mit Blick auf die Towerbridge standen. Jetzt verstand er den merkwürdigen Namen. Viel war hier allerdings nicht los. Nur ein paar Leuten saßen auf den Stufen und sahen zu, wie auf der Bühne Instrumente, Mikrofone und Lautsprecher aufgestellt wurden.

»Meinst du, man kann hier irgendwo was essen?« Julia reckte den Kopf und schaute sich suchend um. Den Musikern schenkte sie keine Beachtung.

»Lass uns was suchen gehen. Hier ist eh noch nix los!«

Als sie wieder zurück kamen, hatte sich inzwischen eine ansehnliche Menge an Leuten versammelt, so dass sie Mühe hatten, noch einen Platz zu finden, von dem man die Bühne gut sehen konnte. Julia schob sich gerade ein Stück frittierten Fisch in den Mund, als ihr jemand eine Hand auf die Schulter legte.

Sie sah sich um und fand Pat neben sich. Erschrocken spuckte sie den Fisch zurück auf ihren Pappteller. »Pat, was machst du denn hier?«

Pat meinte, leicht beleidigt, auf ihre Reaktion: »Freut mich auch, dich zu sehen, Julia. Hallo, Matt!«, winkte sie etwas freundlicher zu ihm herüber, der nur stumm zurückgrüßte, da er gerade den Mund voller Pommes hatte.

»Klar freue ich mich, dich zu sehen, Pat«, verteidigte sich Julia. »Ich hab mir nur am Fisch den Mund verbrannt.«

Pat akzeptierte ihre Entschuldigung, breitete ihren schwarzen Rock, unter dem ein bauschiger Petticoat steckte, aus und ließ sich neben Julia auf die Stufe sinken. Ihre Haare waren wie immer knallrot getönt. Der gerade Pony endete knapp über ihren perfekt geformten Augenbrauen und ihre Wimpern waren so lang, dass sie tiefe Schatten auf ihre Wangenknochen warfen. Die konnten unmöglich echt sein, dachte sich Julia und musterte Pat von der Seite. Sie trug ein schwarzes Oberteil, schwarze Strumpfhosen und schwarze Pumps. Seit sie aus ihrem Urlaub zurückgekehrt war, hatte Julia Pat in keiner anderen Farbe mehr gesehen. Nur die knalligen Haare schienen ein Zugeständnis an ihr Vorferien-Ich zu sein. Warum Pat Trauer trug, wagte Julia allerdings nicht herauszufinden.

Sie kam besser mit Pat als mit Morena klar. Letztere bewies ein ungewöhnliches Durchhaltevermögen, indem sie mit ihr seit ihrem gemeinsamen Abend nicht mehr als notwendig sprach und sie auch sonst bewusst ignorierte. Julia war das allerdings herzlich egal. Morena und ihren verkniffener Arsch konnte sie leicht entbehren. Mit Pat dagegen hätte sie sich manches Mal gern länger unterhalten. Aber sie umgab eine Aura - vielleicht noch verstärkt durch ihre Sechziger-Jahre-Aufmachung - die es Julia schwer machte, so unbeschwert mit ihr wie mit Matt umzugehen.

»So«, sagte Pat, während sie ihren glänzenden Rock glatt strich, »ihr mögt also Blues?«

»Blues?«, fragte Matt zurück.

Sie nickte und ihm schien das Gesicht einzuschlafen.

»Natürlich mögen wir Blues!« Julia stieß Matt mit ihrem Ellbogen in die Seite, so dass einige seiner Pommes auf die Leute, die eine Stufe unter ihnen saßen, regneten.

»Hey!«, beschwerte sich Matt bei Julia und entschuldigte sich gleichzeitig bei den Typen, die vor ihm hockten und in ein angeregtes Gespräch vertieft waren. Matt angelte eine Kartoffel aus den langen Rastas des vor ihm

Sitzenden, der all das gar nicht mitbekam.

»Ich wusste gar nicht, dass du auf solche Musik stehst«, meinte Matt und stopfte sich ohne Nachzudenken diesen Kartoffelchip in den Mund.

Pat sah ihm angeekelt zu und wechselte dann einen Blick mit Julia, die nur die Schultern hob.

»Auf was für Musik sollte ich denn deiner Meinung nach stehen?«

Sie bemerkte seinen Blick, der von ihrem Pony über ihren Pferdeschwanz zu ihrem Rock wanderte und gab sich selbst die Antwort: »Ach so, Rock'n'Roll und so? Naja, du hörst ja wahrscheinlich auch nicht nur Coldplay und Red Hot Chilli Peppers, oder?«

Als Julia Matts sprechenden Blick auf diese Frage sah, legte den Kopf in den Nacken und lachte so laut, dass sich die Typen vor ihnen jetzt doch zu ihnen umdrehten und einer von ihnen die Pommes, die auf seiner Tasche gelandet waren, bemerkte. »Hey, danke!«, meinte der erfreut zu Matt und steckte sie sich in den Mund.

Matt sagte zu Pat und Julia: »Na und?!«

Pat setzte sich nach unten auf die Tanzfläche vor der Bühne ab, als die Party richtig in Schwung gekommen war und ließ sich vom Saxophonisten herumschwenken. Sie verloren sie aus den Augen, als die Band ihren Auftritt für beendet erklärte und die Zuschauer sich langsam zerstreuten.

Auf dem Heimweg erzählte Julia Matt von Rob. »Er war wie eine leere Hülle. So, als wäre Rob weg gegangen«, sagte sie betrübt.

»Das heißt doch noch gar nichts«, erwiderte Matt energischer als beabsichtig, aber er konnte mit Julias - wie er fand - esoterischer Beschreibung nicht viel anfangen. Er wünschte sich Fakten, Werte und Untersuchungsergebnisse - all das, was für Julia keine Rolle gespielt hatte, als sie Rob besucht hatte.

»Wir werden sehen«, war Matts abschließende, auch für ihn selbst unbefriedigende Antwort. »Es kann gut sein, dass dein Rob wieder zurückkommt - oder wie du das nennen würdest.«

10 GEMISCHTE GEFÜHLE

Matt fluchte, als ihm am nächsten Morgen die Sonne erbarmungslos ins Gesicht schien. Er zog sich stöhnend sein Kissen über den Kopf und sah dann auf seine Uhr. Noch nicht mal sieben. Deshalb also fühlte er sich wie durchgeprügelt. Warum hatte er Depp auch in der Nacht vergessen, die Vorhänge zu schließen? Aber die Energie, das jetzt zu tun, brachte er genauso wenig auf. Also blieb er mit dem Kissen auf dem Gesicht liegen, schloss wieder die Augen und versuchte, zurück in seine Träume zu finden.

Draußen im Flur hörte er tappende Schritte. Kam jetzt eine von den Nachtschwärmern - Pat oder Morena - nach Hause? Er sah wieder auf seine Uhr, deren Zeiger sich aber nicht wirklich bewegt hatten. Wieso nicht? Immerhin war Wochenende. Obwohl sich Pats Schuhe ganz anders anhörten. Jetzt klapperte die Brotbox in der Küche. Er setzte sich im Bett auf, um besser lauschen zu können. Unmöglich, dass das Morena oder Pat waren - beide hatte er noch nie etwas anderes als schwarzen Kaffee morgens zu sich nehmen sehen. Er schüttelte sich bei dem Gedanken daran, so etwas Ekelhaftes zu trinken - und dann auch noch ohne die mildernde Wirkung von Milch. Als würde es reichen, die Milch im Kaffee einzusparen, um nicht zu zunehmen. Lächerlich, wenn Morena deshalb darauf verzichtete. Aber bei Frauen wusste man nie.

Julia war die einzige ihm bekannte weibliche Person, die ein gesundes Verhältnis zu Essen, Trinken und ihrem Körper zu haben schien. Was ihn auf die Idee brachte, aufzustehen und nachzusehen, was sie am Wochenende um diese Zeit schon in die Küche verschlagen hatte.

Sie frühstückte und ließ ihren Toast, der dick mit Butter und Marmelade bestrichen war, fast fallen, als sie ihn in der offenen Tür auftauchen sah.

»Morgen«, sagte sie mit vollem Mund. »Hoffe, ich hab dich nicht geweckt?«

»Nein«, Matt wurde bewusst, dass er nur T-Shirt und Boxershorts trug. Was wollte er eigentlich hier? Am liebsten hätte er sich wieder in sein Bett geflüchtet, stattdessen ging er zum Kühlschrank, nahm sich den Saft raus und goss sich davon etwas in ein Glas.

Auf dem Boden sah er Julias Tasche liegen, die aussah wie ein trächtiges Flusspferd. »Hast du was vor?«

»Ja«, Julia wischte sich die Toastkrümel vom Mund und trank ihre Tasse aus. »Baden gehen.«

»Baden?« Matt sah nach draußen. Das Wetter sah tatsächlich vielversprechend aus. Dann fiel bei ihm der Groschen. »Draußen? In London? Wo? Ich hoffe, du planst nicht, in der Themse...?«

»Wieso nicht?«, sagte sie prompt. Aber bevor er irgendetwas erwidern konnte, redete sie schon weiter. »Nein, natürlich nicht! Ich kenne ein paar Badeseen, an denen ich in letzter Zeit öfter vorbei gefahren bin. Letzte Woche hab ich mir einen Bikini gekauft und warte seitdem auf so einen Tag!«

Matts Mund fühlte sich plötzlich trocken an, so dass er einen Schluck Saft trank. Er nickte nur.

»Willst du mitkommen?«

Er war zwar inzwischen an ihre Spontanität gewöhnt, diese Frage traf ihn aber unerwartet.

»Baden? Mit dir?«, überlegte er laut und konnte froh sein, dass Julia an seine direkte Art gewöhnt war und sich vor allem nicht daran störte. Jede andere Frau wäre bei seiner Reaktion, die an mangelnder Begeisterung kaum zu übertreffen gewesen war, längst wutschnaubend aus der Wohnung gestürmt. Sie dagegen sagte nur: »Du musst nicht.«

Matt realisierte seinen Fehler schnell: »Doch, klar. Wieso nicht?«

»Tatsächlich! Wieso nicht?« Julia hatte ihr Geschirr weggeräumt und schulterte ihre Tasche. »Du solltest dich allerdings beeilen!«

»Äh...klar!«

Matt wechselte als erstes seine Sachen. Er roch an dem T-Shirt, dass er sich gerade über den Kopf gezogen hatte und verzog das Gesicht. Duschen kam nicht in Frage, also sprühte er großzügig Deo unter seine Achseln bevor er sich ein frisches Hemd über den Kopf zog. Die Jeans hatte er als nächstes an, bevor ihm einfiel, dass zum Baden eine bestimmte Kleiderordnung gehörte. Er zerrte gerade seine Tasche unterm Bett vor, als Julia in seinem Rücken fragte:

»Falls du keine Badehose hast, gibt es in der Männerbadi auch einen FKK-Bereich.«

Matt schlug sich den Kopf am Bettpfosten ein, als er erschrocken hochfuhr. Er rieb sich die schmerzende Stirn und hoffte, dass Julia seine hochrote Gesichtsfarbe auf den Zusammenstoß mit dem Bett zurückführte.

»Natürlich hab ich eine Badehose«, murrte er und drehte ihr den Rücken zu, als er begann, in seiner Reisetasche zu wühlen.

Julia murmelte etwas, dass er nicht verstand und sagte dann: »Okay, ich warte dann draußen.«

Als er hinter Julias Rad bergauf strampelte, wurde Matt klar, dass sie ihm einen wesentlichen Teil seiner Fragen nicht beantwortet hatte - nämlich nach dem »Wo?«. Er hatte aber auch keine Lust, Gas zu geben, um sie dann hechelnd vor Anstrengung danach fragen zu können. Besser, er konzentrierte sich auf seine Beinarbeit, um nicht den Anschluss zu verlieren. Schließlich war er der Typ von den Fells und sie kam nur aus einem läppischen Wald.

Je länger sie fuhren, desto mehr wurde ihm klar, wohin sie unterwegs waren. Als sie schließlich die Parkeinfahrt von Hampstead Heath passierte, sparte er sich seine Frage. Stattdessen meckerte er: »Ich wollte eigentlich nicht Cucumberjagd spielen«

Julia bremste so stark, dass sie fast über ihren Lenker abgestiegen wäre. »*Was* willst du nicht spielen?«

Matt rollte langsam an ihr vorbei und genoss kurz dieses Gefühl. »Nichts!«, sang er fast.

Julia stieg in die Pedale, um ihn wieder einzuholen. Als sie neben ihm war, sagte sie betont cool: »Falls ich richtig liege mit dem, was du gemeint hattest - zu deiner Information: ich bin hier nur zum Baden!«

»Dann ist ja gut!« Matts gute Laune war wieder hergestellt. Der Park war leer gefegt und leichter Morgennebel hing noch über den Wiesen und zwischen den Bäumen. Es fühlte sich fast ein bisschen an wie daheim. Auf jeden Fall nicht, als wären sie in einer Millionenmetropole und er fragte sich, wieso es erst eine Fremde gebraucht hatte, um ihm diesen Platz entdecken zu lassen.

Sie gingen zur Badestelle für Frauen und Männer, nachdem sich Julia ausgiebig über die Geschlechtertrennung an den drei kleinen Seen amüsiert hatte. »In Berlin würde das nicht gehen«, erzählte sie ihm, »da müssten sie noch einen See für all die eröffnen, die weder Frau noch Mann sind.«

Der See lag spiegelblank und fast kaffeebraun vor ihnen. Im Wasser war gerade niemand, aber auf der Liegewiese waren sie nicht die Ersten. Sie suchten sich einen Platz neben einem Baum und Julia zog, obwohl es noch keine zwanzig Grad Lufttemperatur waren, ihre Klamotten aus und rannte zum Ufer. Dort stand sie dann in ihrem blaugepunkteten Bikini und tippte mit dem Fuß kurz ins Wasser, um aufzuquietschen und sich zu ihm umzudrehen. »Na los, Matt!«

Nicht weit von ihm entfernt saß ein Rentner, der erst Julia begutachtet hatte und jetzt ihm grinsend einen kurzen Blick zuwarf. Der Typ saß völlig entspannt in seiner Badehose da, als herrschten gerade dreißig Grad im Schatten. Seine Haare waren nass, so dass Matt annehmen musste, dass er vor kurzem eine Runde im See gedreht hatte. Widerwillig knöpfte Matt seine Jeans auf und zog sich den Pulli über den Kopf. Bloß nicht daran denken, wo er jetzt wäre, hätte er nicht neugierig nach der Quelle der morgendlichen Geräusche aus der Küche nachgeforscht, dachte er.

»Schau dir diese Brühe an«, sagte er zu Julia, als er dann neben ihr am Seeufer stand.

»Die ist nur ein bisschen braun. Das heißt doch nicht, dass sie auch schmutzig ist.«

Matt erschloss sich Julias Logik nicht, aber bevor er die Diskussion mit ihr weiterführen konnte, war sie schon ins Wasser gerannt. Sie warf sich mit einem lauten Klatschen hinein, so dass die flache, spiegelnde Fläche bis weit in die Seemitte zerstört wurde und tauchte dann mit einem lauten Prusten wieder auf. »Scheiße, ist das kalt!«

Bevor sie ihn nass spritzen konnte, holte Matt kurz Luft und tauchte selbst ab. Die Kälte traf ihn wie eine Faust in den Magen, machte ihn aber auch schlagartig hellwach. Er kraulte an Julia vorbei, die mit verschränkten Armen frierend im Wasser stand. »Na los, Julia!«

Sie blieben bis es Julia zu voll wurde. Matt hätte es durchaus auch noch länger dort ausgehalten. Er lag neben Julia auf einer Decke, die ihn seine Mutter seinerzeit als Bettüberwurf aufgedrängt hatte. Julias Arm berührte dann und wann seinen. Sie las in Terry Pratchetts Buch und kicherte ab und zu. Er hatte ein Buch eingepackt, das ihm sein Vater bei seinem letzten Besuch in die Hand gedrückt hatte und blätterte darin. Mehr als das brachte er nicht zustande, da seine Gedanken - wie seine Augen - immer wieder von der Zeile rutschten oder ganz die Seite aus dem Blick verloren.

Nicht weit weg von ihnen hatte sich eine Gruppe junger Typen niedergelassen, die Julia abschätzend taxierten, wenn sie es nicht bemerkte. Matt fühlte ihren Neid und räkelte sich wie ein zufriedener Kater in der Sonne. Am liebsten hätte er geschnurrt, wenn er es denn zustande gebracht hätte. Dann sickerte ihm langsam ins Bewusstsein, dass er keins der Privilegien, die ihm die anderen Typen zudachten, tatsächlich auch besaß.

Schlimmer noch - die Wirkung von Julia auf andere Männer vor Augen geführt zu bekommen, machte ihm klar, dass sie - so unmöglich sie es selbst auch finden mochte - durchaus bei ihrem Idol Chancen haben könnte. Er wusste zwar nicht, auf welchen Typ Frau der Cumberquatsch stand, aber wenn man Julia begegnete, musste man sie einfach toll finden.

Alles andere war für ihn nicht vorstellbar. Natürlich, dachte er ein bisschen erleichtert und glättete die Buchseite wieder, in die er gerade ein Eselsohr gemacht hatte, kam erschwerend hinzu, dass sich Julia ausgerechnet einen Engländer als Ziel ausgeguckt hatte. Wie hoch war da wohl die Wahrscheinlichkeit, dass dieser eine Fremde - sei sie auch noch so toll - außerhalb seiner Wohlfühlzone einfach so ansprechen würde? Celebrity hin oder her. Wenn er Julia richtig verstanden hatte, wollte sie sich ja nicht einmal als Fan von ihm outen. Wie also sollte das gehen?

Er rollte sich auf den Rücken und sah in die am Himmel vorbeiziehenden Wolken. Dann zog er sich sein Handtuch über den Kopf. Litt er an den frühen Auswirkungen eines Sonnenstiches oder warum begann er jetzt schon, in Julias Bahnen zu denken und das Unmögliche für wahrscheinlich zu halten? Wie oft hätte er dann schon in London Hugh Grant oder Judy Dench begegnen müssen? Nach Julias Logik wahrscheinlich mindestens einmal jährlich.

»Was für ein Humbug!«, sagte er laut.

Julia beachtete seinen Ausruf nicht, da ihre Aufmerksamkeit von jemand anderen gefangen war. »Sag mal«, sagte sie und stupste Matts Arm an. »Kommt der dir dort drüben nicht auch irgendwie bekannt vor?«

Sein Blick folgte ihrem und blieb an einem rothaarigen Typen hängen, dessen Gesicht er tatsächlich schon einmal gesehen haben musste. Bevor er irgendetwas sagen konnte, wisperte sie aufgeregt zu ihm herüber: »Ich weiß woher! Harry Potter!«

»Harry Potter?« Wie lang war das her! Aber jetzt, wo er wusste, in welcher Schublade er kramen musste, griffen die Zahnrädchen seines Gedächtnisses ineinander und brachten eine kleine Gedankenlawine ins Rollen. »Rupert Grint«, sagte er dann cool.

Julia warf ihm einen anerkennenden Blick zu: »Gut! Wäre mir nie eingefallen!«

Matt zog sich wieder das Handtuch über den Kopf und grübelte über diese neue Entdeckung Julias nach. Ob sie schon eine Liste führte, wen sie so an Berühmtheiten in London bisher gesichtet hatte? Sie musste ganz einfach unwahrscheinliches Glück haben! Oder sah sie einfach mehr als alle anderen?

Als sie nach Hause in die WG kamen, lief gerade Pat über den Flur und Matt blinzelte, als würde er wieder ins gleißende Sonnenlicht schauen. Erst dann wurde ihm klar, dass Pat auf das bei ihr in letzter Zeit übliche Schwarz verzichtet hatte und stattdessen ein knallig gelbes Sommerkleid trug.

»Wow! Du siehst toll aus!«, sagte Julia bewundernd.

Pat hielt nichts von falscher Bescheidenheit und drehte sich einmal um sich selbst, so dass Rock und Petticoat nur so flogen. »Es ist großartig, oder?«

»Ich geh heute auf ein Straßenfest. Willst du mitkommen?«, fragte sie dann übergangslos Julia.

Diese war verblüfft über die Einladung, nickte dann aber begeistert. Aus unerfindlichen Gründen - schließlich hatte Pat Julia gefragt und nicht sie beide - sah Julia Matt fragend an.

»Ich geh heut in den Pub«, sagte er und hob bedauernd die Hände. So wie er die Sache einschätzte, war Pat nur froh darüber und Julia würde ihn wahrscheinlich auch nicht vermissen. Es konnte doch auch unmöglich gut sein, wenn zwei Menschen - so wie sie zur Zeit - dauernd zusammen gluckten. Aber hieß das, dass Julia ihn womöglich gern dabei gehabt hätte?

Er grübelte immer noch über dieses Problem, als Andy sein zweites Bier vor ihm abstellte.

»Du bist heut nicht so auf der Höhe, was?«, rief der und schlug Matt freundschaftlich auf seine sonnenverbrannte Schulter. »Bisschen viel Sonne heute gehabt, oder?« Als wäre der Schlag nicht genug gewesen, piekte ihm Andy jetzt auch noch grinsend auf die brennende Nase.

»Hey, lass das«, Matt wehrte seine Hände ab und fragte sich, wie viele Biere sein Kumpel wohl schon intus hatte.

Andy hatte sich ihm wieder gegenüber gesetzt und sah gerade einer drallen Rothaarigen im knappen Minikleid hinterher, die an ihrem Tisch vorbeigestöckelt kam.

»Was macht eigentlich deine Mitbewohnerin?«, Andy sah grübelnd zur Theke und studierte dort anscheinend die angeschriebenen Tagesgerichte. »Die Rothaarige?«

»Pat?« Matt war überrascht. Nie hätte er angenommen, dass Andy auf Rockabilly stehen würde.

»Nein, nicht die aus dem letzten Jahrtausend. Die andere!«

»Morena?«

»Genau. Schwieriger Name. Erinnert mich an meine grauenvolle Geographielehrerin«, Andy trank einen Schluck und schwieg kurz. »Ist sie noch mit Tom zusammen?«

»Wer? Deine Lehrerin? Mit welchem Tom?« Matt war verwirrt.

»Morena und Tom - dein Mitbewohner«, erklärte ihm Andy geduldig.

Matt lachte auf. »Quatsch. Die waren doch nicht zusammen.« Skeptisch sah er Andy an. Der kannte Tom von der Uni und war mit ihm ein paar Mal im Pub gewesen. Möglich, dass Andy mehr wusste als er, der immerhin Flur, Küche und Bad mit Tom geteilt hatte.

Statt einer Antwort grinste Andy nur wissend.

»Ernsthaft?«, Matt konnte es kaum glauben.

»Irgendwo muss der arme Kerl ja schließlich schlafen«, meinte Andy schulterzuckend. »Das Ding in seinem Loch - oder wie immer du das Zimmer, wofür er Miete bezahlt, bezeichnen willst - kann man ja nicht als Bett verwenden.«

»Tom wohnt nicht mehr in London«, beendete Matt Andys Wortschwall.

»Ach was? Nicht mehr?«, Andy schien einiges an Energie für diese neue Erkenntnis zu verbrauchen, denn er schwieg wieder eine Zeit lang.

Matt sah unauffällig auf die Uhr und fragte sich, ob es zu früh war, um diesen Abend als beendet zu erklären.

»Dann habt ihr also einen neuen Mitbewohner?«, Andy hatte seinen Gedankenprozess abgeschlossen und Matt fragte sich, warum er heute von seinem Kumpel so genervt war.

»Mitbewohnerin«, stellte er klar.

»Ernsthaft?«, fragte jetzt Andy zurück. »Eine Frau, die in dieses Loch zieht und Geld dafür zahlt? Kann keine Engländerin sein«, stellte er selbstbewusst fest und lehnte sich zurück.

»Wieso denn das?«, Matt war aus unerfindlichen Gründen über dieses Vorurteil und die Herabwürdigung eines ihrer Zimmer wütend.

»Ist sie oder ist sie nicht?«

»Sie ist.«

Andy lächelte siegesgewiss.

»Aus Deutschland«, fügte Matt mit Bedacht zu und beobachtete Andys überraschten Gesichtsausdruck.

Lange behielt er aber nicht die Oberhand, denn jetzt klackerten in Andys Hirn ein paar Puzzlesteine in ihre richtige Position und gaben ein ganz neues Bild der Situation ab.

»Ach«, rief der dann, »dann ist das bestimmt die deutsche Praktikantin, mit der du in letzter Zeit immer rumhängst? Dann zeigst du ihr London und so, was?«

Matt ertrank seine Antwort mit einem großen Schluck Bier.

Matt streuselte am nächsten Tag durch die Wohnung in der Hoffnung, zufällig Julia über den Weg zu laufen. Er hatte gerade Pat in der Küche festgequatscht, als er die Tür zu Julias Kabuff sich öffnen und wieder schließen hörte. Sie kam in die Küche und stellte sich dicht neben ihn ans Fenster. Prompt verlor er den Faden der Unterhaltung. Sein plötzliches Schweigen schien aber weder Pat noch Julia aufzufallen. Hatte es etwas zu bedeuten, dass sie sich zu ihm gestellt hatte? Sie konnte schließlich unmöglich die Wärme der Heizung gesucht haben, an der sie beide lehnten, die aber auch hier in England Ende Juli nicht in Betrieb war.

Bevor er aber mit seiner Idee, mit ihr zusammen einen Ausflug mit dem Schiff nach Richmond zu machen - im Grunde ein Vorschlag von Andy gestern Abend - herausrücken konnte, begann sein Handy zu klingeln. Er hatte es, entgegen seines sonstigen Verhaltens, heute mit in die Küche genommen und verfluchte sich gerade dafür. Das Telefon zu ignorieren wäre ihm leicht gefallen. Die Blicke von Pat und Julia dagegen waren schwerer auszuhalten, schon gar nicht, weil er dann garantiert erklären müsste, warum er den Anruf ignorierte.

Also nahm er ab.

»Hallo, Bruderherz!«

»Olivia!«, rief er überrascht. Die einzige Person, die ihn an einem Sonntagvormittag anrief, war bisher seine Mutter gewesen. Jetzt die Stimme seiner Schwester zu hören, löste fast so etwas wie Panik in ihm aus.

»Ist was passiert?«

»Wie ›Olivia, ist was passiert?‹ «, Livs Lachen klang ganz normal, als sie ihn nachäffte, so dass er sich wieder beruhigte. »Weil ich schon vor um elf aufgestanden bin und sogar in der Lage war, das Telefon zu bedienen? Also mir geht es gut. Ich bin grad auf dem Weg zum Bahnhof. Holst du mich ab?«

»Wie abholen?« Er hörte nicht nur Bahnhof, sondern verstand auch nur das.

»Oohhh«, hörte er einen langgezogenen Ton aus dem Telefon. »Ich sehe gerade, dass die Mail, die ich dir vor Tagen schicken wollte, gar nicht rausgegangen ist.«

Matt nahm kurz das Telefon vom Ohr und sah es wütend an. Was dachte Liv, wie blöd er eigentlich war, zu glauben, dass sie nicht in der Lage war, E-Mails zu versenden? Dann bemerkte er Pats neugierigen Blick und ging zum Telefonieren in den Flur.

Er hörte gerade noch, wie Liv ihren Satz beendete mit: »... Kongress in London und alle Hotels sind ausgebucht und da dachte ich, dass ich bei dir übernachten kann?«

Dieses Mal schaltete er schneller: »Ich soll dir also glauben, dass du zu einem total spontanen Kongress möchtest und in ganz London leider kein Zimmer mehr aufzutreiben war, weil du leider erst seit gestern weißt, dass du zu diesem ach-so-plötzlich anberaumten Treffen willst?« Matt hatte vergessen, zwischen den schnell hervor gestoßenen Wörtern Luft zu holen und holte das jetzt nach.

Liv schwieg kurz und sagte dann ein kleines bisschen schuldbewusst: »Okay, ich geb es zu - ich wollte sehen, wie du so mit Julia vorankommst. Vielleicht kann ich dir ja helfen?«

»Helfen?«, explodierte er und senkte nach einem Blick in die Küche gleich wieder seine Stimme. »Ich komm gut allein zurecht. Vielen Dank auch!«

»Das werden wir ja sehen«, meinte Liv. »Mein Zug kommt gegen sechs in Kings Cross an. Ich seh dich dann dort«, sagte sie und legte auf.

Matt stieß ein wütendes Grummeln aus, warf einen Blick in die Küche und eilte dann in sein Zimmer. Den Ausflug mit Julia konnte er vergessen. Seine Schwester mochte zwar tolerant und an vieles gewöhnt sein - aber diesen Anblick hier konnte er nicht einmal ihr zumuten. Er schob schlechtgelaunt den Berg an schmutzigen Klamotten, die er wie immer hinter der Tür geparkt hatte, zusammen. Das Wäschewaschen schob er seit ihrem Besuch im Lake District vor sich her. Die Beseitigung der Staubkugeln unter seinem Bett und in den Ecken strenggenommen auch. Genauso, wie er schon vor Wochen die Bücher aus der Bibliothek hatte zurückbringen wollen, die sich auf dem Tisch stapelten.

Ausgerechnet jetzt, wenn er zu Recht annehmen konnte, bei Julia ein ganzes Stück vorangekommen zu sein, musste Liv auftauchen, um herumzuschnüffeln.

Ihm helfen wollen! Das ich nicht lache, dachte er und kicherte grimmig.

Als Julia am nächsten Nachmittag nach Hause kam, zog sie geschafft und aus unerfindlichen Gründen auch niedergeschlagen leise die Tür hinter sich ins Schloss. Okay, dass der Anblick von Rob, dessen Zustand sich übers Wochenende überhaupt nicht gebessert, ja, noch nicht einmal verändert hatte, sie nicht besonders heiter stimmen würde, war klar.

Der Einzige, der heute mehr als einen Gruß mit ihr gewechselt hatte, war Robs Sohn Ralph gewesen. Wenn das mit diesem Putzjob so weiterging, würde sie am Ende ihrer dort verbleibenden Zeit begonnen haben, mit dem Zimmerpflanzen zu sprechen. Das Wochenende hatte so gut begonnen, seufzte sie stumm. Und dann verschwand plötzlich Pat und von Matt hatte sie gestern genauso wenig gesehen. Mitten in der Nacht musste er erst heim gekommen sein und dann auch nicht allein. Das passte gar nicht zu ihm! Nicht, dass es sie stören würde, wenn er eine Freundin - oder was-auch-immer - hatte!

Bevor sie sich weiter in ihren trübsinnigen Gedanken eingraben konnte, sah sie, dass die Tür zu Matts Zimmer auf stand und dort jemand - jedenfalls nicht der übliche Bewohner - herumging. Sie wollte sich unbemerkt durch den Flur in ihr Kabuff schleichen - was schwierig war mit dem Fahrrad über der Schulter - wurde aber bemerkt.

»Hallo, Julia!«, rief Liv erfreut, als sie sie entdeckte. »Auf dich habe ich gewartet!«.

Julia und seine Schwester brachen gerade gleichzeitig in schallendes Gelächter aus. Mal wieder. Matt zog höflich die Mundwinkel nach oben, aber es interessierte sowieso niemanden näher - zumindest nicht hier an diesen Tisch - ob er ihr Gespräch auch so lustig fand wie sie selbst.

Das war der Punkt - natürlich. Es war ihr Gespräch und er spielte nur den, ja, wen eigentlich? Der, der den flüssigen Nachschub besorgte? Er beobachtete, wie seine Schwester mit großen Schlucken ihr Glas leerte und beschloss, eine kleine Studie zu betreiben. Wie lange würde es wohl dauern, bis sie bemerkte, dass sich ihr Bier nicht - wie bisher - auf wundersame Weise erneuerte? Und was würde sie dann tun? Julia berichtete Liv gerade von ihrem Abend mit Morena und Pat. Und von George Clooney natürlich! Olivia reagierte wie erwartet.

Matt fragte sich - nicht zum ersten Mal in seinem Leben - wieso Frauen immer so schnell ins Gespräch fanden und dabei auch in Bereiche vorstießen, die er noch nicht einmal mit seinem Bruder (wenn er denn einen hätte) erörtern würde. Mit Andy besprach er solche Themen wie ihr Studium. Und natürlich Fußball. Er kratzte sich am Kopf. Worüber unterhielten er und Andy sich eigentlich sonst, wenn sie ihre manchmal ausgedehnten Abende im Pub verbrachten?

Bevor er weiter über dieses Problem nachgrübeln konnte, merkte er, dass ihm jemand - jetzt schon zum zweiten Mal - gegen das Schienbein stieß. Das konnte kein Versehen mehr sein und ganz sicher auch keine neue Version des Füßelns. Er schaute zu Liv, die einen vielsagenden Blick auf Julias fast leeres Glas warf. Haha, lachte er stumm und spöttisch, als ob du, liebstes Schwesterlein, um das Wohl deiner neuen Freundin besorgt wärst! Dann trank er sein eigenes Bier aus, stand auf und griff sich die leeren Gläser, um Nachschub zu holen. Keine zwei Minuten hatte es gedauert, bis sein Studienobjekt, genau wie erwartet, reagiert hatte.

Er stellte sich an die Theke, war aber nicht gekränkt, als ihn der Barkeeper genauso behandelte wie Liv und Julia ihn schon den ganzen Abend. Wie Luft. Luft zu sein hatte aber auch Vorteile. Er konnte zum Beispiel Julia unbemerkt beobachten. Sie war heute Abend blendender Laune und natürlich machte es Spaß, ihr beim Lachen zu zusehen.

Genauso konnte er natürlich darüber nachsinnen, was für einen merkwürdigen Kongress seine Schwester hier in London gerade besuchte. Ein Kongress, bei dem es weder tagsüber noch abends Veranstaltungen zu geben schien. Er hatte gut und gerne Lust, sie diesbezüglich auszuquetschen und wenn möglich auch bloßzustellen. Aber die Erfahrung hatte ihn gelehrt, dass Liv wahrscheinlich auf solch einen Versuch von seiner Seite bestens vorbereitet wäre. Wer dann am Ende dämlich aus der Wäsche schauen würde, war klar.

Als er an den Tisch zurückkehrte, hatte Liv begonnen, Julia über ihre Familie auszufragen. Er staunte immer wieder, wie unverblümt seine Schwester sein konnte. Von wem hatte sie das nur?

»Wieso haben sie ›Julia‹ für dich ausgesucht?«, fragte sie gerade. »Sind deine Eltern Shakespearefans, oder was?«

»Keine Ahnung«, Julia schüttelte ratlos den Kopf und Matt stellte sich vor, dass sie gerade überlegte, was denn ihr Vorname mit Englands größten Poeten zu tun hatte.

»Und wie nennen dich deine Freunde?«

»Meine Freunde?«, Julia musste tatsächlich kurz überlegen. »Julia?«

»Nicht Juls oder irgendeine andere Abkürzung?«, Liv gab nicht so schnell auf.

»Nein, keine Abkürzung. Warum auch?«, Julia hatte gerade nur enttäuschende Antworten für Liv. »Aber«, fiel ihr ein und sie grinste Liv freudig an, »du kannst Juloo zu mir sagen.«

»Jul-loo?«, wiederholte Liv langsam und zog ein langes Gesicht. »Warum sollte ich das wollen?«

»Das«, schaltete sich Matt ein, »willst du wirklich nicht hören!«

»Was ist das?«, wollte Matt wissen und wedelte mit den Karten, die ihm

Liv gerade in die Hand gedrückt hatte. Er war verwirrt. Mal wieder. Statt auf seine wohldurchdachte Anspielung zu reagieren, die auf ihren angeblichen Kongressbesuch - der heute schon wieder beendet war - abgezielt hatte, ignorierte Liv seine Bemerkung ganz einfach und überraschte ihn stattdessen mit zwei Eintrittskarten.

»Sense & Sensibility im Somerset House«, wiederholte sie geduldig noch einmal für ihn. »Open air Kino mit allem Drum und Dran und vielen Gelegenheiten, sich näher zu kommen.«

Als Matt das schmierige Grinsen auf ihrem Gesicht sah, hätte er ihr am liebsten die Karten zwischen die Zähne geschoben. Als ob er die Hilfe seiner Schwester brauchte, um bei einer Frau zu landen!

Andererseits war es natürlich, wie immer, wenn Liv ihm etwas gab, ein unwahrscheinlich großzügiges Geschenk und so, wie er Julia einschätzte, ein Volltreffer. Also sagte er nur mürrisch: »Und was ist, wenn es regnet?«

»Umso besser«, rief Liv begeistert. »Dann nimmst du eine schöne, große Plane mit. Aber natürlich keine allzu große! Und dann: Gut Kuscheln!«

»Du sollst mich nicht anfassen!«, schrie der Typ aus dem Zimmer mit der Nummer dreihundertelf. Julia war inzwischen lang genug auf dieser Station, um den einzigen Krawallmacher, den es hier gab, auf dieses Einzelzimmer eingrenzen zu können. Wenn es auf Station laut zuging, dann lag es an diesem Patienten. Ein junger Typ, bestimmt nicht älter als achtzehn, der nicht nur seine Mutter Nerven kostete, sondern auch die Schwestern und Assistenzärzte drangsalierte. Nur wenn Chefvisite war, herrschte auch in diesem Zimmer Stille.

Ob das am Chefarzt lag, fragte sich Julia. Der Professor war einer, an dem seine Berufsbezeichnung wie ein ständig ihn umgebender, wabernder Nebel hing. Vielleicht hatte er sich in seiner Jugend nach einem Blick in den Spiegel gesagt, dass nur Professor als späterer Beruf für ihn in Frage käme, denn genauso sah er nun mal aus. Ein bisschen wie Einstein mit etwas weniger Genialität. Erstaunlich, dass der Dreihundertelfer Typ Respekt vor ihm hatte. Vor seiner Mutter hatte er jedenfalls keinen. Diese verließ gerade das Zimmer und schloss leise die Tür hinter sich.

Julia sah diese Frau fast jeden Tag und bemitleidete sie von Herzen. Sie fragte sich, wo der Vater des Jungen war und warum er ihr nicht ein bisschen von den Lasten, die ihre Schultern so schwer herabhängen ließen, abnehmen konnte. Als sie die Frau jetzt wie einen geprügelten Hund davonschleichen sah, wurde Julia sauer auf den Jungen. Was bildete der sich eigentlich ein, andere Menschen wie Abschaum zu behandeln?

Sie fragte sich auch, was ihm eigentlich fehlte. Denn im Unterschied zu den anderen Patienten hier, schien er keine körperlichen Ausfälle zu haben.

Aber was scherte sie sich eigentlich drum. Sie war hier, um eben diese Theke abzuwischen und danach den Boden aufzunehmen. Damit verdiente sie sich das Geld für die Miete und, wie sie gerade hoffte, für einen MP3-Player, den sie dringend brauchte, wenn sie hier nicht auch langsam durchdrehen wollte.

Aus Robs Zimmer kam Musik. Julia blieb kurz vor der Tür stehen, um zu lauschen. Nicht die Art von Musik, die sie gewählt hätte. Sie sah durch die angelehnte Tür Ralph neben Robs Bett sitzen.

Und jetzt? Gehen oder bleiben war hier die Frage. Sie hätte sich zwar zu gern mit jemand unterhalten, aber ob ein Gespräch mit Ralph sie aufmuntern würde, bezweifelte sie, als sie seinen gesenkten Kopf betrachtete.

Er sah genauso aus wie die Mutter von Patient dreihundertelf. Vom Kummer niedergedrückt.

Das Lied, das gerade aus dem kleinen Radio auf Robs Nachtisch ertönte, kannte sie. Zumindest vom Hören, auch wenn sie es nicht zuordnen konnte. Neben ihr war eine Schwester stehengeblieben und lauschte verzückt mit schief gelegtem Kopf. »Die Königin der Nacht«, sagte sie verträumt. »Wunderschön!«

Julia runzelte die Stirn ob dieser für sie völlig unverständlichen Schwärmerei für eine Oper.

Ralph hatte sie bemerkt und winkte sie erfreut ins Zimmer.

»Die Zauberflöte«, flüsterte er. »Mein Vater liebte diese Oper.«

Warum flüsterte er? Und wieso sprach er von Rob in der Vergangenheitsform?

Als Julia Rob ansah, der unverändert abwesend die Wand anstarrte, verstand sie Ralph. Man konnte diesen Blick von Rob auch nicht mehr einen Blick nennen, denn das würde ja bedeuten, dass Rob etwas sah. Aber Rob schien diesen Raum schon längst verlassen zu haben. Eine Erkenntnis, die es ihr jedes Mal, wenn sie zu ihm kam, schwerer fallen ließ, zum Buch zu greifen und dieser leeren Hülle etwas vorzulesen. Aber vielleicht hörte er ja doch etwas und bemerkte ihre Anwesenheit? Was wusste sie schon?

»Rob wird verlegt«, sagte Ralph mit belegter Stimme.

»Aber das ist doch gut?«, meinte Julia hoffnungsvoll-fragend. »Oder nicht?«

Ralph hob unschlüssig die Schultern: »Ich musste eine Entscheidung treffen. Magensonde legen lassen - ja oder nein. Er schluckt ja nicht. Er macht gar nichts.« Ralph machte eine Pause, als wollte er dem Duett aus der Zauberflöte, das gerade zu hören war, Ehre erweisen. Und die hatte es verdient, dachte Julia erstaunt.

»Und wie hast du dich entschieden?«, fragte Julia nach Ende des Liedes.

»Für nein.«

Julia schwieg aus Unsicherheit. Was genau bedeutete diese Entscheidung jetzt für Rob? Und wohin wurde er verlegt? Wieso war das nicht gut? Viele

Frage, die sie nicht über die Lippen brachte. Wegen ihres Englischs, dass bei diesen sensiblen Themen leicht in bewegte Gewässer geriet, machte sie sich weniger Sorgen, da sie wusste, dass Ralph - wie Rob - ihre zusammengesuchten Wortkonstruktionen im schlechtesten Fall unverständlich, im besten lustig fanden. Aber eben: lustig fand Ralph heute nichts und niemanden und genau dieser Fakt versiegelte ihren Mund.

Er fing aber selbst wieder davon an: »Er kommt in ein Hospiz. Weißt du, er wollte nie künstlich am Leben gehalten werden. Am liebsten wäre ihm gewesen, der Schlag hätte ihn getroffen und dann wäre alles vorbei gewesen. Das hat er im Grunde ja auch bekommen.«

Julia fuhr nach der Arbeit zu ihrem Lieblingsplatz. Sie suchte sich »ihre« Bank und fand sie - wie bisher immer - leer vor. Erleichtert setzte sie sich und bewunderte dann - wie immer - die Rosen, die in voller Blüte standen.

Wie zum Hohn war heute ein perfekter Tag. Dann und wann schoben sich ein paar schneeweiße, knuffig aussehende Kumuluswolken vor die Sonne, so dass es nicht zu heiß werden konnte. Die Vögel feierten das Wetter lautstark. Julia dagegen war ratlos. Sie hatte Robs Buch, das Ralph ihr zum Abschied zurückgegeben hatte, aus ihrer Tasche genommen. Und jetzt? Eine Wolke schwamm vorbei, die für einen kurzen Moment aussah wie der Kopf des kleinen Prinzen. Was für ein Quatsch, dachte Julia und schüttelte den Kopf. Natürlich war sie traurig wegen Rob. Sie mochte ihn. Hatte ihn gemocht. Aber gekannt hatte sie ihn nicht. So war das nun mal. Wie ihre Großmutter zu sagen pflegte: »Alte Menschen sterben nun einmal. Aber besser die Alten als die Jungen.«

Damit hatte sie natürlich Recht. Nur hatte sich Julia das Sterben bisher immer einfacher vorgestellt. Einfacher für den, der starb. Für die, die dabei waren. In etwa wie bei Terry Pratchett »Gevatter Tod« - der Typ mit der schwarzen Kutte kommt, hebt die Sense und zack - vorbei. Sie packte Rilke wieder ein und zog stattdessen Terry Pratchetts Buch hervor.

Schade, dass das Rilkebuch auf Deutsch war, sonst hätte sie es Matt geschenkt. Eine zu große Dosis von diesen Gedichten empfand sie persönlich zwar als niederdrückend, aber ein paar davon waren so schön formuliert, dass man Deutsch für die schönste Sprache der Welt halten konnte. Etwas davon an Matt weiterzugeben, hätte ihr Freude gemacht.

Als sie ihr Buch aufschlug, fiel ein Flyer des Londonmuseum heraus. Sie hatte es immer noch nicht geschafft, dorthin zu gehen, obwohl es praktisch nur einen Steinwurf von Barts entfernt war. Vielleicht hatte ihr doch das British Museum die Lust an weiteren seriösen kulturellen Begegnungen genommen? Liv hatte ihr gestern - war das wirklich erst gestern gewesen? - den Flyer in die Hand gedrückt. Irgendeine alberne Bemerkung hatte sie sicher auch dazu fallengelassen. Obwohl es einfach lächerlich war, sich so aufzuspielen. Julia wettete um ihren noch nicht gekauften IPod, dass Liv bisher selbst keinen Fuß in dieses Museum gesetzt hatte. Von Matt ganz zu schweigen.

Sie drehte den Flyer um und entdeckte den reißerischen Aufmacher. In Pink! Das also war es gewesen, was sie hätte sehen sollen, als Liv ihr den Flyer in die Hand gedrückt hatte. Pech für Liv. Da hat wohl einer ihrer Pläne nicht so funktioniert, wie sie geplant hatte. Julia hatte sich sowieso schon gefragt, ob Liv nicht manchmal ihre Mitmenschen versuchte zu manipulieren und lenken wie Figuren aus ihren Computerspielen.

Aber was interessierte sie schon eine Sherlock-Holmes-Sonderausstellung? Hatte Liv sie damit ärgern wollen oder doch nur ihren Bruder? Sie legte das Flugblatt wieder zurück ins Buch.

Und dann auch noch eine Ausstellung, die erst im Oktober stattfand. Dann, dachte sie und nagte an ihrer Unterlippe, wäre sie schon lange nicht mehr hier.

Ohm, dachte Julia, ohm. Sollte das nicht helfen? Probeweise rieb sie noch ihr linkes Ohrläppchen und ohm-te weiter. Eine Kommilitonin, die vor Klausuren dazu neigte, durchzudrehen, schwor auf diese Methode.

Natürlich half es nichts. Julia hatte schon immer den Verdacht gehabt, dass ihre Kommilitonin sich allein durch den Faktor ihrer viel besseren Vorbereitung auf Prüfungen und Klausuren von ganz allein wieder beruhigte. Wenn man keinen Grund hat sich aufzuregen, außer um der Aufregung selbst willen, bleibt das meist ein vorübergehender Zustand - ganz unabhängig davon, ob man etwas dagegen unternimmt oder eben nicht.

Julia dagegen hatte durchaus einen Grund, sich aufzuregen. Ganz generell war die Stille auf der Station heute besonders still. Ihre Gedanken mussten noch nicht einmal flüstern, um sich in ihren Kopf wie Schreie anzuhören. Sie wünschte, sie hätte die Möglichkeit, ihre Ohren mit Kopfhörern zu verschließen und nur noch den Widerhall von irgendeiner Musik in ihrem Kopf zu hören. Sogar Opernarien wären ihr Recht gewesen.

Gestern Abend hatte ihre Mutter geschrieben. ›Noch drei Wochen‹, hatte sie frohlockt, ›dann bist du wieder zu Hause.‹ Und schlimmer noch: ›Wir sind schon alle sooo gespannt auf das, was du gelernt hast!‹

Julia hatte kurz überlegt, ob sie sich absetzen sollte. Irgendwohin. Südamerika vielleicht. Obwohl das ein Problem war wegen der Sprache. Nach Amerika würden sie sie wahrscheinlich nicht rein lassen beziehungsweise ganz schnell wieder rauswerfen, sollte sie dort versuchen zu arbeiten. Australien wäre vielleicht etwas. Wenn nur der Flug nicht so teuer wäre. Oder sie heuerte auf einem Schiff an. Kein Mensch würde sie dann finden.

Putzfrauen wurden doch überall gebraucht, oder? Und das war ganz genau genommen das Einzige, was sie richtig gut konnte. Immerhin mehr als beispielsweise Terry Pratchetts Gevatter Tod. Lehrerin würde sie also nicht werden müssen.

Was hatte sie sich nur dabei gedacht? Das würden sie fragen - ihre Eltern und die Großeltern und am Ende alle im Dorf. Denn die Tatsache, dass die lokale Unternehmenserbin lieber Kloschüsseln putzen ging als zu lernen, wie man sie vermarktete, würde sich wie ein Lauffeuer im Dorf verbreiten. Das konnte sie ja noch aushalten. Was dagegen schwieriger zu erklären war, wären ihre neuen Pläne. Die sie nicht hatte. Sie hatte einen Traum gejagt, der sich als Phantom herausgestellt hatte, oder?

Vielleicht würde sie die Erkenntnis, was sie mit ihrem weiteren Leben anstellen wollte, ja wie ein Hammer treffen, wenn sie wieder daheim war. Das konnte man noch hoffen. Auch wenn es wahrscheinlicher war, dass ganz andere Sachen auf sie hereinprasseln würden. Entscheidungen, Entscheidungen. Am Ende schafften sie es vielleicht sogar, sie dazu zu bringen, ihr Studium doch noch abzuschließen?

»Keine Chance!«, murmelte sie wütend, als sie das Fensterbrett in der Nummer Dreihundertelf mit mehr Intensität als nötig bearbeitete. »Keine Chance!«

»Sieht für mich sauber aus«, sagte jemand neben ihr auf Englisch. Ihr fiel vor Schreck der Lappen aus der Hand und dann kippte auch noch der Eimer mit dem Putzwasser um, als sie instinktiv einen Schritt zur Seite machte. Sie kümmerte sich nicht weiter um den Typen, der sie angequatscht hatte, sondern ging auf die Knie und versuchte das Wasser wieder einzufangen. Natürlich half er ihr nicht dabei. Als sie den größten Schaden beseitigt hatte, warf sie einen Blick, geschützt durch ihre langen Haare, in seine Richtung.

Das also war Patient Dreihundertelf - wie sie ihn getauft hatte. Bisher hatte sie ihn nicht zu Gesicht bekommen, da sie, wenn irgendwie möglich, nur hier putzen sollte, wenn das Zimmer leer war. Gefährlich sah er jedenfalls nicht aus. Ein eher zu schmal geratener, nicht besonders großer Achtzehnjähriger halt. Unauffällig war eigentlich die beste Beschreibung für ihn.

Er hatte sich betont lässig auf sein Bett gefläzt und starrte sie nun von dort aus an. Sie fragte sich, ob sie ihm nicht vielleicht darauf hinweisen sollte, dass es unhöflich war, Leute einfach so anzugeiern. Ganz besonders hier in England. Nachdem sie ihn in Persona gesehen hatte, war ihr Respekt, den sie aufgrund seiner Wirkung auf andere Menschen vor ihm gehabt hatte, vollkommen verflogen.

Natürlich machte sie trotzdem keine unhöfliche Bemerkung - wer wollte sich schon auf dieses Niveau hinab begeben? Stattdessen starrte sie zurück. Damit hatte er nicht gerechnet. Er hielt ihr Blickduell nicht lange aus, stand auf und wischte dann mit dem Finger über die Leiste, die quer an der Wand entlang über seinem Bett verlief. Julia verschränkte die Arme und grinste.

Am liebsten hätte sie auch noch mit dem Fuß auf den Boden getippt. Falls er hoffte, einen staubigen Finger zu bekommen, hatte er sie unterschätzt. Dort hatte sie nämlich schon geputzt.

Er ließ sich nichts anmerken, sondern bummelte jetzt lässig zu der großblättrigen Grünpflanze, die am Fenster stand. Julia sah mit schmalen Augen, wie er neben dem grünen Ungetüm stehenblieb und dann den Kopf schief legte und begann, eine kurze Melodie zu pfeifen. Beide sahen sie dann, wie sich von dem Blatt, dass am nächsten bei ihm war, eine kleine Staubwolke erhob und im Sonnenlicht, dass zufällig in diesem Moment in den Raum fiel, in die Höhe schwebte.

Wenn er annahm, dass sie jetzt dienstbeflissen eifrig beginnen würde, die Pflanzenblätter abzuwischen, würde er nun enttäuscht werden. Julia nahm ihren Eimer, stellte ihn wieder auf den Putzwagen und rollte damit vors Badezimmer. Sie empfand eine merkwürdige Befriedigung dabei, die Tür hinter sich zuzuziehen und damit aus seinem Blickfeld zu verschwinden. Als wöllte sie einen ungezogenen Jungen bestrafen.

Das Telefon neben seinem Bett begann zu klingeln. Als er auch nach dem fünften Läuten nicht ran ging, steckte sie ihren Kopf aus dem Bad und sah, wie er wütend das Telefon anstarrte. Als er ihren Blick bemerkte, hob er den Hörer ab.

Er sagte nicht viel außer »Ja«, »Nein« und »Mir ist nicht gut, deshalb bin ich gegangen.« Dann legte er auf, ohne sich zu verabschiedet zu haben und ließ sich wieder aufs Bett fallen.

Julia putzte das Klo, als sie hörte, wie sich die Tür zum Gang öffnete. Eine der Schwestern kam in den Raum, warf einen kurzen Blick zu ihr ins Badezimmer und ging dann wieder raus.

Merkwürdig, dachte sich Julia.

»Kontrollgang«, sagte Patient Dreihundertelf. Er hatte sich Kopfhörer in die Ohren gesteckt und tippte ungeduldig auf seinem MP3-Player herum.

Julia war mit dem Badezimmer fertig und warf ihren Lappen in den Putzwagen. ›Grünpflanze ja oder nein?‹, war hier die Frage. Der Typ beachtete sie gerade nicht und sah auch nicht so aus, als würde er sich weiter unterhalten wollen. Also ›Nein‹ entschied Julia. Und begann ihren Wagen zur Tür zu schieben.

»Blöder Mist«, fluchte der Typ plötzlich, zerrte sich die Kopfhörer aus den Ohren und warf den MP3-Player quer durch den Raum. Rutschend blieb das Teil direkt vor Julias rechten Fuß liegen. Sie hob ihn auf und stellte fast bekümmert fest, dass es ein IPod war. Das Modell, für das sie gerade eine Kloschüssel geputzt hatte. Sie wog ihn kurz in der Hand und überlegte. Dann legte sie ihn auf den Tisch, der neben der Pflanze am Fenster stand.

Der IPodbesitzer hatte kein Wort mehr gesagt, sie aber nicht aus den Augen gelassen.

»Na dann«, sagte Julia betont fröhlich und machte Anstalten, sich langsam wieder auf die Tür zu zubewegen. Die Stimmung im Zimmer war ihr plötzlich unheimlich geworden. Ein bisschen erahnte sie jetzt die Gründe, weswegen die Mutter dieses Patienten diesen Raum so schnell und so gehetzt hatte verlassen wollen.

Er hatte sich aufgesetzt und lief mit schnellen Schritten zu dem Tisch, auf den sie den IPod gelegt hatte. Julia wusste nicht, was sie tun sollte. Raus rennen und die Tür hinter sich zuschlagen, so dass sie keine Gegenstände treffen würden oder wie ein Reh im Scheinwerferlicht des auf sie zurasenden Autos stehenbleiben und das Beste hoffen?

Sie tat Letzteres, ohne sich dafür tatsächlich bewusst entschieden zu haben. Vielleicht lag es daran, dass sie ihren Putzwagen nicht als Geisel zurücklassen wollte.

Ihr war auch nicht klar, dass sie ihre Augen geschlossen hatte. Aber als sie sie wieder öffnete, sah sie unmittelbar vor sich den Typen mit seinem IPod stehen. Er hielt ihn ihr hin und sagte: »Kannst du haben. Ich brauch ihn nicht mehr!«

Julia verschränkte instinktiv die Arme hinter dem Rücken. »Quatsch. Das kann ich doch nicht annehmen. Außerdem wirst du ihn schneller vermissen, als du denkst.«

Statt zu antworten ging er zum Mülleimer neben der Tür und warf das Gerät schwungvoll hinein. Dann legte er sich wieder auf sein Bett und drehte sich zum Fenster.

Julia war entsetzt zum Mülleimer gelaufen und angelte den IPod wieder heraus. Sie stopfte ihn sich in die Kitteltasche und rief dann in den Raum, bevor sie ihren Putzwagen und sich selbst hinaus bugsierte: »Okay, ich nehm ihn und bewahr ihn für dich auf. Okay?«

Natürlich bekam sie keine Antwort.

11 VERSTAND ODER GEFÜHL?

Julia putzte sich mit ungewohnter Hast und Eile durch den Rest ihres Arbeitstages - den MP3-Player in ihrer Tasche ständig im Bewusstsein. Am liebsten hätte sie ihn sofort angeschaltet. Nicht nur um die Schweigsamkeit um sie herum loszuwerden, sondern auch aus reiner Neugier. Was war da wohl drauf, dass so unerträglich war, um es wegwerfen zu wollen? Aber es wäre ihr doch zu peinlich gewesen, dem eigentlichen Besitzer zu begegnen, wenn sie ihre Ohren mit seinen Kopfhörern zugestöpselt hätte.

Zu blöd, dass sie nicht wusste, wie der Typ hieß. Dass sie hier in England aus ihren Namen manchmal so ein Staatsgeheimnis machten, konnte sie nicht verstehen. Dann blieb er für sie halt Patient Dreihundertelf. Wer hat sonst schon so einen Namen?

Es dämmerte schon, als sie auf ihr Fahrrad stieg. Spätdienste waren einfach unpraktisch. Man konnte zwar ausschlafen, aber vom Tag blieb nichts mehr übrig. Und dann war da noch die eigentliche Notwendigkeit mit Licht zu fahren. Wenn man denn eins gehabt hätte. Julia überlegte kurz, ihr Rad zu schieben, entschied sich aber nach einem Blick auf eine tief hängende Regenwolke über ihr dagegen. Bevor sie in die Pedale trat, stopfte sie sich die Kopfhörer ihrer neuen Errungenschaft in die Ohren, drehte die Lautstärke hoch und fuhr los.

Als sie ihr Fahrrad unter den Eingang ihres Hauses schob, fielen die ersten Tropfen vom Himmel. Sie grub in ihrer Tasche nach dem Hausschlüssel, als ihr jemand die Hand auf den Unterarm legte. Julia ließ vor Schreck den Schlüssel, den sie sich gerade geangelt hatte, wieder los, der sofort in den Tiefen ihrer Tasche verschwand. Wütend sah sie erst in die Tasche, dann den Besitzer der Hand an, die sich so unerwartet auf ihren Arm gelegt hatte.

Sie zerrte sich die Kopfhörer aus den Ohren. »Matt, musst du mich so erschrecken?«

»Ehrlich gesagt: ja! Denn eigentlich wollte ich nicht, aber was soll ich machen? Du reagierst ja weder darauf, wenn dich jemand anspricht, noch anschreit. Von An-hupen ganz zu schweigen.«

Er griff an ihr vorbei und öffnete die Haustür.

Sie flüchteten sich ins Treppenhaus, als hinter ihnen ein Regenguss hernieder ging.

»An-hupen? Ehrlich?«, Julia hatte ein kleines schlechtes Gewissen.

»Findest du es nicht gefährlich, Musik zu hören UND Fahrrad zu fahren?«

»Für wen?«, fragte Julia unschuldig.

»Ein Licht wäre jedenfalls nicht schlecht«, stellte Matt trotzig fest. »Du kannst auch meins haben.«

Julia fand seine Ritterlichkeit zwar niedlich, aber auch irgendwie dämlich.

»Dann hast du doch keins«, stellte sie fest.

»Du könntest dir natürlich auch eins kaufen«, Matt stellte sein Rad im Flur ab und fügte säuerlich hinzu: »Für einen IPod hat es ja auch gereicht, wie ich sehe.«

»Das ist nicht meiner«, Julia nahm ihren knalligen Helm ab und hängte ihn an einen Garderobenhaken, ohne zu realisieren, was ihre Bemerkung ausgelöst hatte.

Matt sah sie erschreckt und ungläubig zugleich an: »Wie meinst du das: das ist nicht deiner?«

Julia hatte ihr Fahrrad in ihr Zimmer gerollt und bemerkte erst jetzt seinen Blick. »Ach, der lag in einem der Patientenzimmer und hat mich so nett angelacht, da dachte ich: ›Was soll's Julia, die Leute hier sind eh zu krank, um Musik richtig schätzen zu können‹.«

Leider hatte sie den Dreh mit der Ironie auf Englisch doch noch nicht so raus, wie sie es gern gehabt hätte. Bevor Matt ernsthaft beginnen konnte, sich Sorgen zu machen, lachte sie: »War ein Scherz, Matt! Nun guck nicht so! Was wahr ist: das Teil gehört wirklich einem Patienten. Der hat ihn mir praktisch erst an den Kopf geworfen und wollte ihn mir dann schenken. Als ich nein gesagt hab, hat er ihn in den Mülleimer geworfen. Da hab ich ihn wieder rausgeholt und gesagt, ich würde ihn für ihn aufbewahren. Okay?«

Matt wirkte nicht überzeugt. »Du hättest ihn einer der Schwestern geben können.«

»Die Schwestern dort?«, Julias Ton war abfällig. »Ich glaub nicht, dass der Typ Vertrauen zu denen hat. Im Übrigen versteh ich jetzt auch, warum er das Teil weggeworfen hat. Also meine Musik ist das auch nicht. Ich frag mich, wer ihm den Kram da drauf gespielt hat.«

»Wieso? Was ist drauf? Heavy Metal?«

Julia sah Matt an, als hätte er sie auf eine Idee gebracht. »Ich glaub,

Heavy Metal würde ihm gefallen. Aber hier«, sie schüttelte den IPod, als wäre der verantwortlich für seinen Inhalt, »ist nur Gute-Laune-Mucke. Und zwar so penetrant, dass man entweder fürchterlich aggressiv oder depressiv wird.«

»Was fehlt ihm denn, dem Besitzer von dem Teil?«, wollte Matt, jetzt schon interessierter, wissen.

»Keine Ahnung«, Julia zuckte die Schultern. »Für mich sieht er ganz gesund aus.«

»Keine Verbände oder Verletzungen?«, Matt deutete mit einer Geste einen Verband um die Armbeugen und ums Handgelenk an.

Julia starrte ihn kurz mit offenem Mund an. »Was? Meinst du, er ist dort, weil er sich was antun wollte?«

»Wäre doch möglich, oder?«

Plötzlich sah sie ihren Patienten Dreihundertelf in einem ganz anderen Licht. Klar, er war ein bisschen blass gewesen und hatte auch Augenringe gehabt. Aber wer sah schon aus wie das blühende Leben, wenn er im Krankenhaus lag? Und warum sollte er sich etwas antun wollen? Und wie? Für Julia war nur schon der Gedanke an so eine Tat unvorstellbar. Sie legte den IPod auf den Küchentisch und sah auch ihn jetzt mit anderen Augen. Bist du der Versuch einer Mutter, ihr Kind auf andere Gedanken zu bringen? Grübelnd gab sie ihm einen kleinen Schubs und überlegte.

»Was ist eigentlich Gute-Laune-Musik?«

Julia hatte Matt völlig vergessen, als sie geistesabwesend durch die Liedersammlung in ihrem Handy scrollte. Er stand an den Kühlschrank gelehnt und sah sie fragend an. Statt einer Antwort schob sie den IPod in seine Richtung. Dann widmete sie sich wieder ihrer Idee.

Sie waren beide schweigend eine Zeitlang beschäftigt, als Julia etwas einfiel.

»Was oder wer ist eigentlich E.L.O.?«

Matt hörte mit gerunzelter Stirn Musik, so dass sie ihre Frage noch zwei Mal stellen musste, bevor sie eine Antwort bekam.

»E.L.O.«, buchstabierte er und legte seine Stirn in noch tiefere Falten, die sich plötzlich glätteten. »Ach - Electric Light Orchestra. Meine Mutter mochte die ziemlich gern.«

»Deine Mutter?«, Julia war ehrlich entsetzt. »Und was soll ein Teenie damit?«

»Bessere Laune bekommen«, Matt legte den IPod wieder auf den Tisch. »Nur weil die Musik nicht die aktuellste ist, heißt es nicht, dass sie schlecht ist.«

»Natürlich nicht«, Julia ruderte schnell zurück, als sie ihren Fehler realisierte. »Aber findest du es nicht auch ein bisschen zu viel?«

Matt grinste: »In etwa so viel, wie wenn jemand auf dich mit einem

Ruder einprügeln würde und dabei immer wieder sagen würde: ›Jetzt krieg verdammt noch mal gute Laune!‹«

Julia kicherte. »Mit einem Ruder? Wieso gerade damit?«

»Der Effekt! Denk an den Effekt!«, Matt war zur Küchentür gegangen, wo er sich zu ihr umdrehte. »Und was willst du jetzt damit machen?« Sein Blick ruhte dabei auf dem IPod.

»Andere Musik drauf spielen. Das ist ja mal klar.«

Julia hatte Matts Blick auf ihre Antwort bemerkt und bevor er irgendwas äußern konnte, sagte sie schnell: »Aber nicht Coldplay!«

Matt zog ein Gesicht. »Also aktuell sind die aber. Falls es daran liegen sollte...«

»Zuviel ›Aaahs‹ und ›Oohs‹«, meinte Julia lapidar. Dann stand sie auf und nahm den IPod vom Tisch. »Ich werd Pat mal fragen!«

Matt sah ihr mit einem langen Gesicht hinterher, als sie zu Pats Zimmertür lief und dort klopfte. ›Pat?‹, formte sein Mund die stumme, ungläubige Frage.

Er sah Julia an diesem Abend nicht wieder. Obwohl er mehr als einmal in die Küche streuselte und sich dort herumdrückte. Aus Pats Zimmer hörte man die beiden reden und ziemlich oft lachen. Wie es aussah, war er also an diesem Abend allein mit sich und - Coldplay? Abwägend hielt er die CD in der Hand und legte sie dann wieder weg. Stattdessen griff er zum Telefon und rief seine Schwester an.

»Und konnte dir Pat helfen?«, wollte er am nächsten Tag wissen, als sie gemeinsam zur Arbeit fuhren.

»Natürlich«, rief Julia ihm über die Schulter zu.

Natürlich, dachte Matt. Was sollte das nur heißen? Er kam erst wieder zu Wort, als sie von ihren Rädern abstiegen, da es nur Energieverschwendung gewesen wäre, Fragen an Julias vornewegradelnden Rücken zu richten.

»Und jetzt willst du den Patienten mit Rock'n'Roll und Blues aufmuntern?«

»Rock'n'Roll? Wieso denn Rock'n'Roll?«, Julia sah ihn entgeistert an. Dann begriff sie den Zusammenhang und lachte: »Nur weil Pat Petticoat und so trägt, muss sie doch nicht auf Rock'n'Roll stehen. Ehrlich, Matt, sei doch nicht so phantasielos.«

»Also ich finde, dass ich durchaus phantasievoll gedacht habe«, brummte Matt, als er hinter ihr Barts betrat.

»Pat hat mir ein paar Ideen geliefert«, erläuterte ihm dann Julia endlich. »Ein paar Newcomer und so. Ed Sheeran zum Beispiel.«

Matt musste grinsen über Julias aufgesetzte Musikkenntnisse der sogenannten Szene. »Also Ed Sheeran kann man nicht mehr als Newcomer bezeichnen. Denn kenn sogar ich, der sonst nicht über das ›C‹ bei den

Musikernamen herauskommt.«

Julia war kurz verstummt, ließ sich aber von seinem Einwand nicht beeindrucken. »Ist doch egal! Jedenfalls fand ich den gut und ich glaube, Patient Dreihundertelf wird das auch so sehen.«

»Patient wer?«, Matt wollte nicht glauben, was er da gerade gehört hatte.

»Was soll ich denn machen, wenn ich seinen Namen nicht kenne?« Julia zog fragend die Augenbrauen hoch.

»Ihn danach fragen«, gab Matt prompt zurück.

»Da er verschlossener ist als jede Muschel, hat er vielleicht keine große Lust, diese Frage zu beantworten. Außerdem ist er Engländer.«

Julia hatte ihre Sachen in ihren Spind geworfen und den Personalraum schon Richtung Treppenhaus verlassen, als Matt erst die Bedeutung ihrer letzten Bemerkung aufging.

Er stürzte ihr hinterher und rief dabei: »Was genau meinst du damit?«

»Womit?«, Julia hatte auf der Treppe gewartet und lächelte ihn unschuldig an. »Hast du diese Woche eigentlich auch Spätdienst? Komischer Zufall, dass wir immer die gleichen Schichten haben.«

Matt erwiderte nichts auf diese Feststellung und war froh, dass sie sich umgedreht hatte, um die Treppe hinauf zu eilen. Sie waren beide spät dran. Außerdem würde er den Teufel tun, ihr zu verraten, was es ihn kostete, diesen »komischen Zufall« herbeizuführen.

Julia war merkwürdig aufgeregt, als sie ihren Putzwagen in die Dreihundertelf schob. Immerhin steckte in dem neuen Inhalt auf dem MP3-Player einiges an Hirnarbeit. Obwohl, wenn sie länger darüber nachdachte, war das noch nicht einmal die Hauptursache für ihre Nervosität. Denn das war eindeutig Matts Bemerkung darüber, dass sich der derzeitige Bewohner dieses Zimmers womöglich etwas hatte antun wollen. Sie war fast ein bisschen erleichtert, als sie den Raum leer vorfand. Natürlich war er das. Die Patientenzimmer sollte sie immer vormittags putzen, wenn deren Bewohner bei einer Behandlung waren. In jedem Fall galt diese Regel für dieses Zimmer.

Sie zog den IPod aus ihrer Hosentasche und legte ihn gut sichtbar auf den Nachtisch. Vielleicht wäre eine Nachricht dazu nicht schlecht gewesen - damit das Gerät nicht gleich wieder im Müll landete - aber welche Putzfrau führte schon Zettel und Stift bei sich? So konnte sie also nur auf die Neugier des Typen hoffen. Und natürlich würde er neugierig sein, dachte sie von dieser Tatsache überzeugt, als sie das Zimmer wieder verließ. Welcher Teenie wäre das nicht?

Nach der Mittagspause putzte sie das Treppenhaus. Dort ging zwar kaum jemand einmal lang, aber das war ein Punkt, über den sie nicht länger nachdachte. Würde sie das tun, müsste sie sich generell Gedanken über ihre Tätigkeit hier machen. Wie Sisyphos rollte sie täglich ihren Wagen durch die

Gänge, um zu fegen und zu wischen und zu sprühen. Und am nächsten Tag tat sie das Gleiche. Um am darauffolgenden Tag wieder...

Im Stockwerk über ihr klappte die Tür. Julia hielt in ihrer Arbeit inne, um zu lauschen. Doch weder nach oben noch nach unten waren Schritte zu hören. Auch gut, dachte sie. Ersparte ihr die Mühe, sich freundlich zu geben, obwohl sie dazu gerade keine Lust hatte.

Morgen würden sie ins Kino gehen. Open air! Das war doch was! Darauf müsste man sich freuen! Sie fragte sich, wie Matt an die Karten gekommen war. Und womit er sie bezahlt hatte. Musste sie ein schlechtes Gewissen deswegen haben? Dachte er, sie brauchte Unterhaltung? Ihr hätte auch ein Ausflug in den Park gereicht. Zu dumm, dass ihr Geld nicht für eine Fahrt ans Meer reichen würde. Das wäre was! Mal aus der Stadt rauskommen, den Kopf durchblasen lassen. Natur sehen. Andererseits würde sie Natur für den Rest ihres Lebens in ausreichendem Maße daheim haben.

Upps. Sie stoppte abrupt ihre Wischbewegung, als würden damit auch ihre Gedanken aufhören wie von selbst in ihrem Kopf zu entstehen.

»Jetzt hör aber mal auf«, sagte sie laut zu sich selbst. Dann spülte sie den Lappen aus. Als sie weiterwischen wollte, gerieten ein Paar Turnschuhe an jeansbehosten Beinen, die auf der Stufe über ihr standen, in ihr Blickfeld. Sie wunderte sich selbst über ihre Ruhe, als sie gelassen den Besitzer der Turnschuhe ins Visier nahm. Wenig überrascht stellte sie fest, dass der Typ aus Dreihundertelf sich an sie herangeschlichen hatte.

Er wirkte ein bisschen enttäuscht, als sie nur cool »Na?« zu ihm sagte. Wahrscheinlich hatte er gehofft, sie würde mindestens kurz kreischen, wenn er so plötzlich wie aus der Stufe gewachsen vor ihr auftauchte.

»Na?«, gab er zurück.

Dann schwiegen beide wieder. Julia war beschäftigt und konnte ihn ignorieren, als sie sich weiter die Treppe hinunter arbeitete. Zornig sah sie, wie er ihr Stufe um Stufe nach unten folgte und dabei genau mittig auf die frisch gewischten Flächen trat. Sie schwieg aber weiter eisern.

»Danke für den neuen Inhalt«, brach er endlich die Stille.

»Gefällt's dir?«, ihre Frage war schneller raus, als sie denken konnte. Und natürlich war sie falsch, dass sah sie sofort an seinem Gesichtsausdruck.

Er zuckte nur desinteressiert mit den Schultern.

Dann halt nicht, dachte Julia und putzte weiter.

»Ed Sheeran ist okay«, bequemte er sich zuzugeben.

Aber, dachte Julia.

»Aber Passenger?« Er zog fragend die Augenbrauen nach oben.

»Was denn ›Aber Passenger?‹«, Julia stützte sich auf ihrem Wischer ab und sah ihn ihrerseits mit hochgezogenen Brauen an. Dann fiel ihr auf, wo und an wen sie genau diese Körperhaltung schon einmal gesehen hatte und gab sie deshalb schnell wieder auf. Das fehlte noch, dass sie wie ihre Nachbarin in Stuttgart wurde. Die fette Kuh!

»Mach mal weiter und so«, meinte Patient Dreihundertelf nur lapidar zu ihr, drehte sich auf dem Absatz um und ging die immer noch nasse Treppe wieder hinauf. Wütend sah sie ihm hinterher. Bevor sie die Tür oben zufallen hören konnte, rief sie: »Wie heißt du eigentlich?«

Rumms. Natürlich bekam sie keine Antwort. Wäre ja noch schöner gewesen. Stattdessen durfte sie die Treppe noch mal wischen. Idiot, Depp, Blödian. Sie meckerte vor sich hin und verstummte erst, als sie wieder unter Leuten war. Nicht das ihr jemand auf dieser Station Beachtung schenkte. Andererseits hätte sie die fast sicher gehabt, wenn sie weiter Beleidigungen vor sich hinmurmelnd putzend durch die Gänge gezogen wäre. Tat sie aber nicht. Vielleicht wäre ihre Wut dann mit Ende ihrer Schicht ebenso Vergangenheit gewesen. So aber donnerte sie mit mehr Kraft als nötig ihre Spindtür zu und stieg energiegeladen auf ihr Fahrrad.

Ihr innerer Autopilot führte sie auf den Berg. Natürlich landete sie in Hampstead Heath. Sie stieg im Park von ihrem Fahrrad und schob. Beim Radfahren konnte sie nicht denken. Merkwürdigerweise fiel ihr als Erstes das Meer ein. Steine über dessen Oberfläche tanzen zu lassen hatte einfach etwas Beruhigendes. Nicht dass sie das konnte. Aber allein der Gedanke daran, es zu versuchen! Zu dumm, war sie nicht nach Irland gefahren. Dort hätte sie direkt an der Küste gewohnt. Was machte sie eigentlich hier?

Natürlich - London, Weltstadt. Und so. Nur was nützte ihr diese Tatsache, wenn sie weder über Bekannte, Freunde oder sonstige Mittel verfügte, um das, was diese Stadt für viele so attraktiv machte, ausschöpfen zu können?

Der Frauenbadesee lag verlassen da. Die Londonerinnen schienen weniger abgehärtet zu sein als ihre männlichen Kollegen. Diese würde wahrscheinlich nicht einmal die heute geschätzte Wassertemperatur von 15 Grad Celsius abschrecken. Recht hatten sie - immerhin war es außerhalb des Wassers deutlich kühler.

Sie stellte ihr Fahrrad ab und setzte sich ans Ufer. Erfreut stellte sie fest, dass es hier kleine Steinchen gab. Leider versanken die meisten sofort, als sie sich an ihnen versuchte. Als einer dreimal auf der Oberfläche sprang, bis er endgültig unterging, sah sie sich beifallsheischend um. Natürlich war niemand in der Nähe, der ihre heroische Tat beobachtet haben könnte.

Sie versuchte sich kurz vorzustellen, wie es sein würde, wenn ihr heute und hier BC über den Weg laufen würde. Eigentlich müsste es heute passieren. Wann, wenn nicht in dem Augenblick, in dem es ihr wirklich mies ging?

Was wäre das schön, wenn das Leben tatsächlich so wäre! Kaum geht es uns schlecht - Wumm - dass, worauf wir so lange gewartet haben, geschieht. Wahrscheinlich geht es mir einfach noch nicht schlecht genug, dachte Julia.

Was hat er nur gegen Passenger und dessen Lied, fragte sie sich. Der Sänger hat doch recht - die Menschen machen weiter - egal, was ihnen passiert.

Vielleicht war es eine blöde Idee gewesen, dieses eine Lied noch auf den MP3-Player zu kopieren. Womöglich hat er das Gefühl, seine Mutter hatte ihre Finger im Spiel gehabt. Obwohl doch ein himmelweiter Unterschied zwischen »Holes« und »Beautiful day« war! Ihre Wahl war wenigstens auch positiv gemeint. Bei U2's Lied konnte man dagegen geteilter Ansicht sein.

Ihr war kalt geworden. Sie sah sich noch einmal um, bevor sie ihr Fahrrad nahm und losging. Der Park war verlassen und leer. Eigentlich ein idealer Tag, um als Prominenter unbehelligt spazieren gehen zu können! Tja. Sie schob ihr Rad auf die Straße und stieg auf. Natürlich war sie unterwegs, versicherte sie sich, als sie an Bono und seinen Liedtext dachte. Wer war das nicht? Nur ihr Ziel war das Problem.

Matt sah zweifelnd in den Himmel, der für Londoner Verhältnisse ungewöhnlich klar war und noch den Sonnenuntergang wiederspiegelte. Damit fiel schon mal Livs Plan mit der Regenplane ins Wasser. Das heißt, korrigierte er sich schnell, ins nicht vorhandene Wasser.

Er stellte seine Tasche, die tatsächlich eine große Plane enthielt, neben sich. Dann sah er sich nach Julia um. Sie hatte keine drei Sekunde gesessen, als ihr eingefallen war, dass sie doch noch mal aufs Klo musste. Inzwischen war es dunkel geworden und die Reihen füllten sich schnell. Matt schob Julias Rucksack noch ein bisschen weiter nach rechts, da er das Gefühl hatte, dass die Leute auf dieser Seite begannen, sich immer breiter zu machen.

Moment. Er hielt inne und überlegte. Was tat er da eigentlich? Plötzlich wurde Livs Denken seins und er griff schon nach rechts, um Julias Tasche wieder in seine Richtung zu ziehen, als eine Handvoll warmes Popcorn in seinen Nacken fiel.

Julia ließ sich vorsichtig neben ihm nieder und balancierte dabei eine riesige, übervolle Tüte Popcorn, die sie zwischen sich und ihn stellte.

»Danke«, sagte sie und nahm ihm ihre Tasche ab, um sie neben die Popcorntüte auch zwischen sie beide zu stellen.

Matt starrte erst sie, dann die Tasche und schließlich die Tüte an. Dann klaubte er die klebrigen Maiskörner von seinem Pulli. Er stellte sich vor, wie Liv kopfschüttelnd ihren Kopf in ihren Händen verbergen würde. »Oh Mann, Matt, du hast es vermasselt!«

»Worum geht es noch mal in dem Film?«

Julia hatte ihn knallhart wieder ins Hier und Jetzt befördert.

»Du willst wissen, wovon ›Sinn und Sinnlichkeit‹ handelt?«, wiederholte Matt sicherheitshalber.

»Genau«, Julia stopfte sich ein paar Popcorn in den Mund und hielt ihm dann einladend die Tüte hin.

Matt schüttelte den Kopf. »Kennst du Jane Austen?«

Julia kaute und versuchte gleichzeitig, überlegend die Lippen zu schürzen.

Dann schüttelte sie bedauernd den Kopf.

Matt seufzte stumm. Warum eigentlich? Er konnte doch nicht ernsthaft erwarten, dass sie alle englischen Schriftsteller kannte oder womöglich sogar gelesen hatte.

Alle vielleicht nicht. Aber wenigstens doch Jane Austen!

Dann hatte er einen Geistesblitz.

»Hast du vielleicht den Film mit Keira Knightley als Elizabeth gesehen?«

An Julias Reaktion sah er, dass er ins Schwarze getroffen hatte. Sie nickte und fragte dann zurück: »Klar. Wie hieß der? Stolz und Dingens. Ach, Vorurteil. Das ist von Jane Austen. Ich erinnere mich!«

»Echt?«, freute sich Matt. »Hast du's gelesen?«

»Nein!«, kam prompt die ernüchternde Antwort.

»Und«, setzte er zu einer neuen Frage an, als Musik zu spielen begann und Julia ihm die Hand auf den Arm legte. »Pssst, es geht los!«

Für Julia waren Filme heilig. Das war ihm schon bei Sherlock aufgefallen. Solange der Film lief, war sie meist still wie ein Mäuschen. Eigentlich mochte er das. Wer will sich schon unterhalten, wenn er gleichzeitig einen Film anschauen möchte? Nur heute war das anders. Wie hatte er nur annehmen können, dass Kino eine gute Idee für ein Date war? Okay, das war gar nicht seine Idee gewesen, fiel ihm ein, als der Vorspann lief.

Nicht einmal den Arm konnte er wie zufällig auf der nicht vorhandenen Rückenlehne hinter ihr ablegen. Er suchte für seine langen Beine eine neue, etwas bequemere Position, als er sie zwischen den Leuten, die vor ihnen saßen, vorsichtig ausstreckte. Wie im Flugzeug, dachte er. Nur eben mit einem kleinen Unterschied. Warum nur hatte Liv vergessen, ihm zu sagen, dass sie auf dem Boden sitzen würden? Dann hätte er eine Decke eingepackt und wäre Julias Held gewesen.

So musste sie mit ihrem Pullover vorlieb nehmen und würde wahrscheinlich bald frieren. Er sah den Film und fragte sich, warum er ihn früher einmal gut gefunden hatte. Heute kamen ihm die Schauspieler hölzern und unglaubwürdig vor.

Als Alan Rickman das erste Mal etwas sagte, verschluckte sich Julia an ihrem Popcorn. So sehr, dass Matt ihr auf den Rücken klopfen durfte, was natürlich nicht half - wie er wohl wusste - aber ein guter Grund war, sich ein bisschen näher an sie zu schieben. Sie hatte sich ihren Schal vor den Mund gepresst, als sie weiterhustete, bis ihr die Tränen in den Augen standen. Als sie dann endlich das Tuch vom Gesicht nahm, sah er, dass sie lachte.

Irritiert fragte er: »Was ist los? Was ist so lustig?«

»So redet der?«, flüsterte sie erregt zurück.

Bevor er überrascht etwas auf ihren Ausruf erwidern konnte, kam von hinten ein böses Zischen und er schwieg wieder. Er ließ seinen Arm, den er immer noch auf Julias Rücken locker liegen hatte, sinken. Was machte er sich eigentlich vor? Er starrte mit zusammengekniffenen Augen auf die Leinwand, auf der ein unwahrscheinlich jung aussehender Hugh Grant der weniger jugendlich wirkenden Emma Thompson versicherte, dass ihre Freundschaft für ihn das Wichtigste in seinem Leben bedeutete. Du wirst sie immer haben, bekam der dann als Antwort.

Was genau hat sich eigentlich geändert in den zweihundert Jahren, die seit der Zeit, in der diese Szene erdacht worden war, vergangen waren? Matt schob sich grübelnd eine Hand voll Popcorn in den Mund. Hätte er damals gelebt - und wäre nicht schändlich wie Hugh heimlich mit einer anderen Frau verlobt gewesen - hätte er einfach zu Julia gehen und sie direkt fragen können. Vermutlich, ob sie ihn würde heiraten wollen. Und vermutlich war dies auch einer der ganz großen Nachteile der damaligen Zeit gewesen. Aber zumindest hätte er dann Bescheid gewusst.

Der nächste Punkt wäre dann noch gewesen, ob diese Frage wirklich so einfach über seine Lippen gepoppt wäre, wie er sich das gerade vorstellte. »Kennst du die Lakes?« ging einfach viel leichter über die Lippen. Oder »Noch in den Pub?«

»Klar«, sagte Julia und ließ sich von ihm aufhelfen.

12 NO DESTINATION?

»James«, sagte jemand direkt neben ihrem Ohr, so dass Julia, die gerade schwungvoll den Boden in Zimmer Dreihundertzehn wischte, den Halt und damit auch ihren Wischer verlor. Dieser rutschte über den Boden und knallte laut gegen den Heizkörper unter dem Fenster. Kichernd über diese Reaktion auf sein Anschleichen ließ sich der Typ aus Dreihundertelf in den Stuhl, der neben dem leeren Bett stand, fallen.

Julia unterdrückte den Impuls, ihn anschreien zu wollen - wie konnte er nur, sie wieder so zu erschrecken! Sie ignorierte ihn zunächst und griff sich stattdessen ihr Arbeitsgerät. Dann fragte sie ihn mit fast normaler Stimme: »Was machst du hier? Das ist nicht dein Zimmer!«

»Ich weiß«, war die coole Antwort.

Sie warf ihm einen kurzen Blick zu. Er räkelte sich gemütlich auf dem eher unbequem aussehenden Sitzmöbel. Manchmal fragte sie sich ernsthaft, ob er denn nicht eigentlich wegen etwas völlig anderem hier behandelt wurde, als sie und Matt annahmen. Niemand, der ihn so erlebte, konnte doch ernsthaft annehmen, dass er keine Lust mehr aufs Leben ha...

»Der Patient hier ist gestorben. Wusstest du das?«, unterbrach er ihre Gedanken.

Julia ließ den Wischer, den sie gerade auswaschen wollte, sinken. »Was?«

Sie kannte den Patienten, der in diesem Zimmer gelegen hatte, nur vom Sehen. Ein Mann in den Vierzigern - mit zwei kleinen Kindern, die ihn fast jeden Tag besucht hatten. Betroffen sah sie den Typen an. James? Jetzt dämmerte ihr seine anfängliche Bemerkung.

»Du heißt James?«

Dann stemmte sie empört die Hände in die Seiten und rief: »Was hast du nur für einen kranken Humor? Ich hab den Mann aus diesem Zimmer hier gestern mit eigenen Augen rausgehen sehen. Entlassen und gesund!«

Merkwürdigerweise fühlte sie sich wegen dieses Fakts unglaublich erleichtert.

»Heißt doch nicht, dass er heute noch lebt.«

»Oh!«, fuhr sie ihn an und bevor sie länger nachdenken konnte. »Du bist wirklich kr...«

»Krank. Mhm. Leider nicht tot.« James hatte sich gerade hingesetzt und zog die Mundwinkel wieder zu einem Grinsen hoch.

Julias wusste nicht, wo sie hinsehen sollte. Also griff sie wieder zu ihrem Arbeitsinstrument und bearbeitete den Boden. Warum musste er gerade jetzt hier aufkreuzen und ihre Gedanken stören? Matt war heute Morgen so komisch gewesen. Fast abweisend. Obwohl doch ihr gemeinsamer Abend schön gewesen war. Okay, bis auf den ziemlich langweiligen Film. Dass Alan Rickman so redete! Sie konnte es immer noch kaum fassen. Fast war sie wieder an der Stelle ihrer Grübeleien angelangt, an der sie vorher so rüde von ihm unterbrochen worden war, als James ungeduldig aus seinem Stuhl aufsprang und über den frisch aufgenommenen Boden zum Fenster ging.

»He!«, rief Julia empört.

James hatte sich zu ihr umgedreht. »Warum machst du das eigentlich?«

»Heißt du wirklich James?«, fragte sie zurück. »Du bist der erste James, dem ich hier begegne.«

Dann sahen sie sich abwartend an.

»Könnte ich mir etwa so einen bekloppten Namen ausdenken?«, wandte er schließlich zuerst ein.

»Fürs Geld natürlich«, sagte Julia.

»Da gibt's doch sicher coolere Studentenjobs?«, musste sie sich anhören.

»So?«, fragte sie zurück und begann, die Fensterbretter abzuwischen. »Was würdest du denn stattdessen machen?«

Aber so leicht kriegte sie ihn nicht. Er verschränkte die Arme vor der Brust und antwortete: »Nichts natürlich. Das ist ja wohl offensichtlich, oder?«

Julia wandte sich wieder ihrer Arbeit zu und rieb an einem Fleck, der von einem Blumentopf stammen musste, als sie seine Frage völlig überraschend traf: »Und was ist dein Ziel?«

Sie sah ihn verblüfft an. Es war, als würde Bono zu ihr sprechen. »Wie meinst du das?«

James zuckte nachlässig mit den Schultern. »Das war der Sport in meiner Klasse. Jeder brauchte ein Ziel. Millionär mit Dreißig. Sehr beliebt. Oder dem Rektor eine reinhauen, bevor der Tag rum war. Noch beliebter.«

Julia runzelte die Stirn. Aber James war zu keiner weiteren Erklärung bereit. »Also: irgendwelche Ziele in nächster Zukunft?«

Sie fühlte seinen plötzlich sehr direkten Blick an ihr kleben, als sie wieder begann, eifrig das Fensterbrett zu putzen. »Kommt drauf an, was für Ziele du meinst«, sagte sie ausweichend, um Zeit zu gewinnen. Irgendwann musste doch sein Fehlen auffallen und jemand ihn suchen. Oder nicht? Wenn niemand kam, hieß das wohl, dass er doch kein Selbstmordkandidat war.

Oder, dass dies ein verdammt schlechtes Krankenhaus war.

»Was für Ziele?«

Sie konzentrierte sich wieder auf James und überlegte, was genau sie damit eigentlich gemeint hatte. Ach ja, dachte sie, als ihr ihre Idee wieder einfiel. »Naja«, sagte sie und kam sich dabei unwahrscheinlich clever vor, »es gibt kurzfristige, mittelfristige und langfristige Ziele. Jemandem eine reinhauen wäre vermutlich ein eher kurz- bis mittelfristiges Ziel. Zum Beispiel.«

»Kann auch langfristig geplant sein«, meinte James nachdenklich. »Na dann erzähl mal!«, forderte er sie auf.

»Wie?«, Julia tat ahnungslos.

»Ja, was sind deine kurz-, mittel- und langfristigen Ziele?«, wiederholte James gedehnt und zählte dabei ihre selbst gewählten Punkte an seinen Fingern, die er fast schon drohend vor ihrem Gesicht herum wedelte, auf.

Julia starrte auf seinen Zeigefinger. »Kurzfristig? Kurzfristig wäre zum Beispiel diesen blöden Fleck hier wegzukriegen.«

James trat neben sie, um ihr ambitioniertes Projekt in Augenschein zu nehmen. »Kannst du vergessen!«, war sein vernichtendes Urteil. »Blumentopf auf billigem Kunststofffensterbrett ist der Tod jeder Putzfrau.«

»Hah!«, rief Julia und starrte ihn überrascht an. Was verstand er von Blumentöpfen, Fensterbänken und Putzfrauen? Sie tauchte ihren Lappen wieder ins Putzwasser und besprühte zusätzlich den Fleck reichlich mit Allesreiniger. Selbst wenn James etwas davon verstand, war er garantiert ahnungslos, wenn es um schwäbische Putzfrauen ging. Noch energischer als zuvor bearbeitete sie das Fensterbrett.

»Und?«, fragte James.

Julia wischte, machte eine kurze Pause und wischte weiter. »Sei mal nicht so ungeduldig!«, fuhr sie ihn dabei an.

»Was denn? Ich mein doch nicht diesen dämlichen Fleck, den fast kein Mensch interessiert.« Er streckte Zeige- und Mittelfinger seiner linken Hand nach oben. »Mittelfristige Ziele? Irgendwelche Vorschläge?«

Julias Blick blieb an einem Punkt an der Wand, knapp über seiner Hand, hängen. Der Fleck und das Fensterbrett waren vergessen. Stattdessen tauchte wie in einem wirklich schlechten Film das Bild von Benedict Cumberbatch als Khan aus Star Trek an der weißen Wand auf. Obwohl sie dieses Filmplakat überhaupt nicht mochte - noch viel weniger als die Tatsache, dass er in so einem flachen Megablockbuster mitspielte (das passte gar nicht zu ihm, fand sie) - schien es einen tieferen Eindruck auf ihr Unterbewusstsein zu haben, als ihr klar war. Immerhin ging sie mehrmals täglich an seinen grünen Augen vorbei. Sie schüttelte energisch ihren Kopf, so dass die Locken flogen und die Wand wurde wieder weiß.

»Keine?«, fragte James. »Kann ich mir bei dir gar nicht vorstellen.«

Julia ignorierte seinen Einwand und blieb bei ihrem Vorhaben, ihm BC als das Ziel ihrer Londoner Reise vorzuenthalten. Stattdessen sagte sie: »Langfristig scheint mir wichtiger. Dir nicht?«

Als die Worte draußen waren, biss sie sich auf die Lippen. Blöde, überflüssige Bemerkung von ihr. Aber James ging wider Erwarten nicht auf sie los wie der Stier aufs rote Tuch.

»Natürlich«, versicherte er ihr ruhig. »Finde ich sehr wichtig.«

Julia fand seinen Gesichtsausdruck etwas irritierend, spann ihren Gedanken aber weiter.

»Womit verbringen wir die meiste Zeit in unserem Leben? Außer mit Schlafen natürlich«, beantwortete sie schnell ihre Frage selbst, bevor James Zeit hatte, sie durch eine unqualifizierte Antwort vom Wege abzubringen. »Mit Arbeiten«, fuhr sie fort. »Zumindest die meisten Erwachsenen. Ich hab mir immer vorgestellt, wie cool es sein muss, eine Arbeit zu finden, die einem irgendwie Spaß macht.«

»Irgendwie Spaß macht?«, echote James. »Klingt...«, er machte eine Pause, »klingt irgendwie toll.«

Julia rang nach Worten. »Ich meine, du verstehst doch bestimmt, was ich meine, oder?«, fragte sie hoffnungsvoll und ignorierte seinen abweisenden Gesichtsausdruck. »Hast du nicht...?«, begann sie zu fragen und stoppte. Blöde Idee von ihr, dachte sie im gleichen Moment, ihn so etwas fragen zu wollen.

»Natürlich«, sagte er und lächelte zuvorkommend.

»Echt?«, rief sie erfreut. »Und?«

»Feuerwehrmann.«

»Ach komm schon!«, wütend warf sie ihren Lappen in den Eimer und begann, ihre Sachen zusammenzupacken. »Verarschen kann ich mich allein.«

»Nein wirklich«, versicherte er ihr und zog kurz die Mundwinkel zu einem Lächeln hoch. »Präziser gesagt, wollte ich Feuerwehrtaucher werden.«

»Feuerwehrtaucher?«, sie sah ihn zweifelnd an. »Wieso braucht es die? Bei der Feuerwehr Taucher?« Und wie waren sie noch einmal bei diesem Thema gelandet?

Er winkte ab. »Egal, ist ein paar Jahre her, dass ich da einsteigen wollte.«

Julia warf einen Blick auf den renitenten Fleck und hob bedauernd die Schultern. »Tja, so ist das mit den Träumen aus Kindertagen. Und jetzt?«, fragte sie ihn und sah ihn forschend an.

Im gleichen Moment ging die Zimmertür auf und eine der Schwestern steckte ihren blond gelockten Kopf in den Raum. Als James in ihr Blickfeld geriet, leuchteten ihre Augen kurz auf, um danach zusammengekniffen Julia anzustarren. Aber sie sagte nichts zu ihr, stattdessen winkte sie James zu sich: »Hier bist du also. Wir brauchen dich, James. Der Professor möchte mit dir reden.«

Julia atmete langsam aus, als sich die Tür mit einem leisen Klicken hinter beiden geschlossen hatte. Nach diesem Blick der Krankenschwester hatte sie eigentlich einen lauten Knall erwartet. Dass dieser ausgeblieben war, war verdächtig. Unschlüssig blieb sie neben ihrem Wagen stehen. Hier war sie definitiv fertig. Und wenn auf der anderen Seite der Tür etwas Unangenehmes auf sie wartete, konnte sie das genauso gut gleich hinter sich bringen. Also riss sie schwungvoll die Zimmertür auf und schob den Putzwagen wie einen Schutzschild vor sich her auf den Gang.

Niemand war zu sehen.

Fast ein bisschen enttäuscht zuckte sie die Schultern und setzte ihre Putzroute fort.

Als sie eine Stunde später die Treppe putzte, hatte sie den Vorfall schon wieder vergessen. Nicht jedoch das Gespräch mit James. Trotzdem war ihr Kopf merkwürdig leer, als sie mit ihrem Wischer versuchte, den Dreck aus der Ecke einer Stufe zu holen. Einen Absatz über ihr hörte sie, wie sich die Tür zum Treppenhaus öffnete und dann wieder ins Schloss fiel.

Schritte waren keine zu hören.

Aber das bedeutete ja nichts, fiel ihr gleich ein. Fast wünschte sie sich, dass James sie wieder erschrecken würde, nur damit diese Stille in ihrem Kopf ein Ende nähme.

Aber es war nicht James, der auf leisen Sohlen die Treppe heruntergeschlichen kam. Als ein paar weich aussehende Wildlederslipper in ihr Blickfeld gerieten und sie den Kopf hob, sah sie sich dem Professor der Station gegenüber. Eben jener, der vorhin nach James gesucht hatte.

Das konnte kein Zufall sein, dachte sie. Oder konnte es doch? Vorsichtig trat sie beiseite, in der Hoffnung, dass der Professor mit einem leichten Kopfnicken an ihr vorbeigehen würde.

Aber er ignorierte ihren zarten Wink, blieb stehen und verschränkte, wie um noch zu verstärken, dass er seine Stufe nicht so bald freigeben würde, die Hände vor seinem Bauch.

Wie Angela Merkel, dachte Julia irritiert.

»So, sie sind Julia?«, begann er.

Julia war überrascht, dass er eine so leise Stimme hatte. Sie nickte.

»Ich denke, sie wissen, wer ich bin?«

Wieder ihr Nicken.

Was wollte er von ihr?

»Ich habe gehört, dass sie studieren? Was studieren sie?«

Überrascht sah sie ihn an. Mit dieser Frage hatte sie definitiv nicht gerechnet.

»BWL, also Wirtschaftswissenschaften«, verbesserte sie sich, als sie seine hochgezogenen Augenbrauen bemerkte. Aber die blieben, wo sie waren und ließen ihn wie eine überraschte Eule aussehen.

»Tatsächlich?«, sagte er und griff sich dann in seine Kitteltasche. Er holte ein schmales Buch heraus, was er ihr dann hinhielt.

Sie griff sich das Buch, konnte aber den Titel nicht lesen, da der Professor einen Schritt auf die nächste Stufe gemacht hatte. »Ich dachte, sie könnten das Buch mal lesen - nach ihrem Gespräch mit James«, sagte er dabei. »Es ist nicht dick.«

Julia wurde rot und wusste nicht, warum. »Ja, natürlich«, stotterte sie. »Ich hätte nicht mit James...ähm...reden sollen.«

Abwartend sah sie ihn an.

Er brummte zustimmend: »Jaja, es ist gegen die Regeln, nicht wahr?« Mit diesen Worten war er wieder nach oben verschwunden, so dass sie ihm nicht mal für das Buch danken konnte.

Sie drehte es um, so dass sie den Titel lesen konnte. »Viktor Frankl«, las sie, »Man's search for meaning«.

Oben fiel die Tür ins Schloss.

13 THE GAME IS AFOOT [ii]

Julia lag auf ihrem Bett und las. Draußen lief der Regen in langen Schlieren an ihrem schmalen Fenster hinab. Trotzdem konnte in diesem Zimmerchen keine Gemütlichkeit aufkommen. Sie hatte sich ihre Bettdecke bis an den Bauch hochgezogen und blätterte gerade die letzte Seite des Nachwortes um.

Der Professor hatte recht gehabt - lang war dieses Buch wahrlich nicht. Aber das spielte gar keine Rolle, dachte sie. Dass, was Viktor Frankl ihr sagte, brauchte nicht viele Worte. »Auf den Inhalt kommt es an«, hatte ihr Deutschlehrer immer mit erhobenem Zeigefinger doziert. »Hah«, hatte sie ihm geantwortet, »das wusste aber Thomas Mann noch nicht. Oder wieso erstreckt sich dieser Satz hier über zwanzig Zeilen?«

Das hätte sie damals besser nicht gesagt. Herr Dr. Böttcher, der Deutschlehrer, ließ eine noch viel längere Litanei (hätte man sie denn drucken wollen) auf ihr Haupt niedergehen, deren Inhalt sich relativ knapp zusammen ließ: nämlich, dass Thomas Mann einer der größten deutschen Dichter gewesen war und dass sie, Julia, schlicht und ergreifend keine Ahnung hatte. Nach diesem Erlebnis las sie nur noch äußerst widerwillig dicke Bücher - mit Ausnahme von sämtlichen Harry-Potter-Bänden.

Sie klappte das dünne Bändchen zu und lauschte. Es war kurz nach zehn und Matt müsste bald zu Hause sein. Er hatte diese Woche Spätdienst, so dass sie ihm praktisch nicht sah. Das war merkwürdig, da sie die Wochen zuvor fast jede freie Minute miteinander verbracht hatten. Sie vermisste ihn und ihre Unterhaltungen. James und der Professor waren heute die einzigen Menschen gewesen, mit denen sie gesprochen hatte.

Plötzlich fühlte sie sich sehr einsam. Mit einiger Mühe befreite sie sich aus ihrer Decke und wühlte in ihrer Tasche nach ihrem Telefon. Keine neue Nachricht. Natürlich nicht, dachte sie, und warf es zurück an seinen Platz. Wer niemanden schreibt, muss sich nicht wundern, wenn er keine Antwort bekommt.

Sie stand auf, streckte sich und sagte zu Khan auf seinem Poster, als sie an ihm vorbeiging, »Wir treffen uns noch! Das garantiere ich dir!«

Die Wohnungstür öffnete sich, als sie sich gerade Milch in eine Tasse goss. Matt warf seine Jacke auf den Schrank, der im Flur stand und kam in die Küche.

»Hi!«, sagte er und sah in den Kühlschrank.

»Hi«, antwortete sie in der Annahme, dass er sie - und nicht den Kühlschrank - gegrüßt hatte.

Er schloss den Kühlschrank wieder, ohne etwas herausgenommen zu haben.

Sie grinste heimlich, als sie ihre Tasse in die Mikrowelle stellte und diese anschaltete.

»Du fährst gar nicht mehr mit dem Rad?«, fragte sie ihn. Schon vor ein paar Tagen hatte sie traurig festgestellt, dass sein Rad verwaist und ungenutzt herumstand.

»Ähm«, stotterte er verlegen, als hätte sie ihn in einem unbeobachteten Moment beim Nasenpopeln erwischt, »nein. Aber bei dem Wetter...« Mit einem vielsagenden Blick nickte er in Richtung der einbrechenden Nacht vor dem Fenster, an das immer noch stetig Regentropfen fielen.

Julia nahm seine schwache Entschuldigung hin. Am Ende war es seine Entscheidung, wie er zur Arbeit kam - eingequetscht wie eine Sardine zwischen verschwitzten Pendlern in der U-Bahn oder frei wie ein Vogel auf dem Rad. Im Moment hatte sie sowieso ein ganz anderes Thema auf dem Herzen. Bevor er sich mit einer in den letzten Tagen üblich gewordenen albernen Entschuldigung in sein Zimmer zurückziehen konnte, nagelte sie ihn in der Küche fest, in dem sie ihm das Buch, das sie heute geschenkt bekommen hatte, vor die Nase hielt.

»Kennst du das?«

Er kam einen Schritt zurück in den Raum und las mit zusammengekniffenen Augen den Titel.

»Ja«, sagte er dann.

»Ja?«, versicherte sie sich etwas überrascht. Wieso kannte er dieses Buch, was doch eigentlich ein deutsches war, und sie nicht? »Warum?«

»Warum?« Er zuckte die Schultern. »Ich denke, mein Vater hat es mir mal gegeben.« Nachdenklich runzelte er die Stirn.

»Ach so«, Julia nickte. Das erklärte es natürlich.

»Warum?«, wollte er jetzt wissen. »Was ist damit?«

In einer Kurzfassung erzählte sie ihm ihre Erlebnisse dieses Tages mit James und dem Professor. Erwartungsgemäß war Matt nicht besonders interessiert, als es um James ging. Dann und wann schüttelte er den Kopf, sagte aber nichts, sondern schmierte sich einen Toast mit Erdnussbutter. Als sie am Ende ihrer Geschichte angekommen war, schluckte er und fragte: »So, Professor White hat dir dieses Buch geschenkt?«

Sie nickte.

»Warum hat er das gemacht?«

»Das frage ich mich auch.« Julia stand auf und nahm sich einen Teller aus dem Schrank. Matt essen zu sehen, hatte sie auch wieder hungrig werden lassen. »Ich hatte gehofft, dass du mir diese Frage beantworten könntest?«

»Ich?«, Matt verschluckte sich fast an seinem Toast. »Wieso denn das?«

»Keine Ahnung. Vielleicht weil ihr beide Ärzte seid. Zumindest fast.«

Matt verdrehte die Augen. »Was hat denn das damit zu tun?«

»Ich weiß nicht«, nachdenklich rührte Julia in ihrer inzwischen lauwarmen Milch. »Vielleicht macht er sowas öfter bei seinen Studenten?«

»Glaub ich nicht«, antwortete Matt. »Jedenfalls nicht bei mir oder in meinem Kurs. Aber das lag wohl daran, dass wir alle Chirurgen werden wollen und deshalb mehr oder weniger null Interesse an Psychologie hatten.«

»Ich glaub, er war deswegen ein bisschen beleidigt«, fügte er hinzu. Gleichzeitig fragte Julia interessiert: »So, er hat bei euch Psychologie gegeben?«

»Ja, natürlich.«

Sie schwieg und starrte nachdenklich auf ihre Tasse. ›I'd rather be in Brighton‹ stand in dicken Lettern darauf.

»Hast du Psychologiebücher?«, fragte sie Matt, als sie sich nach einer gefühlten Ewigkeit wieder seiner Anwesenheit bewusst wurde.

»Wusstest du«, fragte Julia am nächsten Matt, als er in seiner Lunchpause das Menü studierte, »dass man sich nicht mehr als drei bis vier Dinge auf einmal merken kann?« Ihr Finger zeigte auf die Speisekarte, die in fünf Spalten die Tagesmenüs auflistete.

Matt hatte sich von seinem Schreck, plötzlich von der Seite angesprochen zu werden, erholt und entgegnete: »Ich hab aber kein Problem damit, mich zu erinnern, dass ich heute zwischen Grünkernbratling, Scholle mit Pommes, Roastbeef, Salatteller und Lasagne wählen kann.«

Julia lächelte ihn überlegen an und nahm sich ein Tablett. »Fühl dich nicht schlauer, als du bist, Herr Doktor. Das kommt daher, dass die Informationen gruppiert wurden und du deshalb mehr als die vier Tatsachen behalten konntest.«

Sie hatte ihm den Rücken zugekehrt und grüßte freudig die Bedienung. Matt war kurz stehen geblieben und warf einen Blick zurück auf die Speisekarte, dann schüttelte er den Kopf und folgte ihr. Als er sein volles Tablett ihr gegenüber auf den Tisch stellte und sich setzte, fiel ihm auf, dass sie anders aussah als gestern.

Er war froh, dass Mohammed mit am Tisch saß und die Unterhaltung größtenteils allein bestritt. So konnte er sie ungestört beobachten.

Ihre Haare? Matt runzelte die Stirn. Nein, dachte er. Vielleicht frisch gewaschen und deswegen noch ungezähmter als sonst, aber nein. Er starrte sie immer wieder an, als er schweigend seine Lasagne aß, konnte aber nicht sagen, was sich an ihr verändert hatte.

»Hast du jemanden getroffen?«, fragte er sie schließlich, als sie nebeneinander die Treppe zurück zur Station hinaufstiegen.

»Jemanden?«

»Ja...ähem...«, fast hätte er ›Bernhard Gelface‹ gesagt, bremste sich aber und würgte: »Na deinen BC?« hervor.

Sie war stehengeblieben und starrte ihn erstaunt an. Fast so, als müsste sie kurz überlegen, wen er denn meinte, dachte er und freute sich ein bisschen. Dann nahm sie die nächsten zwei Stufen auf einmal, lachte ihr Lachen, so dass auch sein Herz ein wenig hüpfte und legte ihm kurz die Hand auf den Arm. »Matt, wenn *das* passiert, dann bist du der Erste, dem ich es erzähle. Versprochen!« Sie winkte ihm kurz und verschwand hinter der Tür, die zu ihrer Station führte.

»Wusstest du, dass Freude oder Überraschung dazu führen können, dass jemand seine Gewohnheiten ändert?«

Matt war gerade aus der Seitentür von St. Barts getreten, um zur U-Bahnstation zu gehen, als ihn Julias Stimme im Schritt inne halten ließ.

»Gehört Erschrecken auch dazu?«, wollte er wissen.

Julia stutzte kurz und schürzte die Lippen. »Nein, ich glaub, dass hilft nur bei Schluckauf.«

»Ja«, stimmte er ihr zu. »Oder verhilft jemanden zu einem Infarkt, der ein schwaches Herz hat.«

»Du hast kein schwaches Herz«, versicherte ihm Julia. »Schon gar nicht, wenn du wieder mehr Sport treibst.« Mit diesen Worten warf sie ihm ihren Fahrradhelm zu und schob dann ihrer beider Räder aus dem Schatten des dunklen Torganges.

»Tadaa!«, rief sie, als sie erst an seinem, dann an ihrem die Anstecklampen anschaltete. »Und es regnet auch nicht mehr, falls du das noch als Ausrede anbringen wolltest.«

Matt warf wie aus einem Reflex heraus einen Blick in den dunklen Himmel, der tatsächlich wolkenlos war. Dann nahm er wortlos sein Rad, das sie ihm hinhielt und stieg auf. Erst als sie durch den stillen Park fuhren, fragte er: »Wieso hast du mein Rad hergebracht? Du hast doch schon seit Stunden frei?«

»Einfach so«, Julia fuhr Schlangenlinien und hob die Beine nach oben, als sie durch eine Regenpfütze preschte. »Ich hatte Lust dazu. Außerdem fiel mir die Decke auf den Kopf.«

»Woher beziehst du eigentlich deine Pseudoweisheiten?«

»Das sind keine Pseudoweisheiten«, rief Julia empört und wurde prompt langsamer - ganz so, wie er es mit seiner Frage bezweckt hatte. »Empirische Forschung und so.«

»Aus dem Netz?«, Matt ließ nicht locker.

Julia zuckte mit den Schultern. »Na und! Ein psychologischer Blog. Du gibst mir ja kein Buch über Psychologie!«

Matt stöhnte auf: »Weil ich keins habe! Ich könnte natürlich rasch eins schreiben. Die Weisheiten, die du von dir gibst, strick ich mir auch zusammen.«

»Hah!«, hörte er nur Julia rufen, die plötzlich Gas gab und vor ihm noch über eine Ampelkreuzung brauste, die gerade auf Rot geschaltet hatte.

Julia war am nächsten Morgen noch vor ihrem Wecker wach, was eine beeindruckende Leistung für sie war, da dieser kurz vor fünf Uhr klingeln sollte. Obwohl sie am Abend vorher noch lange mit Matt in der Küche gesessen und gequatscht hatte, fühlte sie sich fast ausgeschlafen. Auf dem Weg zu Barts pfiff sie ein Lied, das sie morgens im Radio gehört hatte und eigentlich scheußlich fand.

Ein morgendlicher Jogger grüßte sie fröhlich und drehte sich dann noch einmal um, um ihr hinterher zu sehen. Dadurch angespornt trat sie noch schneller in die Pedale und hätte deshalb fast die Abzweigung zum Krankenhaus verpasst. Sie sprang vom Rad und rannte zwei Stufen auf einmal nehmend zu ihrem Spind. Auf dem Weg dorthin begegnete ihr eine der Krankenschwestern ihrer Station, die sie grüßte: »Guten Morgen! Schöner Tag, nicht?«

»Ja«, antwortete Julia aus tiefsten Herzen auf diese rhetorische Frage. Ein toller Tag, eine tolle Woche. Das Buch, das ihr der Professor in die Hand gedrückt hatte - aus Gründen, die ihr immer noch nicht klar waren - hatte ihre Woche gerettet. Mit Matt war wieder alles okay und Pat hatte ihr gestern die neue CD von Ed Sheeran in die Hand gedrückt, so dass sie noch jemanden heute eine Freude machen konnte.

Voller Energie stieß sie eine Stunde später die Tür zu Zimmer Dreihundertelf auf und rollte ihren Putzwagen schwungvoll in den kleinen Flur vor dem Bad. »Morgen!«, rief sie und sah um die Ecke.

Das Bett war leer und frisch gemacht. Die Zimmerpflanze, die gestern noch auf dem Fensterbrett gestanden hatte, war verschwunden. Genau wie alle anderen spärlichen Gegenstände, die zu James gehört hatten. Ein ungutes Gefühl beschlich sie. Das Zimmer war nicht nur leer, es war verlassen. Obwohl sie es besser wusste, schaute sie zur Sicherheit in den Schrank, unters Bett und im Badezimmer nach. Nichts und niemand waren zu sehen.

Sie setzte sich aufs Bett und stand gleich wieder auf, um die Bettdecke wieder glatt zu streichen. Was hatte das zu bedeuten?

Julia griff sich ihren Putzwagen, öffnete die Tür und schob ihn langsam wieder aus dem Zimmer. Hier gab es nichts für sie zu tun. Nachdenklich stand sie auf dem Stationsgang und wusste nicht, wie weiter. Noch vor ein paar Minuten war sie überzeugt davon, zu wissen, wie dieser Tag weitergehen würde. Und jetzt?

Am Stationstresen stand die Schwester, die ihr heute Morgen bereits über den Weg gelaufen war. Julia kannte sie nicht genauer, aber wen kannte sie hier überhaupt? Plötzlich sehnte sie sich geradezu schmerzhaft nach Abby und ihrer Herzlichkeit. Aber Abby konnte ihr hier nicht helfen.

Also ließ sie ihren Wagen stehen, wo er war und ging forscher, als sie sich fühlte, zum Tresen.

Die Schwester dahinter warf ihr einen kurzen Blick zu und schaute dann wieder in ihren Computer.

»Ich frage mich«, sagte Julia und stützte ihre Arme auf dem Tresen ab, »ob du mir sagen könntest, was aus Patient Dreihundertelf - ich meine - aus James geworden ist?«

Julia wartete. Die Schwester zeigte mit keiner Miene, dass sie ihre Frage gehört hatte. Bevor Julia sich aber vorbeugen konnte, um diese zu wiederholen, sagte sie: »Und ich frage mich, ob du nicht weißt, das solche Informationen von uns vertraulich behandelt werden müssen?« Wieder dieser kurze Blick über den Rand des Computerbildschirm. Julia hielt stumm ihren Blick aus und sagte nichts. Die Krankenschwester fuhr schließlich fort: »Denn sonst wüsstest du sicher, dass ich dir nicht sagen darf, dass James gestern nach Hause entlassen wurde.«

»Tatsächlich?«, rief Julia laut erfreut aus. Als sie den Blick der Schwester bemerkte, senkte sie sogleich die Stimmer und raunte: »Ja, ich weiß, natürlich. Vertraulichkeit! Ganz klar. Dumm von mir zu fragen.« Die letzten Worte trällerte sie fast, als sie zurück zu ihrem Wagen tänzelte.

Erst ein paar Zimmer später gesellte sich auch Traurigkeit zu ihrer guten Laune. Sie würde James vermissen. Schade, dass sie sich nicht hatte verabschieden können. Aber Abschiede würde es bald genügend geben. In zwei Wochen wäre sie weg von hier.

In ordentlichen Bahnen schob sie den Wischer auf dem Gang rauf und runter. Das würde ihr nicht unbedingt fehlen, auch wenn man sehr gut beim Putzen nachdenken konnte.

»He!«, rief sie einem jungen Arzt, der einen riesigen Satz über ihre gerade geputzte Fläche machte, hinterher. Grinsend drehte er ihr eine lange Nase, als er davonging. So ganz klar war ihr noch nicht, wie es in Deutschland weiter gehen würde, aber eine Idee hatte sie doch. Diese war noch weit davon entfernt, so deutlich zu sein wie ihr Plan, BC zu treffen. Aber was machte das schon?

Schwungvoll schob sie das Warnschild ›Frisch gewischt‹ ein paar Meter weiter und wäre fast selbst auf ihrem spiegelblank geputzten Gang ausgerutscht. Morgen würde sie in die Bibliothek gehen - so wie es Matt vorgeschlagen hatte - und Recherche betreiben. Ernsthafte Nachforschungen, für die man einen richtigen Computer brauchte, um Pläne zu beschließen, die nicht auf Träumen gebaut waren.

Matt war gerade aufgestanden und ging in die Küche, um sich einen Tee zu machen, als die Wohnungstür krachend gegen die Wand flog. Julia schob ihr Fahrrad mit einer Hand in den Flur. Mit der anderen presste sie sich ein Taschentuch an die Stirn. Matt brauchte ein paar Sekunden, um die visuellen Fakten in seinem Gehirn zusammen zu sortieren. Dann schließlich lief er zu ihr und nahm ihr das Fahrrad ab. Sie hatte sich an den Küchentisch gesetzt und betrachtete verwundert das Taschentuch, das sie eben noch an ihre Stirn gepresst hatte und das nun voller Blut war. Blut lief auch langsam ihre Stirn herunter und sammelte sich in ihrer Augenbraue, bevor Matt ein Küchentuch nahm und es auf die Wunde drückte.

Ihm wurde flau zumute. Aber er konnte schlecht ohnmächtig werden - das stand eher Julia zu, die etwas blass um die Nase wirkte und auch sonst ganz anscheinend neben sich stand. Plötzlich wurde er sauer. Als angehender Arzt konnte ihm wohl schlecht übel werden, wenn er eine frische Kopfverletzung vor sich sah. Selbst wenn der demolierte Kopf seiner engsten Freundin gehörte. Was ihn dazu brachte, darüber nachzudenken, was sie hier eigentlich machte.

»Was machst du hier eigentlich? Hier, drück da mal«, sagte er und nahm ihre Hand, um das Handtuch in Position halten zu lassen. Dann lief er ins Badezimmer und holte ein paar Pflaster, Tupfer und Jod.

Als er wieder zurückkam, schnaufte er ärgerlich. Julia hatte die Hand sinken lassen und starrte wie im Traum an die Kühlschranktür. Er drückte ihre Hand wieder dorthin, wo sie sein sollte. Ihr Schock musste größer sein, als er zuerst angenommen hatte. Noch immer hatte sie kein Wort gesagt. Erst als er unsanft mit einem in Jod getränkten Tupfer auf der leicht klaffenden Wunde herumdrückte und dann das Ganze mit zwei Pflasterstreifen abdeckte, murrte sie: »Aua!«

»Ich denke, dass das genäht werden muss. Ich bring dich am besten gleich zu Barts.«

»Genäht?«, Julia sah ihn entsetzt an.

»Ja, genäht. Sonst gibt es eine Narbe.«

Julia lächelte. Fast selig. »Oh, das ist gut. Dann werde ich diesen Tag nie vergessen.«

Matt setzte sich ihr gegenüber, nahm ihren Arm und legte seine Fingerspitzen auf die Innenseite ihres Handgelenks, um ihren Puls zu messen. Anstandslos ließ sie auch das über sich ergehen. Verwundert starrte er sie an, als er fertig war: »Was ist mit dir los? Was machst du hier? Und wieso hattest du deinen Helm nicht auf?«

»Ich hab doch versprochen, dass du der Erste bist, dem ich *es* erzähle.«

Matt schüttelte fragend den Kopf. »Was erzählen?«

Dann dämmerte es ihm.

»Du willst mir nicht ernsthaft weismachen, du hättest...?« Er stoppte. Nein, das war unmöglich. Oder doch? Andererseits hatte sie anscheinend gerade einen harten Schlag an den Kopf bekommen.

Julia lächelte ihn selig an.

Matt kratzte sich am Kinn. »Du bist diesem..., diesem... mhm ... BC begegnet?« Seine Stimme war in eine Höhe abgedriftet, die ihm peinlich war, aber er konnte nichts dagegen tun.

Julia nickte zustimmend, so, als hätte er sie gerade gefragt, ob auch heute die Sonne aufgegangen war. »Genau«, sagte sie fröhlich, »und als ich hierher wollte, um es dir zu erzählen, bin ich leider in alte Muster zurückgefallen.« Julia stand langsam auf, ging zum Herd und nahm sich den Wasserkocher: »Ich glaub, ich brauch erst mal einen Tee!«

Bevor sie damit zum Spülbecken gehen konnte, um Wasser einzufüllen, explodierte Matt: »Du brauchst dich jetzt nicht englischer benehmen, als ich mich gerade fühle!«

Er schreckt sah ihn Julia an und stellte anstandslos den Wasserkocher wieder weg, um sich ihm gegenüber wieder hinzusetzen.

»Was ist passiert?«, fragte Matt jetzt deutlich ruhiger.

»Ich habe ihn getroffen«, sagte Julia schlicht.

Matt konnte es nicht fassen. »Wo? Wann?«, schoss er seine Fragen auf sie ab wie kleine Geschosse.

»In St. Barts«, war die überraschende Antwort. »Er kam raus und ich wollte eigentlich rein.«

»Eigentlich?«, Matt stolperte als Erstes über dieses kleine Detail, dann erst stellten sich ihm die wichtigeren Fragen: Was hatte Bunch de Cumber dort zu suchen? Um diese Zeit? Absolut fantastisch, dachte Matt und betrachte kopfschüttelnd die regelrecht von innen strahlende Julia. Und doch.

»Als ich ihn sah, war es wirklich wie der Donnerschlag«, erzählte Julia und schmetterte ihn damit nieder. »Nur anders«, fuhr sie fort. »Mir ist klar geworden, wie albern ich eigentlich war. Und was wirklich zählt.«

Matt verdrehte die Augen. Aber bevor er etwas Abfälliges dazu ablassen konnte, grinste ihn Julia an: »Warts ab!«

Beschwichtigend hob er die Hände und schwieg.

»Denn damit ist meine kleine Geschichte auch schon zu Ende«, hörte Matt zu seiner Überraschung.

»Was?«, rief er entsetzt. »Das glaub ich jetzt nicht«, stöhnte er. »Du hast mich verarscht und bist niemals BC heute begegnet. Wahrscheinlich war das irgendein Typ, der nur so aussah wie er und du noch nicht richtig wach. Wahrscheinlich ist BC gerade gar nicht in London.« Er lief gerade richtig warm und erfreute sich an dem Thema. Julia wirkte aber weder beeindruckt, noch verunsichert.

»Prüf es doch nach!«, forderte sie ihn auf.

»Wie soll ich das denn bitte machen?«

»Matt«, Julia hatte den Tonfall und anscheinend auch die Strategie gewechselt, »ich hatte keine Fata Morgana. Ich weiß, was ich gesehen habe!«

»Was genau hast du denn gesehen?«

»Na, Bene...«, fing Julia an, aber Matt winkte nur ab und stoppte sie mitten im Wort. »Ja, ich weiß, wie er heißt!«

Julia sah ihn erst ratlos an, schien dann aber verstanden zu haben, was er von ihr wissen wollte.

»Er ist kleiner, als er aussieht«, erzählte sie und grinste dabei ein bisschen.

»Sag es nicht«, rief Matt drohend.

Julia aber hatte ihn nicht gehört. Oder wollte ihn nicht hören. »Muss wohl daran liegen, dass Martin Freeman so klein ist. Oder sein Mantel so gut geschnitten. Egal«, sagte sie und tat, als schüttelte sie etwas ab, »er hatte so ein enges, kurzes Jackett an, was die Männer immer so klein aussehen lässt. Weißt du, was ich meine?«

Matt schüttelte verständnislos den Kopf und griff sich dann daran. Was machte er hier eigentlich? »Was genau ist passiert - nach dem ›Donnerschlag‹?«, platzte er heraus.

»Ich hab mich umgedreht und bin zu meinem Fahrrad gerannt.« Für Julia schien damit die Story ihr endgültiges Ende gefunden zu haben, denn sie stand wieder auf und füllte den Wasserkocher - unbehelligt von Matt, der auf seinem Stuhl saß und die letzte Information, die sie ihm zugeworfen hatte, verarbeitete.

»Du bist weggerannt?«, fragte er ungläubig.

»Genau!«, Julia lächelte ihn freundlich an.

»Ja, aber jeder normale Fan hätte sich doch wenigstens ein Autogramm geben lassen!«

Schon als Matt seinen Satz formulierte, wurde ihm klar, was Julia entgegnen würde.

»Aber ich bin kein normaler Fan«, kam denn auch prompt.

Das war's also, dachte Matt und lehnte sich vorsichtig erleichtert in seinem Stuhl zurück. Dafür die ganze Aufregung und Mühe?

»Ja und was ist mit Benebart?«, fragte er laut und unterbrach sich sofort. Was rede ich da, fragte er sich. »Was ist mit BC?«, legte er schnell nach.

Julia hatte den Inhalt ihres Rucksackes auf dem Küchentisch ausgeleert und sich den Mülleimer geholt. Jetzt begann sie nach einem ihm sich nicht sofort erschließenden System, den auf den Küchentisch liegenden Haufen zu sortieren. Manches landete direkt im Mülleimer, andere Sachen ordnete sie in kleinere Haufen und einiges warf sie zurück in ihren Rucksack. Sie war konzentriert bei der Sache, so dass er sich schon fragte, ob sie ihn überhaupt reden gehört hatte.

»Ich habe schon eine geraume Zeit den Eindruck, dass du Probleme mit manchen Namen hast«, sagte sie dann und schüttelte dabei leicht missbilligend den Kopf. »Aber was soll ich sagen? Ich hab, was ich wollte. *So what?«*

Matt schluckte. Wie grausam konnten Frauen eigentlich sein? Entgegen seiner Natur tat ihm BC tatsächlich ein bisschen leid. Der arme Mann war möglicherweise gekennzeichnet für sein ganzes weiteres Leben. Wann war ihm in letzter Zeit schon mal eine Frau davongerannt, kaum dass sie seiner ansichtig geworden war?

Matt verschränkte die Arme vor der Brust und sah dann düster auf die verschiedenen Häufchen, die nun auf dem Tisch lagen. Er räusperte sich.

»Was genau *hast* du jetzt?«, fragte er dann. »Den Donnerschlag?«

Julia hatte gerade einen Stadtplan von London in der Hand und hielt mitten in der Bewegung inne. London schwebte gleichsam in der Luft, als sie ihn mit geschürzten Lippen ansah. »Donnerschlag?«, wiederholte sie. »Wenn du so willst, kann man das dazu sagen«, stimmte sie ihm zu und ließ den Plan auf ein Buch fallen.

»Dazu?«, bohrte er nach.

Wozu? Dazu! Er wurde noch verrückt mit ihr. Meistens war sie so direkt, dass es ihm schon peinlich war. Aber gerade jetzt benahm sie sich wie manche Hunde, die sich siebenmal um sich selbst drehen, bevor sie sich niederlassen können - oder - wie in ihrem Fall - auf den Punkt kamen.

Sie nahm sich gerade einen Stapel Flugblätter vom Tisch und schien seine Frage gar nicht gehört zu haben. Matt stand auf und drückte Julia kurzerhand auf den ihm gegenüberstehenden Stuhl.

»Ich bezweifle«, sagte er dabei. »Dass Frauen gut im Multitasking sind. Ich befürchte, niemand ist gut darin.«

»Ja und?«, Julia starrte ihn mit gerunzelter Stirn an. »Kann sein. Darf ich jetzt trotzdem weiter machen?«

»Nein. Ich wünschte, du würdest mir erklären, was du vorhast.« Matt sah vielsagend auf die bunten Häufchen, die sich auf dem Küchentisch zwischen ihnen verteilten. »So«, begann er und sah sie erwartungsvoll an, »der Donnerschlag...? Es gab einen, als du ...ähem... ihn... gesehen hast?«

Julia sah ihn kritisch an, blieb aber sitzen. »So etwas in der Art«, sagte sie. Bevor er wegen ihrer kurzen Antwort frustriert aufspringen konnte, redete sie aber weiter.

»Der Donnerschlag«, sagte sie langsam und grinste ihn dabei an, »war eher *mein* Donnerschlag. Verstehst du? Nicht, weil ich einen Typen gesehen habe.«

Matt sackte in sich zusammen. Was war nur mit Julia los? Typen? Beneman Cumbertraum - ein *Typ*? Er kratzte sich am Kopf und sah sie fragend an.

»Alles ist möglich!«, erklärte sie ihm. »Mir ist klar geworden, dass alles möglich ist.»

»Quatsch!«, Matt platzte lauter damit heraus, als er vorgehabt hatte.

Julia zuckte davon wenig beeindruckt mit den Schultern »Okay, dann eben *fast* alles. Auf jeden Fall musst du es einfach geschehen lassen. Akzeptieren und weitermachen, aber nicht aufhören, an deinen Traum zu denken.«

»Totaler Schwachsinn!«, rief Matt. Ihn hielt nun nichts mehr auf seinem Stuhl. Er hätte gern noch viel mehr zu Julia gesagt, schluckte diese Worte aber herunter. Denn diese hätten sich nicht für einen Pfarrerssohn gehört.

Etwas ruhiger geworden sagte er: »So, wenn also jemand - zum Beispiel - schwer krank ist, dann rätst du ihm, sein Schicksal zu akzeptieren, den Dingen ihren Lauf zu lassen? Oder«, ihm fiel plötzlich etwas ein. »Wenn jemand etwas - sagen wir mal - studiert, was ihm (oder ihr) absolut keinen Spaß macht, dann soll er (oder sie) - nach deinen Worten - abwarten bis vielleicht und eventuell ihn (oder sie) irgendwann der Donnerschlag, das heißt die absolute Erkenntnis trifft? Und dann wird alles anders?«

»Ja! « Julia schüttelte den Kopf, so dass die Locken flogen. »Nein, du hast recht. Natürlich hast du recht. Ich meine doch nur - denn so habe ich Viktor Frankl verstanden - wenn es nicht zu ändern geht, dann soll er (oder sie) das Beste aus einer Situation machen. Wenn man aber etwas verbessern kann, dann muss er (oder sie) das natürlich tun!«

Matt lächelte hinterhältig. »Dann wirst du also die beste Klovertriebschefin, die die Welt und die Firma deiner Eltern je gesehen hat?«

»Ha ha!« Julia sprang jetzt auch auf. »Ganz falsch, mein Freund. Natürlich studiere ich *nicht* weiter. Jedenfalls nicht das, was ich begonnen habe. Ich werde mich für Psychologie einschreiben.«

Matt schwieg. Überrascht war er nicht, vielleicht sogar ein bisschen enttäuscht. Das war so vorhersehbar!

»Und wenn das auch nicht das Richtige ist?«, fragte er. »Was dann?«

»Es ist das Richtige«, versicherte ihm Julia. »So, wie auch mein Plan richtig war.«

Matt stand drei Tage nach diesem Gespräch in der Küche und trank seinen morgendlichen Tee. Er blätterte in einer von Pats Zeitschriften, die ihn mit tiefen Dekolletees und flachen Texten konfrontierte. Genervt klappte er das Blättchen wieder zu, holte aus und warf es in Richtung des Altpapierkartons. Natürlich traf er nicht. Seufzend erhob er sich und klaubte das Heft vom Boden auf, der, wie er feststellen musste, auch mal wieder geputzt werden wollte. Als er die Zeitschrift auf den Stapel Papier, der schon im Karton lag, warf, schauten ihn für einen kurzen Augenblick ein paar grüne Katzenaugen lauernd an. Er nahm Pats Zeitung wieder vom

Stapel und zog dann Julias Poster aus dem Karton. Der neue Mieter, den Morena angeschleppt gestern hatte, war wohl kein Fan von Star Trek und dessen Mitwirkenden. Matt ließ das Plakat wieder im Abfall verschwinden. Er fühlte sich plötzlich sehr alt, als er sich aufrichtete, seine Tasse zur Spüle brachte und danach in seinem Zimmer die Bücher für die Uni zusammen suchte.

Pat ging gerade in die Küche, als er sich Julias bunten Helm auf den Kopf stülpte und Toms Fahrrad schulterte.

»Geht die Uni wieder los?«, fragte Pat und strich sich den Stoff ihres pinken Kleides glatt.

Matt zwinkerte, als würden ihre roten, frisch getönten Haare und das knallige Kleid ihn blenden. »Ja, scheint so.«

Das T-Shirt, das Julia bei ihrem Abschied getragen hatte, hatte den gleichen ihm unerträglichen pinken Farbton gehabt, mit dem Pat den heutigen Herbsttag beglücken wollte.

Julia hatte ihm ihren Londoner Stadtplan hingehalten.

»Für dich!«

»Das kann ich nicht annehmen«, hatte er entsetzt gerufen.

»Wieso denn nicht?«, hatte Julia wissen wollen. »Ist doch nur ein Stadtplan.«

»Von wegen«, hatte Matt protestiert. »Das ist George Clooney. Und Boris Becker.«

»Eben!«, hatte Julia erwidert und versucht, ihm den Plan in die Tasche seines Hemdes zu stopfen.

»Wieso ›Eben‹?«, hatte er verblüfft gefragt und den Stadtplan aus ihrer Hand genommen, bevor sie ihm damit noch das Hemd zerrissen hätte.

»Du kannst ihn jedenfalls besser gebrauchen als ich«, war Julias abschließender Kommentar gewesen, ohne dass sie ihm seine Frage beantwortet hatte. »Wenn ich das nächste Mal nach London komme, zeigst du mir die richtige Stadt und die wirklich tollen Ecken, abgemacht?«

»Natürlich«, hatte er gelacht, obwohl ihm nicht danach zu Mute gewesen war. »Wenn du das nächste Mal kommst...«

»Hab ich die Taschen voller Geld und den Kopf vollgestopft mit Wissen«, hatte Julia seinen Satz beendet.

Er musste grinsen, als er an diese Worte dachte.

Pat unterbrach den Film in seinem Kopf rüde. »Du siehst wahrlich enthusiastisch aus!«, spöttelte sie.

»Aber sicher«, grinste er sie an und schob sein Rad vor sich her ins Treppenhaus. »*I am on fire!*«

<hr>

[i] Die Welt ist eine Bühne, aber das Stück ist schlecht besetzt.
The world is a stage but the play is badly cast. Quelle: Oscar Wilde

[ii] Quelle: Arthur Conan Doyle. The Adventure of the Abbey Grange.

www.ingramcontent.com/pod-product-compliance
Lightning Source LLC
LaVergne TN
LVHW010331200726
843507LV00010B/1439